U0127322

實用心理學叢書

楊國樞主編・現代生死學[4]

生死一瞬間：戰爭與饑荒

波伊曼編選　陳瑞麟等譯

陳瑞麟校訂

Life and Death

A Reader in Moral Problems

桂冠心理學叢書序

作爲一門行爲科學，心理學雖然也可研究其他動物的行爲，但主要重點則在探討人在生活中的心理與活動。人類的生活牽涉廣闊，心理學乃不免觸及其他各科學術，而成爲一門百川交匯的融合之學。往上，心理學難免涉及人類學、社會學、政治學、法律學、哲學及文學；往下，心理學則必須借重數學、統計學、化學、物理學、生物學及生理學。至於心理學的應用，更是經緯萬端、無所不至，可說只要是直接與人有關的生活範疇，如教育、工商、軍事、司法及醫療等方面，都可以用到心理學的知識。

在世界各國中，心理學的發展或成長各有其不同的速度。有些國家(如美國、英國、西德、法國、日本、加拿大)的心理學相當發達，有些國家的心理學勉強存在，更有些國家則根本缺乏心理學。縱觀各國的情形，心理學術的發展有其一定的社會條件。首先我們發現，只有當一個國家經濟發展到相當程度以後，心理學術才會誕生與成長。在貧苦落後的國家，國民衣食不週，住行困難，當然談不到學術的研究。處於經濟發展初期的國家，急於改善大衆的物質生活，在學術研究上只能著重工程科學、農業科學及醫學。唯有等到經濟高度發展以後，人民的衣食住行都已不成問題，才會轉而注意其他知識的追求與應用，以使生活品質的改善拓展到衣食住行以外的領域；同時，在此一階段中，爲了促成進一步的發展與成長，各方面都須儘量提高效率，而想達到這一目的，往往需要在人的因素上尋求改進。只有在這些條件之下，心理學才會受到重視，而得以成長與發達。

其次我們發現，一個國家的心理學是否發達，與這個國家對人的看法大有關係。大致而言，心理學似乎只有在一個「把人當人」的人本社會中，才能獲得均衡而充分的成長。一個以人爲本的社會，往往也會是一個開放的多元社會。在這樣的一個社會中，違背人本主義的極權壓制無法存在，個人的尊嚴與福祉受到高度的保障，人們乃能產生瞭解與改進自己的心理適應與行爲表現的需求。在這種情形下，以科學方法探究心理與行爲法則的心理學，自然會應運而興。

綜合以上兩項條件，我們可以說：只有在一個富裕的人本社會中，心理學才能獲得順利的發展。對於貧窮的國家而言，心理學只是一種沒有必要的「奢侈品」；對於極權的國家而言，心理學則是一種會惹麻煩的「誘惑物」。只有在既不貧窮也不極權的國家，心理學才能成爲一種大有用處的「必需品」。從這個觀點來看，心理學可以視爲社會進步與發展程度的一種指標。在這個指標的一端是既富裕又開放的民主國家，另一端是既貧窮又極權的共產國家與法西斯國家。在前一類國家中，心理學成爲大學中最熱門的學科之一，也是社會上應用極廣的一門學問；在後一類國家中，心理學不是淪落到毫無所有，便是寄生在其他科系，聊備一格，無法在社會中發生實際的作用。

從這個觀點來看心理學在臺灣的發展與進步，便不難瞭解這是勢所必然。在日據時代，全臺灣只有一個心理學講座，而且是附設在臺大的哲學系。光復以後，臺大的心理學課程仍是在哲學系開設。到了民國三十八年，在蘇薌雨教授的努力下，心理學才獨立成系；從此即積極發展，先後增設了碩士班與博士班。此外，師範大學、政治大學、中原大學、輔仁大學等校，也陸續成立了心理學系。其他大專院校雖無心理系的設立，但卻大都開有心理學的課程，以供有關科系學生必修，或一般學生選修。

在研究方面，人才日益增加，而且都曾在國外或國內受過專精的訓練，能以適當的科學方法探討心理與行為的問題。他們研究的範圍已由窄而闊，處理的課題已由淺而深，探討的策略也由鬆而嚴。回顧三十年來此間心理學的研究，以學習心理學、認知心理學、發展心理學、人格心理學、社會心理學、臨床心理學及教育心理學等方面較有成績，其中有關下列課題的探討尤有建樹：(1)思維歷程與語文學習，(2)基本身心發展資料，(3)國人性格與個人現代性，(4)內外控制與歸因現象，(5)心理輔導方法驗證，(6)心理診斷與測量工具。三十多年來，臺灣的心理學者已經完成了大約八百篇學術性的論文，其中大部分發表在國內的心理學期刊，小部分發表在國外的心理學期刊，都為中國心理學的未來研究奠定了堅實的基礎。在實用方面，心理學知識與技術的應用已逐漸拓展。在教育方面，各級學校都在推行輔導工作，多已設立學生輔導單位，亟需心理輔導與心理測驗的人員與知能。在醫療方面，隨著社會福利的改進，心理疾病的醫療機構日益增加，對臨床心理學者的需要頗為迫切。在工商方面，人事心理學、消費心理學及廣告心理學的應用早已展開，心理學者在人事管理單位、市場調查單位及廣告公司工作者日多。此外，軍事心理學在軍事機構的應用，審判心理學在司法機構的應用，偵查心理學與犯罪心理學在警察機構的應用，也都已次第開始。

三十多年來，在研究與應用兩方面，臺灣的心理學之所以能獲得相當的發展，主要是因為我們的社會一直在不斷朝著富裕而人本的開放方向邁進。臺灣的這種發展模式，前途是未可限量的，相伴而來的心理學的發展也是可以預卜的。

心理學在臺發展至今，社會大眾對心理學知識的需求已大為增強，有更多的人希望從閱讀心理學的書籍中得到有關的知識。這些人可能是在大專學校中修習心理學科目的學生，可能是在公私機構中從事教育、訓練、管理、領導、輔導、醫療及研究工作的人員，也可能是在日常生活中想要增進對自己與人類的瞭解或改善人際關係的男男女女。由於個別需要的差異，不同角落的社會人士往往希望閱讀不同方面的心理學書籍。近年以來，中文的心理學著作雖已日有增加，但所涉及的範圍卻仍嫌不足，難以充分滿足讀者的需要。我們研究與推廣心理學的人，平日接到社會人士來信或當面詢問某方面的心理學讀物，也常因尚無有關的中文書籍而難以作覆。

基於此一體認，近年來我們常有編輯一套心理學叢書的念頭。桂冠圖書公司知道了這個想法以後，便積極支持我們的計劃，最後乃決定長期編輯一系列的心理學書籍，並定名爲「桂冠心理學叢書」。依照我們的構想，這套叢書將有以下幾項特點：

(1)叢書所涉及的內容範圍儘量闊廣，從生理心理學到社會心理學，凡是討論內在心理歷程與外顯行爲現象的優良著作，都在選輯之列。

(2)各書所採取的理論觀點儘量多元化，不管立論的觀點是行爲論、機體論、人本論、現象論、心理分析論、認知發展論或社會學習論，只要是屬於科學心理學的範疇，都將兼容並蓄。

(3)各書所討論的內容，有偏重於理論者，有偏重於實用者，而以後者居多。

(4)各書的寫作性質不一，有屬於創作者，有屬於編輯者，也有屬於翻譯者。

(5)各書的難度與深度不同，有的可用作大專院校心理學科目的教科書，有的可用作有關專業人員的參考書，也有的可供一般社會大衆閱讀。

(6)這套叢書的編輯是長期性的，將隨社會上的實際需要，繼續加入新的書籍。

身爲這套叢書的編者，我們要感謝各書的著者；若非他們的貢獻與合作，叢書的成長定難如此快速，內容也必非如此充實。同時，我們也要感謝桂冠圖書公司執事諸君的支持與工作人員的辛勞。

楊國樞　謹識

中華民國六十九年八月於臺灣臺北

楊　序

最近幾年，我對生與死的問題興趣日濃。這有兩個原因。首先，我已過了花甲之年，即將進入 Erik Erikson 所說的人生週期的第八個階段（也就是人生的最後一個階段），回顧過去，去日已遠，展望未來，常有時不我予之感。夕陽無限好，只是近黃昏。在這樣的心情之下，對人生雖無所戀，對死亡亦無所懼，但總不免對生死之事多了一份關注與感懷。再者，亡友傅偉勳教授數年前出版《死亡的尊嚴・生命的尊嚴》一書，我在序文中許了一個心願：在台灣大學正式開授生死學的課程。後來，余德慧教授與我爲台大的通識課程合開了「生死學的探索」，邀請了多位學者分從不同學科的觀點分析生死問題，獲得選課同學的熱烈反應。此後，我也曾以「生死學的心理學觀」爲題，在不同大學的同類課程中演講。透過這種「從教中學」的過程，我對生與死的問題也多了一些理解。

傳統中國社會有兩大忌諱，一是諱談性，一是諱談死。隨著社會變遷歷程的進展，「諱性」與「諱死」的傳統心理都有逐漸減弱的趨勢，後者減弱的情形尤其明顯。從很多跡象看來，最近幾年台灣民衆（包括青年人）對生死問題似乎愈來愈加關注，愈來愈想瞭解。就我個人的經驗來說，我們在台大、清大及其他大學講授生死學的概念與知識，選修及聽講的學生爲數衆多，顯示春秋正富的年輕人也很關心生死問題。晚近，皈依各種宗教的大專青年不少，也凸顯了同樣的現象。事實上，不只是很多在學的知識青年亟思理解生死問題，社會上不少民衆也有著探索生死問題的迫切需要。這就是爲甚麼近年出版的有關生死學的書籍，總是有不錯的銷路。

學生與朋友時常問我一個問題：何以近年來台灣會有這麼多人如此關心生死問題(特別是死亡問題)？學發展心理學(developmenta l psychology)與人格心理學(personality psychology) 的人，大都知道一項事實：在人生的歷程中，三、四歲的兒童即已有生命與死亡的概念，此後在少年期、青年期、中年期及老年期，各階段會有不同的生死概念。但是，人生發展過程中生死概念的改變，並不能有效解釋何以台灣民衆近年來關心生死問題的人愈來愈多。我個人覺得這個問題的答案可能須從以下幾個因素去追索：

一、近年來，台灣民衆物質生活的水準日益提升，多數民衆都已遠離了衣食住行等基本生活需求的桎梏，進而追求精神或心理生活的改善。從人本心理學家馬斯洛 (Abraham H. Maslow) 的人類基本需求階層理論來看，台灣社會的多數民衆應已超越生理性需求與安全性需求，到達了由社會性需求與尊嚴性需求支配生活的階段，其中有愈來愈多的人甚至進升到自我實現性的需求。爲數日多的最後一類人，實際上也就是英格利哈特 (Ronald Inglehart) 所說的持有後物質主義價值觀 (post-materialistic value) 的人。晉達這樣一種生活境界的人，對人生之意義與存有之本質的理解比較認眞，因而會激發探索生死問題的興趣。

二、近年來，升學主義在台灣的影響日益嚴重，升學考試的競爭也更爲激烈。自國中以迄高中，升學壓力使學生的生活嚴重窄化，除了吃飯、睡覺及少許的休閒活動，大部分時間都是用來上課、讀書、做功課，而且多是以背誦、死記等塡鴨的方式爲之。經過長期的艱苦奮鬥，終能通過考試而逐級升學成功的青少年，被家長、老師、同學及親友目爲天之驕子。但十幾年的升學教育，使他們長期過著枯燥乏味的痛苦生活，其中有不少青少年對人生的意義及生命的價值產生了很大的疑惑，有些人甚至悲觀厭世，走上自殺的絕路。十來年前，我以台北市五千多位國中學生爲對象，調查他們的問題心理與行爲，發現自承悲觀、厭世及想自殺的學生所佔的比率，大大超出了我的意料（基於種種考慮，這一部分研究結果迄今猶未發表）。最近的調查資料亦顯示：在學青少年有四成有憂鬱的徵候；在青少年死亡的原因中，自殺高居第三位。又從各大學學生輔導中心的統計資料看來，「順利」考入大學的天之驕子，也不乏想要自殺之人。幾年前，余德慧教授與我在台大開授「生死學的探索」的通識課程，有一位學生特來造訪，嚴肅而誠懇地告訴我：「我很想自殺，我最後的希望就寄託在你們這門課。我希望選修了這門便不再想自殺了。」升學成功的天之驕子尙且如此，升學失敗而「流落」社會的青少年，更會因飽經挫折而悲觀厭世，對人生滿懷無奈與迷惘。總之，我們的社會中有著很多對人生意義發生懷疑的青少年，他們自然會關心生死問題的探索。

三、由於醫藥衛生的不斷改善，台灣民衆的平均壽命日益增長。自一九九三年開始，台灣六十五歲以上的老年人口已超過總人口的百分之七，顯示台灣已經成爲聯合國定義下的高齡化社會。依據經建會的預測，未來四十年內台灣人口老化的指數仍將逐年攀升。社會裡衆多的老年人，回顧過去的漫長生活，面對可能隨時來臨的死亡，在此人生的黃昏階段，不免會對生死意義的理解產生莫大的興趣。尤有進者，很多老年人都是帶病延年，長期陷入生與死的矛盾心情之中，激發了對生命眞諦及死亡性質的求知之欲。再者，老年人的親友長期與老人相處，親眼看到他們的身心變化，以及面臨死亡的沮喪、無奈或恐懼，也會產生探索生死問題的興趣。

從以上這三方面來看，近年來台灣民衆對生死問題興趣日增的現象應是不難瞭解的。社會大衆對有關生死問題的資訊既有明顯需要，出版界自會印行這一方面的書籍以因應之。最近五、六年來，市面上出版的生死學書籍爲數已經不少，但卻大都以探討或分析生死問題本身的性質、歷程、意義及儀式爲主，對現代社會中與生死有關的倫理道德問題，特別是與安樂死、自殺、墮胎、戰爭、飢荒及動物權有關的問題，則較少有系統的討論。桂冠圖書公司所出版的這套《現代生死學》，正可彌補這一方面的短缺。事實上，這套書的優點並不只此，它還有其他方面的長處。具體而言，《現代生死學》具有以下幾項值得肯定之處：

一、本書不但有系統地分析有關生死的基本問題，如生命的意義、品質及尊嚴，而且深入討論安樂死、自殺、墮胎、死刑、戰爭、飢荒及動物權等複雜問題。這些複雜問題都是現代社會的現代人日常生活中必須關心或面對的重大具體問題，任何一個人都應該理解這些問題，並進而形成自己的看法、意見或立場。這些複雜問題所涉及的倫理、道德及人權內涵，容有地區、社會、文化或宗教的差異，但其中必有置諸天下而皆準的意義。此等共同意義的理解及吸收，可以使我們對上述關乎生死的重大問題的觀念，提升到當代的國際水準。

二、本書係根據 Louis P. Pojman 教授所編選的《生與死：道德問題讀本》(Life and Death: A Reader in Moral Problems) 迻譯而成。原書篇幅巨大，爲便於中文讀者閱讀，特將全部內容分爲五冊，各有書名，既可分購分讀，也可合購合讀。每冊之中，各部分所選入的文章，皆是最有代表性的西方古今思想家、學者及專家的傳世之作，諸家爭鳴，絕不偏信一家之言。每一重大問題的討論，贊成者與反對者的意見兩面並陳，絕無偏聽偏執的情形。讀者閱讀各文，可就正反論述的利弊得失加以分析比較，發展出自己的見解，以爲現代生活之依據。

三、每冊皆有詳盡之導讀，爲該冊之主要譯者所撰。每篇導讀皆爲行家之作，對該冊議題之思想背景、各種論述之要旨、諸家見解之利弊、及整體內涵之整合，皆有鞭僻入裡的分析。譯者的導讀配合著者爲各部分所寫的引言，可使讀者易於閱讀及理解各篇文章的微言大義。

四、本書的譯者皆是台灣大學哲學系的博士與碩士研究生。他們都是學有專長的相關學者，通曉倫理學及人生哲學，對生死學的學理皆有良好的把握，翻譯此書自能得心應手，達到信達雅的地步。

本書因爲具有以上及其他優點，可以作爲不同人士的讀物。首先，大學院校開授有關生死學、死亡學、人生哲學、應用倫理學、醫學倫理學、社會問題等課程，本書應是很好的課本或參考讀物；哲學系、教育學系、心理學系、法律學系、社會學系、社會工作學系、醫學系及護理學系所開的相關課程，也可參考此書。高中師生在課堂上討論到生命、死亡、自殺、墮胎、安樂死、戰爭、飢荒及動物權等問題，本書亦可提供具有代表性的重要文獻，作爲討論的材料或基礎。再者，社會上各類專業人士，如宗教界、新聞界、輿論界、教育界、法律界、醫藥衛生界、社會工作界的工作人員，在論及上述各類與生死有關的課題時，亦有參考本書的必要。至於社會上的一般人士，其中不乏好學深思之士，他們若想瞭解生死問題及其相關議題，本書也能提供既有廣度及有深度的觀點與資訊。

桂冠圖書公司出版《現代生死學》的主要目的，就是希望爲中文讀者提供一套既有廣度又有深度的有關生死問題的文獻讀物，讓他們能有機會直接親炙先哲有關這一問題的思想結晶。我們深信：透過本書的閱讀，讀者應能將自己的人生經驗與先哲的智慧相結合，從而焠煉出個人的生死觀，以成爲人生定力、願力及悟力的活水源頭。

楊國樞　一九九七年序於
台灣大學心理學系及研究所

龔　　序

依結構功能學派社會學家的看法，社會秩序有其正常結構，衝突則是因壓力、緊張或心理機能失調所引起的失常狀態。因此社會學的現實功能，應是強調溝通、促進均衡、鼓勵合作，以維持社會穩定，減少衝突。

但另一批社會學家則認爲：衝突是社會的生命，個人、階級、群體、國家爲了使自己活得更好，而與其他人或團體產生衝突，不僅是自然現象，也是社會形成的主因。因此減少衝突以維持社會秩序的穩定，既無必要也不道德，人類社會唯有在衝突中才能發展。

這兩種看法，本身就顯示了「衝突」的意義。而且，擴大來說，不正是「和平／戰爭」的爭論嗎？在倫理學的領域中，主張和平者，批判戰爭暴力，希望維持和平減少戰爭。可是另一些人卻認爲是戰爭締造了人類的歷史，古文明之殞沒、新文明的崛起、歷史變遷的軌跡、優勢社會地位之建立，都與戰爭脫不了干係。因此，一味鼓吹和平、反對暴力與戰爭，既無必要、不可能、也不道德。

諸如此類爭論，誰比較有道理呢？在書房裡研析其理論的學者，或在教室裡恭讀其學說的學生，恐怕心中都不免會感到困惑。可是他們有的是時間，可以從容落筆，在紙上條分縷析，打打筆墨官司。那些掙扎在戰亂與飢荒中的生命卻無此幸運。對他們來說，這不是一個理論問題，而是一個性命交關的現實。

也就是說，爭辯戰爭是否符合道德原則、討論該不該使用核子武器、思索應否救助飢荒，這些倫理困境的問題，乃免於戰爭與飢饉者才有的權利。輾轉溝壑、骨肉流離、死生存乎一線、人命賤於螻蟻者，何能參與其議論？

放在「生死學」的範疇中說，我們便會發現：有一些關於生死問題的討論，是屬於自己的問題，探討的結果也有助於安頓我們自己的生命，讓我們能更妥善地面對生死。已故傅偉勳教授稱此爲個體生死學。在這個領域中，論者可以同時是親身領受者。但在另一個「共命死亡學」的領域中則不然。在這個領域中所探討的是社會上人共同面對的死亡問題，例如死刑、安樂死等等。這些問題，通常親身領受者無權置喙，只能接受討論的結果。戰爭，或因天災人禍而出現之飢荒，尤其是如此。

親身領受其境遇者，也許還有少數希圖倖進者會歡迎戰爭，但絕對沒有人願意忍受飢餓。可是誰能決定自己的生命呢？生或死，靜待外在力量的判決。而且，一旦戰爭與飢荒降臨，人人都處在一個大的共命結構中，誰賢誰愚、誰善誰惡、誰是誰非，這些個體生命的道德與福報問題，均失去了意義，炸彈槍子不長眼睛，聖人和囚徒的胃腸結構也都是一樣的。處在這樣的共命中，生或死其實都顯露出一種悲情、一種無奈。

面對這樣的處境，所有的人都應有一種覺悟：無論如何，都應盡力使戰爭或飢荒不成爲我們這個群體的共命。倘若外在力量把我們推上了這個無奈的場域，那也只好彼此扶持以應劫待機。而那些有資格討論該不該救援災荒、有權利決定要不要發動戰爭者，其秉持之正義原則，除了來自理論、來自自己的利益之外，更應考慮那些被判決的生命，由親身領受者的角度來判斷行爲的正當性。

這樣的呼籲，事實上攸關著我們現實生命。台灣目前並無能力發動戰爭，也不能或不想發生飢荒，因此在行動的道德抉擇中，面對波伊曼所謂「生與死：現代道德困境的挑戰」，我們仍應以和平和救助飢荒爲原則。波伊曼曾建議讀他的書的人，能採用「縱覽」、「質問」、「閱讀」、「反省」的進路。循著這樣的進路，我也建議讀者以上述意見做爲反省之方向。

龔鵬程 序於 1997 年 4 月 9 日

譯　　序

我們的時代已走到一個錯綜複雜的徬徨時期，舊的問題還未能解決，新的問題卻接踵而至。科技把我們帶到前所未有的天地裏，卻也治絲益棼地爲這個世界添加層出不窮的鉅大兩難。究竟人類應該何去何從？生活在這個科技羅網裏的個人，如何找出生命旅程的路標？如何在目不暇給的多元社會中進行抉擇？

本書是依據波伊曼(Louis P. Pojman)教授編選的《生與死：道德問題讀本》(*Life and Death: A Reader in Moral Problems*)迻譯而成，本書和他個人的代表作《生與死：現代道德困境的挑戰》(*Life and Death: Grappling with the Moral Dilemmas of Our Time*)❶被迻譯成中文，咸信是國內第一度有系統引入當代「應用倫理學」的著作。當代應用倫理學因應於我們時代的特殊處境，傳統倫理學所涉及的題材已無法妥善地解答當前的時代問題，哲學家們不得不拋棄過去不涉入現實的態度，而以廣大的關懷、清

❶《生與死：現代道德困境的挑戰》(*Life and Death: Greppling With the Moral Dilemmas of Our Times*)中譯本已由桂冠圖書公司出版。

晰的邏輯、大膽的想像和高度的思辨能力來面對當代科技所造成的道德兩難。

本書原著共分成十一個部分，包括(1).倫理學理論、(2).生命神聖和生命品質、(3).死亡和生命的意義、(4).自殺、(5).安樂死、(6).墮胎、(7).死刑、(8).動物權利、(9).戰爭、(10).世界饑餓、(11).什麼是死亡？判準的危機。從理論到現實、從原則到實踐，可說完整地囊括了相關「生與死」的一切倫理問題，並且涵蓋大部分當代應用倫理學的主要關切領域。從純理論性的道德原則、生死價值的思考、自古以來長存的自殺，到科技時代徘徊在生死之間、屬於社會性的安樂死、墮胎、死刑、死亡新判準等議題，以至於社會和社會間的戰爭衝突和世界饑餓，擴大到關懷異類的動物權，層層展開，把我們帶入一個道德思辯的世界中。

中譯本為便於國人閱讀，在不刪除任何篇幅的前提下，依選題之不同，編輯成五冊，分別定名為：(一)《生死的抉擇：基本倫理學與墮胎》；(二)《今生今世：生命的神聖、品質和意義》；(三)《解構死亡：死亡、自殺、安樂死及死刑的剖析》；(四)《生死一瞬間：戰爭與饑荒》；(五)《為動物說話：動物權利的爭議》。第一冊包括了原來的倫理學理論和墮胎。倫理學理論做為思考生與死應用議題時的基礎，而墮胎議題則強而有力地展現了「生與死」之間的張力，胎兒究竟算不算是生命？墮胎是不是殺害了無辜的人？生死之間如何拿捏？因此我們將它和基本倫理理論放在第一冊中。第二冊主要涵蓋生命本質和生命的品質，何者更值得我們重視？生命的意義又何在？人為什麼要活著？死亡又能帶給我們什麼樣的思考？第三冊的主題全關涉了死亡。科技的進展改變了死亡的定義，自殺是自己致令自己死亡，安樂死則相關於死亡的尊嚴，死刑涉及我們剝奪他人生命的合法性問題。第四册更是屬於生死邊緣的思考，戰爭和世界饑餓都會帶來大規模的集體死亡，人類的智慧該如何面對這種課題？第五册關懷的對象擴大到異類——動物身上。如果這個社會不是一個弱肉強食的社會，那麼人類該如何對待動物？無疑也是相當值得深思的課題。

本系列共有六十一篇相關領域中最具代表性的作品，作者除了當代思想家外，還包括聖經和希臘哲學家、中世紀和近代的哲學家，以及當代人類學家、社會學家、生物學家、人口學家、法律學家、醫學家、宗教人士等等，涵蓋面既深且廣。波伊曼教授在選擇文章和編排時，特別採用正反的辯證方式，讓相反的立場在刻意對照下呈現出來，並從現實處境出發，將議題帶入比較理論的層次，作者們環繞著同一議題，反覆深入、不帶情緒、純粹針對論點合理、有力地互相辯詰，對欠缺這方面訓練的國人，實有重大的啓發功效。

除哲學思維的示範啓發外，即將步入已開發國家的台灣，儘管在這些議題上似乎不如西方社會迫切，但也逐漸步向西方社會的後塵。這些生與死的應用倫理問題，實乃當前西方社會所面臨的眉睫危機之反映，像安樂死、墮胎、戰爭、死亡判準諸項，莫不因科技所開闢的新面目，使得傳統觀點遭受重大衝擊。醫學技術和醫療儀器的發展使人們腦部機能完全停頓之後，身體機能依然能繼續依賴機器而運作，此時，死亡的判準爲何？生死邊界如何劃分、毫無治癒希望的末期重症，所造成的鉅大身體痛苦，難道除了等待自然死亡之外，再也別無他法可行？植物人的狀態只會爲家庭和社會帶來無盡的困擾，是否該施以安樂死？社會觀念的開放，個人主義盛行，因頻繁的性行爲而產生不想要的懷孕，婦女是否有權墮胎？墮胎是否犯了殺害嬰兒的道德罪行？核子武器的出現改變了戰爭的面貌，傳統基督教的正義戰爭理論還能適用嗎？相互保証毀滅的核子嚇阻策略是否是道德的？儘管今日美、俄對峙的滅絕邊緣已然不復，但核子擴散的新危機繼起，人類究竟應如何對待這種集體自殺式的武器？傳統的生死議題如生命神聖、自殺、死刑和糧食分配問題，亦因時代觀念的改變而有了不同的面貌，對這些課題的哲學思考，究竟能爲當代台灣帶來什麼？

在傳統文化影響下的台灣，人的生命天生地具有價值的「生命神聖」觀念，似乎不曾爲我們所擁有過。儘管部分西方哲學家不滿於生命神聖濃厚的宗教意味，並在人畜分界上造成困難，於是提出了生命價值在於「生命品質」的觀念來代替；但，同樣地對台灣的民衆而言，生命品質似乎也是一項遙不可及的想像，因此，我們應該從生命神聖和生命品質這一組相對觀念中，得到些什麼思想上的激勵？

孔子說：「未知生，焉知死？」然而，死亡的恐懼一直籠罩著我們，以致迷信大行其道。我們應該恐懼死亡嗎？思索生命的意義能幫助我們克服死亡的恐懼嗎？對生活在台灣這個狹窄、擁擠的島嶼、成日追逐金錢與權力的人們而言，生命的意義何在？青少年不應該自殺只是因爲社會將會損失了生產人力嗎？這種自殺的功利式檢討，赤裸裸地反映出我們對生死觀念的欠缺和無知。如果不從社會功利的角度來看，自殺本身的意義是什麼？我們的社會曾經深思過嗎？死刑亦然。反對廢除死刑的主張，幾乎千篇一律都是令人乏味的官腔官調；但，可悲的是，倡導廢除死刑的人道主義者，除了標榜先進國家大多廢除死刑之外，還能有什麼令人振奮的新論述產生？廢除死刑的理由爲何？環境能容許嗎？支持廢除死刑的深層信念又建立在哪裏？這些問題我們都思考過了嗎？逝者已矣，來者可追，希望本書的論文，能夠爲我們的公共言論注入一些源源不絕的活水。

我們一向處於戰爭的威脅之下，生存厥爲第一要務，似乎戰爭背後的倫理思考未免太過遙遠而不切實際。然而戰爭倫理學的建構可以提供我們反抗強權侵略的精神武裝，讓我們辨明；究竟是什麼倫理原則和情感會引發戰爭？什麼倫理原則可以消弭戰爭？什麼理論能使我們避戰而不怯於當戰則戰？哪些原則足以讓我們願以一己、甚至許多生命爲代價來爭取？世界饑餓和動物權問題似乎距離我們更爲遙遠，然而今日台灣已非昔日接受外援的低度開發國家，她搖身一躍成爲國際知名的富人；我們能夠自外於國際社會，而不思回饋嗎？能不善盡身爲國際一分子的責任嗎？進一步，我們是否更該將眼光投向那些異類——動物的權利問題？美國哲學家將動物有著免於受苦的權利和素食、世界饑荒之疏困連結起來，爭論彼此間的關聯和道德抉擇，這是他們社會的獨特處境。的確，美國消費大量毫無效率的肉食，這些浪費足以解決世界上大部分的饑餓問題；再者，他們以極不人道的方式來大量圈養食用家畜，實驗室裏的科學實驗也帶給許多動物恐懼受苦的一生。反觀台灣，儘管規模不大，卻也多少有著類似而不盡相同的問題，佛教文化的薰陶使得部分台灣人民有慈悲爲懷的善心，於是有了放生行爲，然而我們是否該評估生態上的影響？但是，也有一部分台灣人民相當不負責任，拋棄一度餵養的寵物，造成社會環境和生態問題，這是我們的獨特處境。然而，種種問題，卻只顯示了一件事：我們著實欠缺當代問題的倫理反省。

問題都已經存在許久了，漠視只會讓它們益形迫切而嚴重，或許解決之日尚遙遙無期，但我們總得邁開脚步。開始深思希望本書的出版，能夠將原本僅限於哲學界的教學課程，推廣到各相關領域，鼓動各界勇於投入應用倫理學和生死議題的思考。雖然不一定自此走上坦途，但至少我們已在起步之中。

本書由台大哲研所的博、碩士研究生共同合作翻譯。六十一篇經典論文本身的份量之重、所涉及的問題和領域既多且廣，實非一人之力可能獨立完成。故採合譯形式，根據各人的興趣、專長、時間來分配，共有博士研究生（括號內爲所譯篇數）楊植勝（7）、陳瑞麟(22)、張忠宏(14)、魏德驥（8）、李志成（1）；碩士研究生彭涵梅（3）、凌琪翔(3)、蔡偉鼎(2)、張培倫(1)花一年多的時間完成，其間並經多次互相討論和修訂譯文，耗費心力可謂至鉅。儘管我們以最嚴密的態度從事，然疏漏誤譯之處，恐難完全避免，祈請各方師長、先進不吝賜教。

陳　瑞　麟 謹識于
國立台灣大學哲學研究所

原　　序

這是一本系統處理有關生和死的道德爭議著作。它用來做爲我著作《生和死：現代道德困境的挑戰》(*Life and Death:Grappling with the Moral Dilemmas of Our Time*)的姊妹册但更適合獨立使用、閱讀。

目前，社會因相關作品中所討論的生和死問題而分裂成兩個極端的陣營：生命神聖、死和瀕死的意義、自殺、安樂死、墮胎、死刑、動物權、世界饑荒和戰爭。我已用辯証的形式爲讀者們編輯一本文集，蒐集來自正反觀點中最好的文章（從可行性、寬厚、論証一致的觀點來選取)。

我爲本書的每一部分撰寫了簡短的引言以及每一篇文章作者的介紹，以便幫助讀者定位作者的問題和立場。我並未在這些簡短的介紹中分析論證——那是讀者自己應該嘗試的——爲讀者的閱讀預作準備。

《生和死：現代道德困境的挑戰》爲所有爭議和選用在書中的很多文章提供分析。它可以幫助讀者定位這些文章更寬廣的思想脈絡，直接解決這些論証，並指出更寬廣的涵意。在本書中的文章非常豐富，它們是在每個爭議中相對觀點的最佳代表性文章。如果兩本書一起使用，我建議讀者在查詢《生與死：現代道德困境的挑戰》之前先閱讀這些選文。當然，讀者也可以單只選讀後者。

編選在本書中的許多文章，有些讀者可能需要讀二次甚至三次。我建議你們使用 SQ2R 進路：縱覽(survey)、質問(question)、閱讀(read)、反省(reflect)。也就是，先大致地閱讀一遍文章，毋需在意你是否已掌握了所有主要的問題，然後察看焦點議題，並且懷想著焦點議題，同時更仔細地再讀一遍文章。最後在讀完本文後，再三地反省問題。

在我們的時代中，清楚、包容、且富想像力地思考道德生命尤其重要。對一個有思想的人來說，沒有什麼事比它更能鼓舞人，也沒有什麼事會比它對我們的社會更具挑戰性。給予一般人小小的引導，幫助他們評價且建立道德推理。正是由於在道德生命上投下光亮的這個希望，且為了幫助一般讀者具備深入反省我們時代對生與死的道德兩難爭議的能力，我為你們編寫了這對姊妹書。

最後，我要感謝一些幫助我編輯這冊讀本的人。十多年來，我的學生使我察覺到這些爭議中細緻的部分，以及一些文章超過其它文章的優越性。我的這本書將奉獻給他們，做為我受益的標誌。金斯柏格(Robert Ginsberg)，瓊斯和巴特雷(Jones and Bartlett)公司的哲學編輯是一位無價的批評者和指引者。巴特雷(Arthur Bartlett)在這條路上的每一階段鼓勵我。尤其是，我衷心感激我的妻子，裘蒂(Trudky)，的支持，沒有她的寬容和愛，我的生命中可能無法達成什麼成就。

波伊曼(Louis P. Pojman)

目 錄

第一部
戰　爭

導　讀：
戰爭與人類生死的挑戰

陳瑞麟

就在我開始撰寫本文時，繼 1991 年波灣戰爭之後，美國又因伊拉克出兵北伊的行動，而向伊拉克發動巡弋飛彈的攻擊。美國總統柯林頓宣稱：「你對同胞施暴或威脅鄰國，就要付出代價」，「美國利益及盟邦的安全受到威脅，美國在必要時將進行武力行動」。姑不論美國的軍事舉措是否出於正義，或者只是強權侵凌弱小的藉口，要判斷美國總統的這些宣言是否合理，就必須進行戰爭道德的思考。只有在探討戰爭的道德原則和國際局勢的分析之後，我們才能分判美國攻擊伊拉克究竟是不是道德的軍事行動。

一、戰爭的道德問題

人類在跨入 20 世紀以來，100 年間不僅經歷了兩次毀滅性的世界大戰，而且大大小小的國家間戰爭或內戰更是從未間斷過。文明進步帶來的不是和平，反而是更多更殘酷的集體殺人事件。

就在不久前，中共也針對台灣的總統大選，進行武力恫嚇。我們似乎始終擺脫不了戰爭的陰影。在此有一個問題浮現了：那就是爲什麼會有戰爭？人類社會和國家爲什麼要從事浪費大量生命的戰爭？我們回顧歷史，映現在眼前的大概是一幕幕血跡斑斑的戰爭影像。從個人和個人、家族和家族的爭鬥，擴大到社會和社會之間的集體衝突，所有的這些共同的導火線是什麼？無非利益與資源的爭奪罷了！資源有限而欲望無窮，戰爭於焉爆發。於是，它就顯得像是人類愚昧的集體性自殺。爲什麼要訴諸戰爭？難道它的慘烈、殘酷、歷史的血淚教訓，還不足以說服人類切莫以戰爭來解決爭端嗎？如果戰爭歷史的累積仍無法使我們覺醒，或者那種根植在人類血液的好戰本性，使我們擺脫不了烽火連天的命運，那麼，戰爭就變成人類歷史的習慣性惡疾，在這種情況下，我們只能面對它，就像面對死亡——這個逃不掉的界限一般。只是，另一個問題在我們耳畔迴響起來：該如何來面對戰爭、思考戰爭？

我們很可能是極端厭惡暴力的人，如果可能，寧願一輩子都不要遇到戰爭；即使有權力的話，也不會惡意地去發動戰爭。但，問題是戰爭並不會完全按照我們的意願而消弭甚至消失。我們堅定地拒絕戰爭，卻總有些人熱烈地擁抱戰爭，視軍事爲攫取更大利益的最有力手段。當我們急切地想逃避或者遠離戰爭時，它卻由別人的野心而帶入我們的生活中，我們能怎麼辦？

在現代社會裡，每一個人都隸屬於某一個國家。現代國家總是有一個政府、一套制度體系和政治機構，它們負責規範、保護其國民。我們在本國內和其他國民或者外國人民發生爭執，由國家的政府來仲裁和管轄——道德規範則建造了我們的國家體制。國家成為審判紛爭的最高權威，道德規範則是審判依據的基本原則，道德規範的思考經由國民的共同意志而落實在國家法律之中。但是，現代戰爭卻總是發生在國家和國家之間，我們卻沒有國際間的最高權威來仲裁，國際組織和國際法庭只不過是個象徵性的空殼機構，它欠缺約束力量。當某個國家展露其侵略野心時，我們只有以武力來對抗武力。雖然沒有仲裁國際紛爭的合法權威，並不表示戰爭就沒有道德規範可以依循。的確，我們必須思考有關戰爭的道德原則，才能在面對戰爭威脅時，合乎道德地從事我們的行動。

這樣的戰爭道德關乎兩個層面：一是國家如何在面對戰爭時，決定有道德的應戰策略和手段？另一是個人如何在遭遇戰爭時，以正當的行動來對待敵人？當然，我們可能會升起一個更優先的問題：為什麼需要戰爭的道德原則？

我們已經提及，現代戰爭是國家和國家之間的軍事衝突，國家出動軍隊以高科技兵器互相交戰，戰場不僅限於前線，也延伸到大後方。這是巨觀的戰爭行為。但戰爭的微觀本質乃是個體與個體的集體交戰，因為國家和車隊都是由國民所組成的，戰爭也就是兩國國民之間的互相殺戮。問題在於：是否要把敵國的所有國民都列入殺戮的對象當中？從事戰爭的軍人，手執兵器，將會殺害我，即使不是為了國家而為了自衛，我也只好先動手解除所面臨的死亡威脅。但是如果我面對了老人、小孩、婦女……等等毫無傷害我能力的敵國國民時，我也不分青紅皂白地一律反擊嗎？戰爭道德的問題便在這裡浮起。

同樣地，道德思考也將出現在國家所採取的面對戰爭的策略當中。國家該以什麼樣的策略來投入戰爭？是「爲求勝利，不擇手段」嗎？如果我國擁有核子飛彈這種毀滅性的軍事武器，可以在一瞬間殺死敵國數十萬甚至數百萬的人民，可不可以爲求快速贏得戰爭而動用核子武器？當敵國同樣也擁有類似的鉅大毀滅力量時，核子武器的使用變成人類種族自我絕種的通向地獄之路。這並不是天方夜譚，事實上從 50 年代到 90 年代整整 40 年之間，全世界的人們一直活在美蘇兩大超強核武競爭的陰影之下，「相互保證毀滅」的核子對峙始終閃爍著人類滅族絕種的紅燈警訊。爲了贏得戰爭——即使是反抗侵略的戰爭，而以全球性的核子災難爲代價能夠說是道德的嗎？

核子武器的例子一方面提示了國家在擬定戰爭策略時的道德相關性；一方面其本身也因特殊和巨大性而成了過去四十年來熱門的「核子道德」議題。今天，兩強對峙的局面已因蘇聯解體而不復存在，但核子擴散卻再次成爲全球性的新危機。在中東有以色列和阿拉伯國家的核武誘惑；在南亞有巴基斯坦、印度兩國和東亞中國之核武三角的對立；加上許多面對強權的弱小國家不斷尋求抗衡的籌碼——核武無疑是最有力量的抉擇。於是，局部核戰隨時可能爆發成爲人們的新夢魘，甚至無人敢保證絕不會因擦鎗走火而意外地引發全球性核子大戰的連鎖反應。「核子道德」的呼聲並不因冷戰年代的消逝而退隱，反而日益高張。

爲什麼在人類有限的歷史中，戰爭如此地頻繁？和平的年代月分寥若晨星。是否在人類的遺傳因子裡竟是根深蒂固地流淌著嗜血本質？以戰止戰遏止得了一時的侵略行爲，但永遠無法禁止戰爭的再度發生。況且戰爭一旦發生，帶給人類巨大的痛苦又豈是勝利的榮耀所能彌補？即使自戰爭中僥倖殘存，親人朋友生離死別、肢體傷殘和戰爭的心靈惡夢之慘痛卻永遠烙印在生還者的記憶中，在往後歲月裡伴隨著踽踽獨行地背影直到墓碑盡頭！沒有辦法解決這種慘境嗎？戰爭的不能平息會不會是因為我們總是慣於以牙還牙？會不會正是因為暴力總是錯的，我們的以戰反戰策略也從來就不曾正確過？**和平主義**(pacificism)的呼聲響起了：所有的暴力戰爭在道德上都是錯的，即使是反抗侵略的戰爭。不抵抗不僅是面對戰爭時的最佳策略，更是唯一的道德原則。這些主張帶來的和平主義的爭論議題。

從前述的討論中我們可以歸納出三個有關戰爭的主要問題：

(1)和平主義的是最正確的原則嗎？

(2)戰爭的正當（正義）性問題。

(3)核子道德的爭議。

這三個問題恰構成本書「戰爭」部分的八篇文章所面對的問題主軸。以下，就讓我們沿著這些問題主軸來介紹這八篇文章。

二、和平主義

本書第一篇是選自美國哲學家威廉・詹姆士(William James)的經典文章〈戰爭的道德等價原則〉。詹姆士是一位高揭和平主義大旗的哲學家，但他以為戰爭情感是深植在人類血液的本性之一，我們不能僅是高唱和平主義，空想所有的戰爭都不該進行；事實上，如果我們希望和平主義的主張能有所推展，我們就必須為人類的好戰本性尋求出路，我們必須發掘「戰爭的道德等價原則」！

什麼是戰爭的道德等價原則？在討論這個問題前，我們可能會有所疑問：好戰眞的是人類的本性嗎？詹姆士從人類的歷史開始追索，「歷史是鮮血之浴」。古代的戰爭「純粹是狂熱好戰的。驕傲、黃金、女人、奴隸、興奮是他們僅有的動機」。我們都是這種好戰主義者的後代。「殘酷噬血的養育訓練出社會的凝聚性。我們繼承了這種好戰型態：人類種族之所以充滿英雄主義的才能，我們必須感謝這個殘酷的歷史。已死的人不能告訴我們故事，如果有任何異類型的種族，他們並未留下生還者。我們的祖先被教養出來的好戰本性，成爲我們的骨架和血肉，幾千年的和平也不能消磨它」。的確，直到今天，戰爭從未在世界消失過片刻。凡此種種，莫不佐證了我們的好戰本性。

在詹姆士看來，好戰本性並不全然是壞的因子，它激勵了尙武精神，成爲我們「膽量的理想之最大保護者，沒有使用膽量的人類生命是可鄙的。對勇敢作爲者沒有冒險或獎勵，歷史將平淡無趣」。尙武精神使我們避免過分的溫和和柔弱，它使一個人因歸屬於整個大團體而產生榮耀之感，這些都是好戰本性所帶來的可貴特質，即使提倡完全反對戰爭的和平主義，也必須保護這些物質，否則和平主義只是虛幻的空話。換言之，一個和平主義者勢必提出戰爭的道德等價物。

詹姆士所提出來的戰爭之道德等價原則，就是「對自然的戰鬥」。亦即把人和人之間的集體互相殺戮改造成人類集體對抗自然力量的鬥爭。所以「不要軍事徵兵，而代之以徵集所有及齡青年，組成開發自然大軍的一分子，讓他們服務一定年限……膽量和訓練的尙武理想將冶煉人們的成長骨氣……把我們黃金般的青年徵募起來，根據他們的選擇，除掉他們的孩子氣，帶著更健康的同感心和更淸醒冷靜的觀念回來。如此，他們就付出了他們的鮮血之稅……」這樣的作法，一方面保存了人類本性可貴的尚武精神；一方面得以在國與國之間高揭和平主義的非戰大旗，而避開自古以來的殘酷戰爭。

納維森(Narveson)卻對和平主義根本基礎展開挑戰。他論證和平主義，根本是個自我矛盾、站不住脚的道德主張——如果和平主義者堅稱他們的理論具有道德意義的話。爲什麼？

和平主義的基本涵義是：所有的暴力都是錯的，人們在面對暴力時不該以力量來對抗暴力，而應採取和平的手段，而且這是一項責任。被列名在和平主義一詞下的學說有好些個，哪一個才是眞正不融貫的道德主張呢？納維森從「誰不該以力量對抗暴力？」的不同主張開始問起。(1)有些和平主義者宣稱只有他們自己不該如此；(2)或者宣稱只有相信和平主義者不該如此；(3)或是某一特別類型的人不該以力抗力；以及(4)每一個人都不該以力抗力。納維森論證前三項主張都不過是瑣碎或只具個人品味的意義，只有第四項主張才具有普遍性的道德意義，但它卻是不融貫的、自相矛盾的。

爲什麼每一個人都不該以力量對抗力量是自相矛盾的呢？不以暴力對抗暴力正是因爲相信暴力總是錯的。當主張暴力總是錯的時候，也意謂的每一個人都有權利不使暴力加諸在自己身上。而當一個人有一項權利時，就表示他有權利來採取適當的手段來防衛該項權利，這樣的手段有兩種：**力量**(force)和理性的規勸。和平主義認爲我們不該以力量來對抗暴力，所以只能以理性規勸的方式。但問題是當某人想或者已經施加暴力在我身上時，我還能理性地規勸他坐下來好好談談嗎？就算可有這種情況，納維森認爲這也是不相干的。他的問題是：已知力量是唯一防衛該權利的方式，那麼使用力量是否正確？和平主義認爲：不對。但這樣的立場等於是說：我沒有權利來防衛我所擁有的權利；而和平主義的主張又意謂「我有不使暴力加諸在我身上的權利」——這就是自我矛盾了。如此看來，和平主義的確是站不住脚的理論。

但是，和平主義的宗旨眞的建立在權利概念上嗎？單單權利的邏輯眞的會造成和平主義的自我矛盾嗎？萊安(Ryan)提供了另類看待或者解釋和平主義的進路。原來，和平主義並不是建立在權利概念上，也不是一條道德原則，而是一種消除人與人之間的距離感之主張。

萊安引用小說家歐威爾(Orwell)參與西班牙內戰時期所發生的一小段插曲：歐威爾在某天清晨去狙擊法西斯黨徒，一個衣著不整的人從敵方壕溝中跑出來，邊跑邊拉著褲子……歐威爾沒有開鎗，因爲他感到這個人一點也不是個法西斯黨徒，而只是像自己一樣的伙伴而已。換言之，在歐威爾的心中，原本是敵人的距離感消失了，所以他採取了和平主義的行動——沒有開鎗。

而這個消除距離感也不只是一種純然的情感，和道德全無關係。萊安解釋和平主義說，和平主義者乃是不能創造或者不希望創造自己和其他人之間的距離，使得殺人成爲可能。它之所以是一個道德主張是因爲，在面對每一個人時，不管他們會向你採取什麼樣的行動，總是應該維繫著這種人與人之間的無距離感——將對方看成是自己的同伙——之關係，正是在這樣的立場下，和平主義依然是個道德的主張，因爲它堅持了人與人之間那種更深層的同伴情感，不因對方的行爲而改變，從而使得因防衛而殺人也變得不可能。

以上是有關和平主義的三篇文章介紹。和平主義相信戰爭總是不道德，但**正義戰爭**(just war)理論卻認爲存在著爲正義而戰的行動。那麼，什麼樣的戰爭才可被稱爲「正義戰爭」呢？

三、正義戰爭理論

正義戰爭理論早在中世紀時，即由教會神學家所發展出來，它建立在基督倫理學的基礎上。正義戰爭理論相信戰爭一般而言是罪惡的，但某些情況下，我們不得不從事戰爭，否則無法防衛自己和正義，這種情況下的戰爭可以有正當的理由，換言之，它是一個正義戰爭。但是一個正義戰爭除了它的出發點是爲了正義的緣故外，在進行戰爭時，對抗敵人的行爲也必須要守住正義的原則——例如不可以濫殺敵國無辜的人民。所以，正義戰爭理論包含兩部分：

(1)**進行戰爭的正義**，亦即在什麼樣的條件下，從事一項戰爭才是正義的？它又包括下列諸項條件：A•它是反侵略的防衛戰爭：任何不是因爲反抗侵略的戰爭（如甲國侵略乙國，而丙國協防乙國而攻擊甲國，可以算是反侵略的戰爭），不管理由如何正當，都不會是正義戰爭；B•戰爭做爲最後的訴求手段：當和平的談判、斡旋、準戰爭的軍力展示都失去效用，敵人軍隊已經侵犯領土之時；C•必須由合法當局宣戰：宣戰必定是由統治一國家的合法政府的職責，任何地方政府或者不具宣戰權力的機構或官員的宣戰都不能算數；D•其目的在於矯正不正義：「正義戰爭」顧名思義，即是爲了正義而戰、爲了矯正不正義而戰。因此這必須是它的唯一目的。

(2)**戰爭中的正義**，亦即在戰爭的進行當中，面對敵人時的道德原則。這裡有兩條最重要原則：**A、相稱**（proportionality，或是「合乎比例」）原則，亦即軍力的使用不能毫無節制，要在恰好能矯正不正義的等級之內。例如，使用500磅的炸彈就可以達成任務，卻投下了一千磅的炸彈，以致造成大量人員的傷亡，就違反了相稱原則。**B、區分原則**，也就是必須區分戰鬥人員和非戰鬥人員，非戰鬥人員絕不可以成爲攻擊的目標。

本書所選錄的兩篇相關正義戰爭理論的文章，集中在討論區分原則這個主題上，亦即在現代戰爭中，區分戰鬥人員和非戰人員還是恰當的嗎？

爲什麼會有這個問題產生呢？因爲在現代戰爭中，戰鬥技術長足進展，飛機、坦克、炸彈、飛彈……等新兵器不斷出現，殺傷力驚人，往往攻擊軍事目標也很難避免傷害了平民百姓，所謂「飛彈是不長眼睛的」。在這種情況下，區分原則還能是個有效運作的原則嗎？儘管很難避免對平民百姓造成傷害，但能因此就表示可以濫炸敵國的大城市、民生目標、人口中心……等等非軍事目標嗎？效益主義主張戰爭的目的也是在尋求最大的善，如果轟炸敵國10000個平民，可以挽救我國150,000個士兵，那麼這轟炸就是道德的，當然不是有意要傷害平民，而是在現代的戰爭型態下，區分原則在最大善的獲取目標下，已變得無足輕重。換言之，傳統的正義戰爭之區分原則在今日實在不適用了。即使不考慮現代的戰爭型態，以效益主義的結果主義眼光觀之，在戰爭當中，殺害平民和殺害戰鬥人員，其結果完全一樣，同樣是在殺人，根本無法分辨。要說殺害戰鬥人員是道德上可接受的，殺害平民就沒道德，實在沒有根據可言。

支持正義戰爭理論的菲力普(Phillips)，其文章主要爲區分原則辯護。他的文章內容集中在論證「何以在戰爭中殺害敵方戰鬥人員不算是謀殺」？只有先解決這個問題，區分原則才有其意義。菲力普認爲殺害非戰鬥人員是謀殺，但殺害戰鬥人員則是爲使其失去行爲能力而不得已殺了他，這兩者不應相提並論。換言之，我們必須區分「人」和「身爲人的戰鬥者」，戰爭中的攻擊標靶必總是「身爲人的戰鬥者」而絕不可以是「人」。如果在戰爭中攻擊非戰鬥人員，那是意圖殺人，犯了蓄意謀殺的罪；但在正義戰爭中，攻擊戰鬥人員並不是蓄意謀殺，而是爲了使其失去行爲能力而預知他的死亡，但他並沒有殺人的意圖。因此意圖不同使得兩種行爲——雖然表面上行爲結果一樣——但卻是不同的行爲。

判斷是不是同種類的行爲並不能光看結果、可觀察的行爲和結果的預知，行爲意圖也在區分行爲種類上扮演關鍵角色。如果不考慮意圖，我們就無法分辨爲了躲避法庭傳票而開鎗殺射自己的官員之自殺行爲、和在政權保衛戰中英勇戰鬥到最後的官員之行爲。在這兩個情況中，結果、行爲類型和結果預知都相同，但意圖使兩者成爲不同的行爲。所以，在戰爭中，正義戰爭的信奉者和非正義戰爭的支持者，兩者之行爲差異將會在對待放下兵器的敵人士兵時突顯出來。既已放下武器，敵人士兵就解除了它身爲人的戰鬥者身分，他不再是戰鬥者了，只是個單純的人，我們就不能任意殺害他。總而言之，在正義戰爭當中，我們意圖的軍力指向標靶乃是戰鬥者而不是人，爲了使其失去行爲能力而殺害他，並不是直接意圖殺害一個人，因此也不能算是謀殺。

一般在戰爭中不可殺害非戰鬥人員的觀念，應用到非戰鬥人員的身上時，等於是說非戰鬥人員擁有**免於傷害權**(immunity)。但是，這個「免於傷害權」是建立在什麼樣的道德原則上呢？或者它有什麼樣的道德意義呢？正義戰爭理論相信它建立在「殺害無辜者是謀殺」的原則上。馬若德(Marvrodes)並不反對「免於傷害權」的觀念，但他以爲這項權利並不是建立在「無辜者不可殺害」的原則上，而是來自戰爭中的對立雙方之契約和善意而逐漸形成的。要論證支持這個觀念，馬若德先從批判一些免於傷害權的理論家著手。

這些理論家主張非戰鬥者之所以擁有免於傷害權是因爲他們是**無辜的**(innocent)，殺害無辜的人是謀殺，因此在戰爭中不該殺害非戰鬥者。馬若德批評他們不當地把非戰鬥者和無辜者等同起來，他舉例說：一個人可能是不正義的戰爭和不正義的目標之狂熱支持者，用盡一切力量、金錢、鼓吹來促成不正義的戰爭之發生，但在戰爭當中他卻是個非戰鬥人員；相反地，一個鄉下青年有可能受國家徵召而上戰場，但他對戰爭一點概念也沒有，他甚至可能厭惡戰爭，在這不正義的出兵中，他眞正是個無辜者，但卻成爲戰鬥人員，可以殺害的標靶。這種情況顯示了以「無辜」的概念來賦予非戰人員的免於傷害權實在站不住脚。

反對「無辜」的概念做爲免於傷害權的基礎，並不表示也反對戰鬥人員和非戰人員這項「區分」。事實上，馬若德相信在這樣的區分當中，存在著相當重要的道德涵義。如果在正義戰爭中不應該以非戰人員爲攻擊目標，其基礎在於交戰國的默契和約定。馬若德論證道德義務可以依賴於約定，它的充分必要條件是(1)已知有某種約定、法律、習慣等等，實際地在發生效力當中，使吾人實在有順從該約定而行動的義務；以及(2)有另類的法律、習慣等等，以致不管是否已在發生當中，吾人都不會有先前的義務。舉例說明，在戰爭中的確有像「戰俘人道對待」這樣的國際法或者默契，實際地在發生效力了；但也有「虐待戰俘」的習慣——某些歷史上的國家並不遵守「人道對待」這樣的約定；正因爲存在著不同的習慣而讓不同的國家相信它們有不同的規範時，我們就只能說「戰俘人道對待」的道德義務是依恃於約定。

所以，在交戰國之間，如果一個國家先嘗試不以非戰人員攻擊目標而表達了善意，其對手國同樣也報以相同的措施，我們就可以說一個好的默契和約定已逐漸地在形成當中。雖然戰爭的約定戰爭並不穩定，但它是值得追求的。

四、核子、道德

核子道德屬於戰爭道德的一部分，但它是本世紀的專屬課題，自從 1945 年原子彈發明以來，人類開始步入核子時代。這種毀滅性的武器首度空投在日本的廣島和長崎兩個都市，在一瞬間殺死了十幾萬人，促成第二次世界大戰的加速終結。

二次大戰後，以蘇聯爲首的共產革命輸出到世界各地，東歐國家、中國、古巴、北韓、越南……一一掛上了象徵共產的紅色旗幟，世界分裂爲共產主義和資本主義兩個陣營。這不僅是兩種對立的經濟體制、政治制度和生產方式，也是兩種敵對的價值觀和生活方式，彼此懷疑猜忌、互不信任，恐懼對方併吞了自己，兩邊均不斷強化自己的軍事力量。在大戰結束後不到幾年之間，蘇聯也試爆了原子彈，隨後英國、法國均一一走上核子武裝的道路，世界立即陷入加速的核武競賽當中。一種威力比原子彈更強大百倍的氫彈很快地被發明出來，洲際彈道飛彈也在不久後開始部署，1960 年代共產中國更躋身核子俱樂部的國家之列……，世界走入了長達四十年的核子冷戰之旅程，一直到 1992 年蘇聯解體。

這段歷史正是我們所經歷過，每個對國際局勢敏感的中年人，回想起這段歷史，相信都會有餘悸猶存之感。這種現象在歷史上前所未有，人類第一次面臨自我滅種、集體自殺的邊緣處境。之所以會這樣實在是因爲核子武器的力量太大了，即使在今天，單單美國一國所儲存的核彈數量，還是足以把地球的整個表皮炸翻好幾次。雖然冷戰年代已過，美蘇的核子對峙也成了歷史，但在這段期間，人類爲避免核戰的發生，著實做了許多努力。戰略家發展了核武戰略，科學家爲廢止核武而多方奔走，政治外交家合縱連橫以促成核武國家走向裁軍、限武談判，哲學家論辯哪一種戰略更符合道德而做出了思想上的貢獻。收錄在本冊的三篇有關「核子道德」的文章，就是這一段歷史的思想記錄。

關於核子道德的議題，集中在三種核子戰略哪一個是比較道德的評估之上。當然，這些戰略道德的爭論均發生在美國。美國在面對蘇聯的核子威脅時，曾發展出三種主要的核子戰略（以下觀念和術語之解釋主要引自萊其(Lackey)的〈飛彈和道德〉）：

⑴**優勢戰略**：維持第二擊的能力，尋找第一擊的能力；威脅第一擊與第二擊。

⑵**均勢戰略**（亦稱嚇阻戰略）：維持第二擊的能力，不尋求第一擊的能力；只威脅第二擊。

⑶**核武裁減**：不尋求第二擊的能力。

這裡的第一擊、第二擊等都是標準術語：(a)如果甲國攻擊乙國而不怕乙國隨後反擊所造成無法接受的損害，甲國被假設對乙國具有「第一擊的能力」。也就是甲國擁有先發動大規模的核子攻擊之能力，能在第一次攻擊時摧毀大部分的乙國的核武反擊設施，所以不怕乙國的反擊；(b)如果甲國遭到乙國的核子攻擊後能夠對乙國造成不可接受的損害，甲國可說對乙國具有「第二擊的能力」。亦即甲國全國即使幾乎被乙國摧毀，但仍具有殘存的軍事載具足以對乙國發動報復攻擊，同樣地摧毀乙國全國——這亦稱作「相互保證毀滅」（在軍事上，部置在固定陣地的洲際彈道飛彈通常作爲第一擊的武力；而機動性彈道飛彈、戰略核子潛艇和戰略轟炸機則被用爲第二擊的武力）。

據此，優勢戰略是尋求先制攻擊的能力，亦即能在第一擊中摧毀敵國的大部分之反擊力量，而且即使敵國先行大規模攻擊我國時，我仍保有足夠的反擊力量，足以造成敵國無法接受的損害（在核子戰爭的規模中，這等於是將敵國的整個國家夷爲廢墟的同義詞）。均勢嚇阻戰略則不尋求先制攻擊的能力，但必定維持報復能力。報復有兩種形式：「價值反制報復」——攻擊侵略國家的人口和工業中心以摧毀敵方的社會，也就是著名的「相互保證毀滅」；「武力反制報復」——攻擊敵國的核武和軍事設施。核武裁減戰略則進一步放棄報復能力。這三種戰略中哪一種是最符合道德的？

在核子道德的議題中，有一個共識是：「防範全面性的核子大戰是核子道德的最高原則。」所以，問題在於「哪一個戰略方案最容易阻止全面性的核子大戰之爆發」？

美國對蘇聯的核子力量一直維持在至少嚇阻報復的程度，而總是在優勢戰略和嚇阻戰略之間徘徊。我們都知道在1970年代末，美國卡特和蘇聯展開限武談判（限武談判的目標是指向核武裁減戰略，但本身並不就是核武裁減戰略）。

1980 年強硬派的雷根(Ronald Regan)當選美國總統，反而再度擴張軍備，把核武能力指向優勢戰略。在這種情況下，美國天主教主教團因而出面呼籲「不先使用核武策略」——不管在戰略上或者戰術上。

主教團所發表的佈道信〈和平的挑戰：上帝的許諾和我們的回應〉針對二個論題——核子武器的使用和對嚇阻的態度——提出了幾個重要的主張：

⑴在使用核武方面，主教團有三點主張：譴責核武被用來攻擊人口中心、堅持不先使用政策、反對「有限核子戰爭」的論點。

⑵有關嚇阻戰略：主教團堅持國家只能有條件地接受嚇阻戰略，並且把它當成通向核武裁減的一個步驟。根據這個核心主張，主教團反對幾個有關嚇阻戰略的提議：a‧增加能夠摧毀有著良好保護的目標之核武（如洲際彈道飛彈），以增強報復能力。主教團認爲這種武器基本上是在第一擊中使用，故應予排拒。b‧意圖發展超越有限嚇阻功能的核子交戰能力之戰略計劃。c‧降低核戰門檻和模糊核武器和傳統武器差異的提議。

⑶主教團進一步提出下列積極的建議：a‧支持立即的、可驗證的雙邊協定以中止新核子武器系統的測試、製造和部署。b‧支持兩大超強談判雙邊大量裁減核武。c‧支持全面禁止核爆試驗的談判儘早達成結論。d‧各方撤走短程核子武器。e‧各方從戰爭初期易被佔領的區域撤走核武。f‧強化核武的指揮管制以防不愼或未授權的使用。

戰略學家克勞特哈默(Krauthammer)爲核子嚇阻戰略辯護，認爲嚇阻戰略反而是維繫和平的最佳手段。因爲在嚇阻戰略的實施中，存在著一個由弔詭所構成的平衡——相互保證毀滅使得雙方均不敢輕易發動戰爭，武器瞄準人口中心則降低爆發戰事的威脅。要降低戰爭機率必須由實行嚇阻戰略來維繫這個微妙的平衡。

由檢討主教團的佈道信開始，克勞特哈默認爲主教團有限度接受嚇阻策略的結果等於是完全放棄嚇阻。他們反對價值反制是因爲攻擊人口中心違反區分原則；進一步攻擊軍事目標也因爲平民往往會分佈在體目標附近而遭殃，所以武力反制也不該實施。結果是：你可以擁有核武器，但絕不能使用。嚇阻戰略變成虛張聲勢。

所以，主教團和一些反核主張，除了名字不同外，實質上都是「單方面裁軍」。單方面裁軍意謂著一方將完全失去報復能力，而歷史顯示，沒有報復能力的國家，往往會成爲新武器的試驗場。如果防止核戰發生是最高的道德，那麼嚇阻就是最道德的戰略選擇。

萊其(Lackey)卻提出了和克勞哈特完全相反的評估。萊其從「單方面攻擊」、「全面核戰」、「蘇聯入侵」、「高度軍事花費」四個項目的發生機率進行估量，得出核武裁減戰略乃是機率最小的選項，故核武裁減戰略才是最道德的策略。

但一般對核武減裁戰略（即單方面裁軍）的批評是它容易造成敵國（蘇聯）的核子勒索。也就是，美國單方面裁軍，蘇聯雖不會發動全面的核武攻擊，但將容易利用它的核子優勢向美國進行勒索，以便獲取蘇聯的國家利益。萊其特別針對這點論證：核子勒索對一個具獨立自主的國家是無用的。譬如，在 1945 到 1949 年間的美國是全球唯一擁有原子彈的國家，但美國仍無法阻止蘇聯發展他們自己的原子彈；又如，在 1960 年間，蘇聯和中國這兩大共產國家翻險，蘇聯撤走所有的技術支援，中國仍然自力製造出原子彈而成爲核武國家，蘇聯亦莫可奈何。可見得，即使美國單方面裁軍後，蘇聯進行核子勒索，對美國這樣的一等強國而言，根本起不了什麼作用。

但實施核武裁減戰略後，全面爆發核戰的機率降至最低，美國受核武攻擊的機率也大幅下降，故裁減戰略是最道德的策略。

上述三篇相關核子道德的文章，在今天已經只剩下歷史的旨趣。然而鑑往知今，這些卓越的論述仍可以幫助我們面對今天的新的國際情勢。特別是全球的核子擴散已成爲核子道德的新問題，如何阻止核子擴散？當國家在強權威脅下(如台灣）該不該發展核武以成爲戰略籌碼？甚至有了核武之後，該如何制定使用核武的道德？等等問題，無疑將成爲我們日後思考的目標。

前　　言

陳瑞麟　譯

大部分的人都同意，道德規則應用在社會內的衝突，但並不是每一個人都可把這些規則也應用在社會與社會之間的衝突。存在於一個社會之內的約定俗成，衍生了其他人應該如何行爲的期望。在大量的應用中，法律逐步抑制反社會的行爲。但有一個強力機制的國際法迄今並不存在。在國家之間，我們很接近霍布斯所謂的「自然狀態」，在這個狀態之下只有一件事能挽救我們免於攻擊，那就是侵略者付出冒險的攻擊行動要付出鉅大代價。即使沒有**物理暴力**(physical violence)存在時也有冷戰。

當戰爭發生或者當一國家攻擊另一個國家時，對被攻擊國家而言有三種可行的選擇。它可以拒絕抵抗、它可以動用它的所有資源來抵抗（總體戰爭）、它也可以做有限局部的抵抗。這些選項中的每一個都可進一步刻劃它們的性質。譬如，拒絕透過暴力防衛自己的國家，仍可能從事被動的抵抗。

第一個選項是**和平主義**(pacifism)（或譯成不抵抗主義），信守非暴力的宗旨，意謂不防衛自己和他人所受到的侵略。萊其(Douglas Lackey)認定了四種類型的和平主義者：(1)相信殺其他人（或動物）是不道德的（譬如，史懷哲）；(2)相信所有的暴力是不道德的〔**普遍的**(universal)和平主義者，如托爾斯泰(Tolstoy)和甘地(Gandhi)〕；(3)相信個人暴力是錯的，但**政治暴力**(political violence)則可以有正當理由（像阿奎納，他相信防衛自己是不道德的但認可反抗異教徒的戰爭）；以及(4)相信戰爭總是錯的但接受個人的自我防衛，他們是反戰的和平主義者❶。

在我們的選文中，納維森(Jan Narveson)檢查幾個和平主義者的論證而且結論說和平主義要不是出於個人品味就是不融貫。如果我們能有任何一種權利的話，我們就有權防衛我們自己。萊安(Cheyney Ryan)發現納維森分析的錯誤，他自己推導和平主義的本質爲如下的觀念：即我們不應該輕易地造成我們自己和其他人之間的必然距離，使得殺戮成爲可能。

對那些拒絕和平主義而接受進行戰爭爲一必然之惡的人而言，議題變成(1)何時進行戰爭有道德上的正當理由？(2)戰爭應該怎麼打。假定赤裸裸的強權並不代表正確，有道德的人們想在訴諸暴力中找到正當理由。三個古典道德理論——**效益主義**(utilitarianism)、**契約論**(contractualism)和**義務論**(deontologism)——對這些問題開了三種不同處方的答案。效益主義理論尋求最大的善（「最大數量的最大善」)，要求一價值效益的分析以決定種種不同策略的可能結果。當國家相互衝突時，戰爭可以被視爲解決衝突的選項。唯一應問的問題是：比起其它任何種政策，戰爭帶來更好的總結果之可能性是多少？如果在仔細分析後，戰爭被判斷爲可能產生最大的**總收益**(total benefit)，則戰爭將有正當的理由。

❶Douglas Lackey, *The Ethics of War and Peaces* (Englewood Cliffs: Prentice-Hall, 1989), p.7 f.

實際政治學(realpolitik)〔**權力政治學**(power politics)〕佔優勢。沒有公民和戰鬥者的區分存在。如果你能由殺掉人民而成就更多的話，如此做就有正當理由，雖然這可能引發一個殺戮人民的壞前例——所以要小心！在廣島空投原子彈的決策就是由效益主義的觀點而得到證成。反映在杜魯門(Truman)總統的話中：

> 既已發明這種炸彈，我們就必須使用它。我們使用它來反抗那些沒有任何警示就在珍珠港攻擊我們的人；反抗那些使美國戰俘挨餓並且虐待、拷打他們的人；反抗那些完全撕下遵守交戰國際法僞裝面具的人。我們使用它爲了縮短戰爭的苦悶，爲了拯救數萬以計的年輕美國人之生命❷。

假定更多對於美國人的善將由犧牲敵人的生命來達成，這個論點有效益主義的特色。由殺其他人來挽救生命。

當然，杜魯門的推理也可以被詮釋爲**開明的自利**(enlightened self-interest)，一種由契約主義倫理學所主張的觀點。根據契約主義者，當一個國家的自我利益是去進行戰爭時，戰爭對該國家而言即得到證成。自我主義的開明自利是契約主義的主旨，引導國家簽定盟約。根據盟約，國家可以在戰鬥中互相支援。沒有契約存在，則沒有道德義務存在，契約存在之處，義務必定伴隨著制裁。否則盟約是空洞的，因爲如同霍布斯所言：「沒有寶劍的誓約只是空話，一點也沒有力量保護人們。」一般而言，如果一個國家的自利

❷杜魯門總統在 1945 年 8 月 9 日（原子彈轟炸長崎的第二天）對美國人民的演說。

是締結一項盟約，它包括了防衛另一個國家的承諾，這盟約應該信守，因爲你在未來很可能需要這個國家的協助，而背叛盟約對其他盟約是一個不好的示範。所以，如果我們的政府和沙烏地阿拉伯、科威特、或以色列簽有盟約，我們就應遵守它並且在這些國家遭受攻擊或威脅時防衛它們。夠有趣的是，美國和科威特並沒有簽訂科威特協防美國的盟約。

當處理軍事理論這種案例時，契約理論認爲沒有特別的規則能從戰鬥者中區分出平民來。一切都是公平的遊戲。

第三個主要的理論是義務倫理學的版本，被稱作正義戰爭理論。由羅馬大公教會神學家奧古斯丁(354－430)、阿奎納(1225－1274)和蘇亞雷(Francisco Suarez 1548－1617)所發展的，正義戰爭理論主張戰爭雖然是一項罪惡，但如果有某一定的條件配合，戰爭能夠有**正當理由**(can be justified)。做爲義務倫理學家，他們拒絕簡單的**價值／利益**計算和總體戰爭的整個觀念——在愛和戰爭中一切是公平的。他們區分進行戰爭的道德基礎［**進行戰爭的正義**(jus ad bellum)］和在從事戰爭時正確的指導［**戰爭中的正義**(jus in bello)］。進行戰爭的正義，即進入戰爭的權利，能夠由下列環境而**被證成**(be justified)。這戰爭必須是：

1. 由合法的權威當局宣戰　這將排除革命戰爭和反動叛亂。

2. 爲了一項正義的原因而宣戰　在第二次世界大戰中，同盟國向日本人和德國人——他們被視爲一心想要毀滅西方的民主體制——的宣戰，常常被引用爲如此一正義宣戰的典範案例。最近對抗伊拉克的波灣戰爭被宣稱是有關科威特的領土完整性連同對沙烏地阿拉伯、敍利亞和特別是以色列的危險。它也是有關於中東油源的控制。

3. 宣戰做爲最後的訴求　交戰可以只開始於作下一個合理的決定之後，此時戰爭是唯一完成良好終局之方式。在最近對抗伊拉克的戰爭，人們論證在努力交涉磋商失敗且制裁也無法運作之下，以致戰爭成爲唯一選擇。

4. 由於帶來和平的意圖以及保持對敵人的尊重（甚至愛敵人）而宣戰　敵人必須被以人類的身分而受尊重，即使當我們攻擊他們時。

注意正義戰爭理論允許**先制打擊**(preemptive strikes)敵人——如果他們的領導者有侵略的意圖時。如 1967 年以色列對抗埃及的六日戰爭(Six Days War)。

有關在戰爭中進行的兩個進一步的條件如下：

5. 相稱(proportionality)　戰爭必須適度、正確地實行，不能比完成善的終局所需的帶來更大的災禍。比所需達成善的目標更多的力量不可以被執行。掠奪、強姦和拷打折磨全被禁止。殘酷地對待無辜者、戰俘、和受傷的人都不能得到正當理由。核子戰爭將違反相稱的原則。

6. 區分(Discrimination)　和效益主義與契約論相反，正義戰爭理論區分戰鬥者和非戰鬥人員——那些在爭鬥中被視爲無辜的人。攻擊非軍事目標和非戰鬥人員是不允許的。平民轟炸違反意圖的法律。在越南戰爭中，邁萊(MyLai)的平民大屠殺被視爲美國軍方所幹的最低下卑劣的行爲。

菲力普提出了正義戰爭理論的當代防衛，我們的選文是他對條件5.和6.的辯護。

很少人會質疑條件2.、3.和4.，因爲必須做任何較少的罪惡似乎是自明的，效益主義會驅使我們拒絕第六條件——區分。如果轟炸一個城市有 10,000 平民的生命失去了，但我們將保住 15,000 名士兵，則我們應轟炸這城市。不管什麼這最小的惡都應該去做，無關於個別的規則。

無辜者（非戰鬥者）和戰鬥者之間區分特別是個問題。如果平民被用爲戰鬥者的保護屏障時，該如何？你能在不打算殺害保護者的基礎上忍住殺掉正威脅著你的敵人嗎？菲力普和馬若德(George Mavrodes)在〈正義戰爭理論〉和〈約定俗成和戰爭的道德〉中，針對這點而達到相對立的判斷。

哪一個道德理論處理戰爭最好？不管你的結論是什麼，核子戰爭的威脅使正義戰爭的概念受到嚴重的懷疑。考慮下列事實：1945 年 8 月 6 日轟炸廣島的原子彈，殺害了 6 萬人，有 12,000 噸 TNT 炸藥的爆炸威力。在美國義勇兵洲際彈道飛彈上的核子彈頭，其爆炸威力等於 120 萬噸 TNT，是投在廣島的原子彈之一百倍。更大的，1,000 萬噸級的氫彈是廣島原子彈的八百倍爆炸威力。美國和前蘇聯一起算來總共有超過 5 萬顆核子彈頭。法國、英國、印度、和以色列都有核子武器——總共超過 6 萬顆核子彈頭！

全面核子戰爭的毀滅性將是這樣一種災難景象，使得殘存的活人可能會嫉妒已死者，因爲他們幾乎沒有什麼可以期待的了。鍶 90（其化學組成類似於鈣，所以能進入乳類產品中，並透過乳品進入人體）最後將導致骨癌。大部分的動物，特別是像牛一樣的大型動物，以及大部分的植物都將死掉；湖和河流被輻射所毒化；受影響的土壤將失去養料，從而失去生產食物的能力。「總之，對美國全面性的核子攻擊將以一個自從早期地質時代以來前所未知的規模毀滅自然環境，在那時，連鎖引發自然災難……遍佈地球的物種和整個生態系統突然大量滅絕」。❸什麼東西將殘存下來？主要是雜草和小昆蟲。美國將變成昆蟲和雜草的共和國。

核子戰爭違反了正義戰爭的原則。它違反了原則4.（其目標在帶來和平，敵人是受到尊重的）、5.（相稱）和6.（戰鬥者和非戰鬥者的區分）。這是爲什麼羅馬天主教會主教宣稱使用核子武器是本質上的不道德（參看〈反對使用核子武器〉一文）。

效益主義者〔譬如，萊其(Douglas Lackey)，第八篇讀文作者〕和契約論者一般也譴責核子戰爭。此種戰爭的短期和長期之摧毀力是如此的可怕以致無法以字詞來描述。可是，這些理論可以證成核子武器的選擇性使用，做爲來自這兩個陣營的理論家，也證成了投在廣島和長崎的原子彈之使用，乃爲了使日本屈服且保住數以萬計的生命而不得不爲(雖然萊其在他的論文中爭論這點)。對效益主義者而言，這是應用較小惡的原則。做那些使罪惡最小化的行爲！對契約論者來說，原子彈轟炸是一項開明的自利之工具。

但效益主義和契約論者都一致同意我們必須防止核子戰爭。在核子滅絕的陰影下，義務論者、效益論者、契約論者都傾向於一致，如同**廢止論者**(abolitionist)和**實在論者**(realist)的立場。如此一瘋狂的行動違反正義戰爭原則、違反效益原則、它也不是任何人的利益。

然而一些效益論者，像克勞特哈默(Charles Krauthammer)（〈論核子道德〉一文）論證避開核子災難最好的方式，弔詭地，不是擁有核子武器的某些國家片面地解除武裝，而是以嚇阻的形式保有一個核子武裝的堅強政策，因爲核子戰爭的威脅提供了一項有力的誘因，使所有的國家克制以免於互相攻擊。

---

❸Jonathan Schell, *The Fate of the Earth* (New York: Alfred Knopf, 1982), p 68.

現在讓我們從詹姆斯(William James)的〈戰爭的道德等值原則(The Moral Equivalent of War)〉這篇論戰爭與和平的經典文章開始。

1 戰爭的道德等價原則*

William James 原著 陳瑞麟 譯

哲學家和心理學家詹姆士(Williom James)是**實效主義**(Pragmatism)的領導者，詹姆斯任教於哈佛大學，也是《心理學原理》(*Principle of Psychology*, 1890)、《相信的意志》(*The Will to Believe*, 1897)、《宗教經驗之種種》(*The Varieties of Religious Experiences*, 1902)等書的作者。

在他論戰爭的選文中，詹姆斯首先惋惜人類的悲劇歷史，已被戰爭和破壞所標誌著。但他視**尚武精神**(militarism)中的某些事物值得保護：像勇氣、對軟弱的鄙視、服從命令、堅忍、和榮譽此類的理想。除非我們能把這些美德輸入一個和平的環境中，否則我們不能除去來自人性中的好戰渴望。詹姆斯要求一支和平的軍隊和自然博鬥，每一個成年男子都應被徵召。或許，如果他生在我們的時代，他將會說每個年輕男人和女人都應該被引入一般的人性服務中：在環境的運作中，教育文盲，以及在像**和平團體**(Peace Corps)一類的組織中服務。

反抗戰爭的戰爭(THE WAR AGANIST WAR)並不是假日的旅行或庭園宴會。軍事情感紮根得太深，以致無法放棄它們在我們理想之間的地位，除非有比發生在國家連同個人的**榮耀**(glory)和**恥辱**(shame)更好的替代品，這榮耀和恥辱是來自於政治的興替起落和貿易之榮枯盛衰。在現代人和戰爭的關係中有某種高度弔詭的東西存在。問我們國家從北到南的幾百萬人：是否他們願意現在投票（假設如此一件事是可能的）來決定把我們的南北統一戰爭從歷史上擦去，而且以到現在的和平轉移記錄來取代進行曲和戰役？大概只有一小撮古怪的人會說：好。那些先人、那些奮鬥、那些記憶和傳奇，是我們現在所擁有的東西中最理想的部分，比一切傾注出來的鮮血還值得的神聖的精神財產。然而，如果問相同的人說：是否他們願意在現今冷血地開啓另一場內戰，以獲得另一個類似的財產？將沒有一個男人或女人會投票支持這提議。從現代的眼光看來，雖然，從前有戰爭，它們必定不單單是爲了理想的收獲而進行。只有當吾人爲暴力所迫時，只有當敵人的不正義使得我們毫無選擇餘地時，戰爭在今天才被認爲可容許。

在古代並不是如此。原始人狩獵人，以及狩獵鄰近的部族，殺掉男人，劫掠村莊和占有女人，是最可行也最興奮的生活方式。如此，比較上更軍事化的部族，在首領和人民之間有著一純粹的好戰本性和榮耀之愛，其實攙混了更基本的掠奪之嗜欲。

現代戰爭是如此地昂貴以致我們感到貿易是較好的掠奪管道；但現代人繼承了他的祖先本有的一切好戰本性和一切榮耀之愛。顯示戰爭的不合理性和可怕，對他毫無效果。恐懼製造幻想。戰爭是強烈的生命；它是**邊緣中**(in extremis)

的生命；如同所有的國家向我們顯示的預算中可看出，戰爭稅是唯一人們從不猶豫繳付的稅金。

歷史是鮮血之浴。伊利亞德(Iliad)是狄歐米德斯(Diomedes)、艾傑克斯(Ajax)、沙培東(Sarpendon)、赫克托爾(Hector)被殺的長篇誦詩。沒有受創的細節，它們就不能感動我們，希臘人的心靈哺餵著這個故事。**好戰主義**(jingoism)和**帝國主義**(imperialism)構成了希臘人的歷史全景——爲戰而戰，所有的公民都是衛士。希臘人的歷史是一個可怕的讀本，因爲它整個地不合理——爲了創造「歷史」而保存下來——而這個歷史卻是一個文明的全然毀滅，該文明在理智層面上或許是地球上儘見的最高峰。

那些戰爭純粹是狂熱好戰的。驕傲、黃金、女人、奴隸、興奮是他們僅有的動機。譬如，在伯羅奔尼撒(Peloponnesian)戰爭中，雅典人要求擁有當時一直中立的邁羅斯(Melso)〔發現米羅維納斯(Venus of Milo)的島嶼〕居民之統治權。兩方特使會面，各持爭議，修昔底德斯(Thucydides)有完全的記載，就形式上愉快的合理性而言，爭論將滿足阿諾德(Matthew Arnold)。雅典人說：「強者強求他們所能求得的，弱者允讓他們所必須允讓的。」當邁羅斯人說與其很快地淪爲奴隸，他們寧願訴諸神明，雅典人答道：「我們和人們所相信的神，由祂們本性的法則看來，我們知道，祂們能夠掌管一切祂們所意願者。這條法則不是我們所定的，我們也不是第一個按它來行動的人；我們只是繼承它而做這些事，而且我們知道你們和所有的人類，如果你們和我們一樣強，也會做我們所做的。神明的事到此爲止，我們已經告訴你們，在祂們的好意見當中，我們的期望站得和你們一般高。」當然，邁羅斯人仍然拒絕，結果他們的城邦就被攻陷了。修昔底德斯平穩地說：「雅典人因此殺死所有年紀可以作戰的男人，並使女人和小孩成爲奴隸。隨後他們殖民該島，把五百名自己的移民送到那兒。」

亞歷山大的生涯純粹又簡單，除了權力和刺殺的狂歡、以及由英雄性格而來的浪漫事蹟外沒有別的。他的帝國裡沒有合理的原則，他死後，他的將軍和統治者互相攻擊。這些時代的殘酷令人難以置信。當羅馬最後征服希臘時，羅馬元老院告訴阿米留斯(Paulus Aemilius)，爲了犒賞他的士兵之辛勞，將「賜」給他們伊比魯斯的老王國(old kingdom of Epirus)。於是，士兵們劫掠了 70 個城市，讓 15 萬人淪爲奴隸。他們殺了多少人我不知道；但在艾托利亞(Etolia)，他們殺了所有元老，總數 550 人。布魯特斯(Brutus)是「他們當中最高貴的羅馬人」，但是爲了在菲力比(Philippi)的眼中激勵他的士兵，他同樣承諾，若贏得戰鬥，將給他們斯巴達(Sparta)和特沙隆尼卡(Thessalonica)以供他們掠奪。

殘酷噬血的養育訓練出社會的凝聚性。我們繼承了這種好戰型態；人類種族之所以充滿英雄主義的才能，我們必須感謝這個殘酷的歷史。已死的人不能告訴我們故事，如果有任何異於此類型的種族，他們並未留下生還者。我們的祖先被教養出來的好戰本性，成爲我們的骨架和血肉，幾千年的和平也不能磨消它。大衆的想像更加強化了戰爭的思想。當公衆意見再度達到一定的戰鬥頂點時，沒有統治者能夠違抗它。在波爾戰爭(Boer War)中，兩個政府始於互相恫嚇但無法停在那兒，軍事張力對他們而言太強了。1898 年，我們的人民在三個月間，讀到每一家報紙三寸高的大字「戰爭」！當溫和派的政客麥肯雷(McKinley)被人民的狂熱沖垮時，我們和西班牙的骯髒戰爭變成勢在必行。

今天，公民意見是一個奇怪的心理混合物。軍事本能和理想像以前一樣強烈，但卻面對反省的批判，它劇烈地勒住他們古老的自由。無數作家展示軍事任務殘酷的一面。純粹的劫擄和優勢不再是道德上可公認的動機，爲了把它們單獨歸屬給敵人，必定會找出藉口。英格蘭和我們，我們的軍隊和海權永不止息地擴張，是爲了「和平」而武裝。德國和日本則屈服於掠奪和榮耀。「和平」在今日的軍方傳聲筒中是「期待戰爭」的同義詞。這個字變成純粹挑撥性的，沒有一個政府誠摯地希望和平，卻總是允許它被印在報紙上。每一部流行的字典都應該說「和平」和「戰爭」意謂相同的東西，現在是和平，現在也是戰爭。甚至可以合理地說，由國家爲戰爭而作的競爭準備，乃是眞正的戰爭，永遠且不停息；戰鬥只是一種在和平期間所獲得的戰爭技能之熟悉程度的公開檢驗。

很明顯地，在這個主題上，文明人已發展出一種懷疑人格。如果我們援引歐洲國家，它們當中任一個的合法利益，似乎不能爲圖謀它而且必然帶來鉅大破壞的戰爭提供任何正當理由。在每一個明顯的衝突中，似乎連常識和理性都應該發現一條達到協議的道路。我自己認爲我們所負擔的責任使我們相信如此一國際的合理性是可能的。但，如同事實所示，我看到想把主和派和主戰派結合起來，幾乎是令人絕望般地困難。而且我相信這困難是由於和平主義計劃中的一定缺陷，在和平主義中放置的軍事想像強烈地——並且在某個範圍內是可證成地——反對戰爭。在整個討論中，兩邊處在於想像和敏感的基礎上。它不過是一個烏托邦反對另一個烏托邦，一個人所說的每一件事必是抽象且假想的。跟隨著這個批評和謹慎，我將在抽象的方式上試圖去刻劃相對的想像，並且指出對我自己易錯的心靈而言，似乎是最好的烏托邦假設，最有遠景的懷柔思路。

在我的評論中，雖然我是和平主義者，我將拒絕去道說戰爭政權的殘酷面（已經被很多作家所公平地處理過）而只考慮較高層面的軍事情感。沒有一個人認為愛國主義不可靠；也沒有任何一人拒絕戰爭是歷史的浪漫故事。但是，不凡的雄心是每一個愛國主義者的靈魂，而暴力死亡的可能性是每一個浪漫故事的靈魂。每一個地方的軍事愛國心和浪漫心靈，特別是專業的軍人階級，拒絕承認戰爭可能只是社會進化中的一個短暫現象。他們說，綿羊的天堂阻止了我們較高的想像。那麼，生命的階梯是在哪兒？如果戰爭停止的話，在這個觀點上，我們必須再去發明它，去救贖生命免於枯燥的墮落。

現今為戰爭反省辯護者都一致地視它為宗教的。它是一種**神聖感**(sacrament)。它的好處在被征服者連同勝利者；而且除開任何好處的問題外，我們被告知它是絕對的善，因為它是最高動力的人類本性。它的「恐懼」是一個支付解救的便宜價格——把我們從唯一選擇中解救出來，在這唯一選擇上假定了一個職員和教師、共同教育和互助共生、「消費者聯盟」和「聯合慈善機構」、無限的工業化和毫不羞愧的女性化之世界。再也沒有睥睨、沒有堅忍、沒有英勇！鄙視如此一個行星的畜牧園！

在這個情感的中心本質所盡可能抵達的範圍內，似乎對我而言，健康心靈的人都必在某種程度上分受了它。**尚武精神**(militarism)乃是我們膽量的理想之最大保護者，沒有使用膽量的人類生命是可鄙的。對**勇敢作為者**(darer)沒有冒險或獎勵，歷史將平淡無趣；而且有一類型的戰鬥性格，每一個人都會感覺這個種族從不停止嗜血，因爲每一個人都易感受到它的優越之處。保存人類的戰鬥性格——如果不是爲了使用之，而是保存它當做在其自己的目的和純粹做爲完美的一部分——乃是負加給人類的責任，如此老羅斯(Roosevelt)的膽怯和嬌嫩並不可能藉由使每一件其它的事物從自然的表面消失才會終結。

我想，這種自然的情感形式是軍事寫作最深處的靈魂。據我所知，毫無例外地，所有的軍事作家都對他們的主題採取一種高度神秘的觀點，視戰爭爲一生物的或社會的必然過程，無法由普通的心理檢視或誘導所控制。當發展的時刻成熟了，不管理性或非理性，戰爭必定爲了一成不變的虛構託詞而來臨。總之，戰爭乃是一項人類永恆的義務。列(Homer Lea)將軍，最近在他新著《無知的勇氣》(*The Valor of Ignorance*)，直截了當地把自己根植在這個基礎上。對他來說，準備戰爭是民族性的本質，在戰爭中的能力乃是國族最高的衡量標準。

列將軍說，**國族**(nations)從不是穩定的——它們必定根據它們的生命力或衰老而膨脹或萎縮。日本現在正處在高峰期，由爭議中的必然法則，既然由於不尋常的預見而進入龐大的征服政策，要它的領導者不該去渴望它乃是不可能的——於是它先後和中國與俄羅斯戰爭，和英國締約，最後的目標是擄獲菲律賓、夏威夷群島，和我們整個縱貫山脈的西海岸。如此日本便占有整個太平洋——這是她做爲一個國家不可避免的使命而迫使她做如此的主張；而它對立於那些我們美國人已有深入的佈置——根據我們的作者，除了我們的自大、我們的無知、我們的重商主義、我們的腐敗、我們的娘娘腔之外，別無他物！列將軍對我們目前能夠對抗日本力量的軍事力量做了一個精細的比較，然後結論說夏威夷群島、阿拉斯加、奧瑞崗(Oregon)、和南加州，將會幾無抵抗地淪陷，舊金山必定在日本人的封鎖下於兩個星期內棄守，三到四個月內戰爭將結束，隨後我們的共和國「崩潰瓦解」，不再能獲得那它曾經漫不經心而疏於保護的東西，直到或許有某個凱撒興起，再度把我們融鑄成一個國家。

的確是令人沮喪的預測！然而並非全然不合理，如果日本政治家的心靈力量是歷史上曾出現多次例子的凱撒型，則一切都似乎將是列將軍所能想像的。但沒有理由認爲女人不再能是拿破崙或亞歷山大型人物的母親；而如果這些發生在日本且發現了他們的機會，正如《無知的勇氣》所描繪出來的驚訝可能埋伏著在等待我們。當我們仍然無知於日本人心靈力量的最深處時，我們可能有勇無謀地忽略了此類可能性。

其他的軍事家在他們的考察中更複雜也更道德。由史泰因梅茲(S. R. Steinmetz)所著的《戰爭的哲學》(*Philosophie des Krieges*)就是一好例子。根據這位作者，戰爭是上帝所創設的一種嚴格考驗，上帝以考驗的天平衡量這些民族。戰爭是國家的基本形式，也是人們能立刻且集中全力地應用他們所有力量的唯一功能。除了所有美德總體的合成之外，不可能有勝利，不能爲一些邪惡或弱點負責也就不能擊敗敵人。當上帝執行祂的審判且把人們擲入彼此的試煉中時，忠貞、凝聚、不屈、英武、良心、教育、創造性、經濟、財富、身體健康和勇氣——沒有一個是無法辨識的道德或理智優越點。**世界的歷史是世界的判決**(Die Weltgeschichte ist das Weltgericht)；❶史泰因梅茲也不相信在分派這些議題中，機會和幸運到最後能扮演什麼樣的角色。

必須注意的是，佔優勢的美德都是那些不管怎樣，在和平連同在戰爭中一般被視爲優越的美德；但在兩者上的負荷卻不相同，在戰爭時的負荷無限制地的越加強烈，使得戰爭做爲一試驗也無限制地更爲徹底。沒有其他的試煉可比擬於戰爭的。它可怕的大錘乃是人們凝聚成一個團結國家的融鑄劑，而且除了如此的國家之外，沒有其他地方能使人類的本性能力得到適當地發展。唯一另種選擇是「墮落」。

史泰因梅茲博士是一個有良心的思想家，他的書雖然短，卻說明了很多東西。似乎對我來說，這本書的結論能夠以帕騰(Simon Patten)的話來總結，即人類受痛苦和恐懼所看護，如果轉移到**快樂的生存觀**(pleasure-economy)，可能將致命性地妨礙人類掌握防止墮落影響的權能。倘使我們說及**從恐怖政權中解放的恐懼**(fear of emanicipation from the fear-regime)時，我們把整個處境放入單一片語中；關於我們自己的恐懼現在取代了對敵人的古老恐懼。

如我心中所意願般把恐懼除去，一切似乎將引回兩個想像中的**不情願**(unwillingnesses)，一個美感的而另一個是道德的；首先不情願預見一個軍事生活——它有很多迷媚人的元素——將永遠不可能的未來，在這個未來裡人類的生命將永不再由力量所快速、悚慄且悲劇地決定，而只能逐漸地、平淡無趣地由**演變**(evolution)所決定；其次，不情願看到人類奮鬥的無上劇場關閉了，以及不情願看到人類輝煌的軍事資質註定要保持在潛藏的狀態而從不能在行動中顯現它們。這些堅定的不情願，和其他美感和道德上的堅持沒有什麼不同，似乎對我來說，必須被傾聽且尊重。吾人不能只是因戰

❶語出席勒。

爭的高昂代價和恐怖就堅決地反對它。恐懼造成戰慄的快感；而且當問題從人類的本性上得到它最終極和最無上的形式時，談及代價聽起來未免可恥。如此多的簡單批評其缺點是極明顯的——和平主義無法扭轉尙武的人們。尙武的人們既拒絕獸性和恐怖，也拒絕代價；它說這些事只談到了整個故事的一半。它只說戰爭是值得的，即它使人類本性成爲一整體，人類本性的戰爭是反抗它更虛弱和更膽怯的自我之最好保護，而且人類不足以適應一**和平的生存觀**(peace-economy)。

和平主義應該更深層地進入他們論敵的美感和道德觀點。薛普曼(J. J. Chapman)說，在任何爭論中，切入那最優先者，隨後移動焦點，則你的對手將會跟著你。只要反軍事論者沒有提出戰爭的規訓功能之替代方案時，類似於**熱的力學等價品**((mechanical) equivalent)，吾人也可能說他們沒提出任何戰爭的道德等價品，如此他們無法落實這個處境的圓滿內在。和平主義將無法成爲一條規則。圖繪在他們所描繪出的烏托邦中之責任、死刑和制裁是太虛弱且溫柔，無法觸及軍事心靈。托爾斯泰的和平主義是這條規則的唯一例外，因爲它對所有世俗的價值都有深深的悲觀，而且使得對上主的恐懼完成了在其他地方由對敵人的恐懼所提供的道德激勵。但我們的社會和平提倡者都絕對地相信這個俗世的價值；而且不管對敵人恐懼和對上主的恐懼，他們所考慮的唯一恐懼是如此懶惰時就會貧窮的恐懼。這個弱點誘惑了我所熟知的一切社會文獻。甚至在狄金遜(Lowes Dickinson)絕妙的對話中❷，高工資和短工時是克服人類憎惡勞動衝勁的

❷"Justice and liberty" New York, 1909.

僅有力量。於此時，人類大約仍生活在他們一向活著的狀況中，在一痛苦和恐懼的生存觀之下——因為我們當中生活在安逸生活觀的那些人不過是風暴汪洋中的孤島——而且今天整個烏托邦文學的整個氣候，對那些仍保存著生命中更刺苦滋味的人們來說，嚐起來簡直如洗碗髒水般令人作嘔。事實上，它建議了遍地都是的缺劣。

缺劣總是由於我們，以及無情地輕視戰爭氣質的基調。菲德烈克大帝(Frederick the Great)咆哮道：「狗子們，你們將永遠活著嗎？」「是的」我們的烏托邦主義者說：「讓我們永遠活著，然後逐漸地提昇我們的水準。」今天有關我們**低劣人們**(inferiors)最好的事情是他們像釘子一樣頑強，而且對物理和道德事物都非常地無知覺。和平主義者將溫和且過分拘謹地看待他們，而尚武主義者則保持他們的冷酷，但將之轉形為有益的性格，是「服役」所需要的，而由那性格來彌補他們對低劣性的猜疑。當一個人知道包含他的集體需要他的各種特質時，他的所有特質都將獲得尊嚴。倘使有集體的驕傲時，他自己的驕傲也占一個比例。沒有一個集體能像軍隊般滋養此類的驕傲；但必須坦白說，只有**和平的世界性工業主義**(pacific cosmopolitan industralism)之形象的情感能引起數不盡的可貴胸膛對隸屬於如此一集體的觀念感到羞愧。很明顯地，聯邦美國今天存在的方式，影響了列將軍之流的心靈，也造成了許多人的號哭。尖銳和輕率，以及輕視不管是一人自己或另一人的生命，在哪兒？野蠻人的「是」和「否」，無條件的責任在哪兒？徵兵在哪兒？**鮮血之稅**(blood-tax)在哪兒？一個人因隸屬於它而感到榮耀的任何事物在哪兒？

在先期準備上已說了如此之多，現在我將坦白地說出我自己的烏托邦。我虔誠地相信和平的王國和社會平衡將逐漸來臨。戰爭功能的致命觀點對我來說毫無意義，因爲我知道戰爭的造成是由於確定的動機且受到審愼的檢查和合理的批評。正像任何其他企業的形式一樣。但當整國家變成軍隊，破壞的科學由於產業科學的理智精煉而一爭高下時，我從戰爭自己怪物般的形式上看到它變得荒謬且不可能。放縱的野心必須由合理的主張來取代，國族必須設想共同的原因來反對它們。我看不出有什麼理由這一切不該應用到黃種國家和白種國家上，而且我也期待未來國家間的戰爭行爲將如同公民間的違法般在形式上是違法的。

所有這些信念直接把我歸於反尚武主義者的一邊。但我並不相信在這個地球上，和平要不應該是永久的就是將會永久的，除非各國和平地組織起來保護軍隊訓練的某些古老元素。一個永久成功的和平生存觀並不單單是一個快樂的生存觀。在或多或少人類傾向的未來當中，我們仍然必須集體地從屬於那些嚴格生活，它能應合我們在這個唯一部分和善的星球中眞實的立場。我們必須使新的能力和膽量去維持那軍事心靈裏的男子氣概。戰爭的美德必定是堅持團結、無畏、蔑視軟弱、放棄私人利益、服從命令、必須維持國家的基石——除非我們渴望反對共同財產的危險反應，讓它只是爲了受人輕視，以及無論何時何地當一個軍事心靈的企業之結晶核心成形時，讓它易於招惹攻擊，否則上述都是確實的。

戰爭黨派在肯定和強化戰爭美德上確信是對的，雖然最初是由種族透過戰爭而得到的，但仍絕對且永久地是人類的財產。在軍事形式上的愛國驕傲和雄心，畢竟只是更普遍性的競爭熱情之特殊一面。前者是後者的第一形式，但沒有理由假定它們是它的最後一個形式。人們現在都很驕傲於隸屬一個征服者的國族，如果捨棄他們的生命和財富可以抵擋被征服的話，人們願意如此做而沒有任何怨言。但如果時間、教育和建設足夠的話，誰能保證一個國家的其它層面不可能發生被視爲驕傲和羞恥類似的有效感情？爲什麼某一天人們不該感到值得花費鮮血之稅而在任何理想的方面去隸屬於一個集體的優勢者？如果自己的社群，以任何可能的方式而墮落，爲什麼他們不該因憤慨的羞恥心而臉紅？每天有更多數的個人現在感到這個公民的熱情。唯一的問題是點燃這個火種直到所有人都進入白熱狀態，而且在軍事榮耀的古老道德崩壞之時，公民榮譽的道德穩定系統開始建立自己。整個社群所開始相信的將牢牢地掌握住個人。戰爭功能迄今已掌握了我們；但建設的興趣可能在某一天似乎將同等地有權威，也負加給個人一個較輕的負擔。

讓我更具體地例示我的觀念。在生命是艱難的單純事實上，以致吾人應該辛勞且遭受痛苦，沒有什麼事會使吾人憤慨。對所有人來說，地球的條件自一度以來就是如此，而我們也能生存於其上。但是有如此多的人，只是因出生和機會的偶然，生活中除了辛勞和艱苦之外別無它物，而且劣勢條件負加在他們身上，沒有假期可言；然而其他同樣土生土長的人卻完全不再獲得他們從未曾得到過的爭戰生活之任何滋味時——這能夠在有反省力的心靈中激起憤慨。當我們所有人對如下事實——我們當中的一些除了爭戰之外別無它者，而其他人則除了娘娘腔的安逸之外也沒有別的——感到羞愧時，上述憤慨才有可能終結。以下是我的想法：不要軍事徵兵，而代之以徵集所有及齡青年，組成開發自然大軍的一分子，讓他們服務一定年限，上述不正義的情形將傾向於得到平衡，也將爲共同財富帶來多量的其它的財物。膽量和訓練的尚武理想將冶煉成人們的成長骨氣；沒有一個人還會保有現在盲目奢侈般的盲目，盲目於人和他所生存的地球間之關係，以及永遠地盤旋和難於達到他更高層次生命的基礎上。到煤礦和鐵礦場去、到運載火車上、到十二月的捕漁船隊上、去洗碗、去洗衣服、去洗窗戶、去修築道路和開鬮隧道、去鎔鑄場和燃料口、去搭建摩天樓，將我們黃金般的青年徵募起來，根據他們的選擇，除掉他們的孩子氣，帶著更健康的同感心和更清醒冷靜的觀念回來。如此，他們就付出了他們的鮮血之稅，在自古以來人類對抗自然的戰爭中做他們自己的分內工作；他們將更驕傲地踏在大地上，女人將給他們更高的評價，他們會是繼起一代更好的父親和老師。

如此一種徵召，由於公眾意見的國家將已需要它，而且將獲得很多道德成果，那麼，它就會在和平的文明之中保存了男子氣概的美德——軍事黨派害怕看到它們在和平時期消失。我們將得到堅毅而非無情、權威卻盡可能少的犯罪性殘酷，愉悅地完成痛苦的工作，而且現在也不會有降低吾人整個此後人生品質的威脅。我說這是戰爭的**道德等價品**(moral equivalent)。迄今，戰爭乃是唯一能訓練整個社群的力量，直到一個等價的訓練被組織起來，我相信戰爭必定仍有它的用途。但我並不嚴重地懷疑，社會人群的普通驕傲和羞恥，一旦發展到某一定的強度時，就有能力組織如此一個我所草繪的道德等價品，或者某些其它為了有效保存各種男子氣概的等價品。它只是時間問題，或者宣傳技巧以及意見領袖抓住歷史機會的問題。

尚武類型的性格能夠無需戰爭來哺育。奮鬥的榮耀和無利害感充滿在別處。牧師和醫務人員一向被教育為如此，如果我們意識到我們的工作是對國家的一項義務服務，我們都應該感到它是某種程度的無上律令。我們應該是屬於某一團體，如同士兵屬於軍隊，我們的驕傲也據此而升起。我們可能是貧窮的，然而，並不丟臉，就像目前的軍官一樣。自此以後唯一需要的事情是點燃公民氣質，就如同過去歷史中點燃尚武氣質一般。威爾斯(H. G. Wells)同樣也看到了這情況的核心，他說：

在很多方面，軍事組織是最和平的活動。當現代人從充斥著喧鬧而不誠懇的廣告、推擠、劣質品的街道中走出來時，也許以拋售和暫別一陣的心態受雇於軍隊而進入兵營，他就步向了一個較高的社會平面，進入一個服務和合作氣氛，以及無限多的榮耀競爭之氛圍中。在此至少人們不會從雇用中急速地墮落，因爲並沒有立即的工作要他們去做。他們受到了爲了提供更好服務的教養、磨練和訓練。這兒至少一個人被假設爲由自我遺忘而非自我追尋來贏得提昇。而且與重商主義——它短視地攫取由革新和科學經濟所帶來的利潤——微弱而不規則的追尋所得比較起來，你會看到在海軍和陸軍事務中，方法和器具穩定且快速的發展是多麼顯著啊！沒有什麼事會比如下的比較更爲驚人：近數十年來，幾乎整個已由商人負責的民生用品之進步，比起軍事裝備上的進步要快得多。譬如，今天的房屋，幾乎都還是如同 1858 年的房屋一般，通風不善、隔熱不良、浪費柴火、笨拙的裝潢和傢俱。兩百年老的房屋仍然是令人滿意的居所，我們的標準提昇得如此之小啊！但是五十年前的來福槍或戰艦根本無需比

較地劣於我們今天所擁有的，不管在力量、速度、便利性上都是。現在沒有人會去使用如此落伍的東西了。❸

威爾斯增加了他所認爲的構想：秩序和訓練、服務和奉獻的傳統、物理適應性的傳統、不斷的努力和普遍責任。而普遍的軍事義務現在教導歐洲民族，當最後一批軍火被用來慶祝最終的和平時，還是要保持一個永久的需求。我相信他所說的。但如果只有唯一的力量能把榮譽的理想和效率的標準植入害怕被德國人或日本人殺害的美國人或英國人的本性中時，那這只不過是一件悖理的事。的確，偉大的是恐懼；但並不是像我們的軍事狂熱者相信或試圖使我們相信的那樣，爲了喚醒人們精神能量的更高等級，已知的唯有一種刺激。我的烏托邦所設定的公衆意見上的另一種選擇，它和尙武主義間的距離，遠遠小於史丹利(Stanley)的研究組在剛果發現的黑人戰士之心靈狀態——他們在吃人肉時發出的「人肉！人肉！」之戰爭吶喊——和任何文明國家的「將軍參謀」之心靈狀態間之距離。我們已看到歷史跨越了後一個間隔：前一個當可更容易地被跨過。

＊本文在 1910 年時以小冊散發了三萬份。現收於 John McDermott 所編的《詹姆斯作品集》(*The Writings of William James*) (New York: Random House, 1967)。經同意轉譯。

❸"First and Last Thing" 1908,p.215.

焦點議題

1. 你同意詹姆士所說的人類種族的歷史是一場血浴嗎？你同意這是一個極大的惡或者你在它之中看到了某種善？
2. 詹姆士的「戰爭的道德等價原則」意指什麼？檢查且討論他的立場。

2 批判和平主義*

Jun Narveson 原著 陳瑞麟 譯

納維森(Jan Narveson)加拿大翁塔利歐(Ontario)滑鐵盧大學(University of Walterloo)的哲學教授，著有《道德和效益》(*Morality and Utility*)等書。

納維森分析幾個列在**和平主義**(pacifism)名下的學說，發現它們當中的一些是美感或瑣碎的，而不具有深刻、道德的意義。有趣的版本說每個人不該抵抗軍事暴力。他論證這版本並不融貫，因爲它不只承認我們有不受攻擊的權利，也說我們不可以防衛這項權利。一項權利如果不允許人們去防衛它，它就違反了「權利」這概念的意義。

幾個不同的學說被稱作「和平主義」，而且關於它，若沒有說心上所想的是它們當中的那一個，則不可能說出任何令人信服的東西。我必須由澄清它而開始，然後，我將和平主義的討論侷限在學說中相當狹窄的地帶，它們之間的進一步區分將在以下闡明。由「和平主義」一詞，我並不意指暴力是罪惡的理論。用適當的限制來看，這是個每一位有任何道德主張的人都會毫不遲疑地支持的觀點。沒有人認爲我們有權利任意施加痛苦在其他人身上。和平主義者進而跨出了很大的一步。他的信念不只是暴力爲罪惡，而且也有使用力量以抵抗、懲罰或防患暴力都是道德上的錯的信念。這信念進一步使得和平主義成爲一**急進**(radical)的道德學說。底下，我將試圖建立的是，和平主義事實上不只是基進——它實際上是不融貫的，因爲在它的基本意旨上自相矛盾了。我也將提議幾個道德態度和心理事實，它們傾向於和和平主義聯想在一起。如就我已定義的和平主義來看，它們和這個學說並沒有任何必然的聯結。我將論證，和平主義的大部分成分，傾向於混淆這些不同的事物，而該混淆大概能說明和平主義已有的名望。

爲了指出和平主義的態度是等級上的問題，接下來由兩方面來談這一點。首先，有一個問題：多少暴力不該抗拒、而且什麼等級的力不能用來抵抗、懲罰或防止暴力？針對這個問題的答案將造成很多差異。譬如，每一個人都會同意用來對抗一個特別等級之暴力的力量，它的種類和等級有所限制；譬如，我們沒有權利殺掉一個用棍棒攻擊我們的人，然而在這一點上，並沒有和平主義的傾向。我們可能進一步堅持，譬如死刑甚至謀殺罪的死刑是不成立的，而無需根據和平主義的理由。再次，和平主義者將說，只是那種構成強力或暴力的反應。如果某個人用他的拳頭攻擊我，我用摔角手法壓住他的手臂和身體而制止了他，但沒有造成他的痛苦，在和平主義的書中，這些都是對的嗎？又，很多非和平主義者能一致地堅持，我們應該盡可能地避免施加類似的痛苦在於那些企圖施加痛苦給我們的人身上。沒有必要僅僅爲了拒絕「以眼還眼，以牙還牙」這條原則的道德健全性就去當一個和平主義者。那麼，我們需要澄清：剛好多大的程度上他是個和平主義者以及他不願是個和平主義者。但這個要求應該已使我們止步，因爲和平主義者確信不能在一個僅僅任意的方式上劃出這些界限。因爲劃界的理由是他眞正考量的理由，這些我提議在下文討論。

第二個程度問題是有關和平主義者必定把他的學說刻劃爲相關此問題：誰不該以力量抗拒暴力？譬如，有些和平主義者將宣稱他們自己不該如此。其他人將說只有和平主義者不應該如此，或者某一定類型的所有人——此類型不是以相信或不相信和平主義來標定——不該以力量來抗拒暴力。最後，有那些堅持每一個人都不該如此的人。我們將看到有關第二個變項的考察，註定了某些和平主義的形式是矛盾的。

我的一般計畫將展示(1)只有每個人都不該以力抗拒暴力的學說，在這些著名的「和平主義」學說之間，擁有哲學上的旨趣；(2)該學說，如果推展爲一道德學說，邏輯上地站不住脚；以及(3)和平主義的流行理由正在於無法看出這個學說眞正是什麼。和平主義希望完成的事物——在它們値得完成的最大限度內——能在相當普遍且具爭議性的道德原則之基礎上，而被處理之。

讓我們由和平主義原則所打算要有的那種道德力量開始。做這探討的一個好方式是考察它打算拒絕的是什麼。非和平主義者，我提議包括大部分的人們，對一個追隨基督建議並且當莫名其妙地被掌摑時，就把另一頰也迎上去的人，將會說些什麼？他們可能會說這樣的人要不是笨蛋就是聖人。或者他們可能會說：「他去做那件事，非常好；但我則不行」；或者他們也可能簡單地聳聳肩膀，然後說：「好的，很和善的舉動，不是嗎？」但他們都不會說這樣做的人應該以某種方式而受懲罰；他們甚至不說他做錯了什麼。事實上，如我已提及的，他們更可能發現不了任何值得讚美的地方。

那麼，重點在於：非和平主義者並不說以力對抗暴力是你的責任。非和平主義者只是說不抵抗，沒有什麼錯處，如果一個人傾向於不抵抗，他有權利如此。但是，如果我們想加上這樣做的人是愚蠢或笨拙的，那是另一個問題了，非和平主義者並不需要對它採取任何特別的立場。

因此，一位眞正的和平主義者不能只說，如果我們想，我們可以偏愛於不以力抗拒暴力。他也不能只說不抵抗，有著值得讚賞或神聖的某物，因爲如上文已指出的，非和平主義者能完全地同意這一點。反而，他必須說，他認爲不該以力抗拒暴力適用於不管哪一類人，有關以力對抗暴力肯定有錯誤的地方。他必須說，在人們應用他的原則而訴諸於武力的最大限度內，他們違背了道德責任——一項說起來非常嚴格的事。正是我們不久前看到的那樣嚴格。

接下來，我們必須理解堅持和平主義做爲一項道德原則的含意是什麼，第一個此類含意需要我們把注意力關注於適用和平主義原則的哪一類人之規模大小的問題。我想，討論先前表列的四個可能性中的兩個，將是有益的。第一個是和平主義者說只有和平主義者有和平的責任。讓我們看看這等於什麼。

如果我們說和平主義的原則是一條所有且唯有和平主義者才有不以武力對抗暴力的責任，我們就進入一種非常奇怪的處境中。因爲假設我們問我們自己：「非常好，那麼，哪一些人是和平主義者？」答案將必須是「所有／那些相信和平主義有著不以武力面對暴力之責任的人們」。但確信吾人能相信有某一定種類的人，我們將稱作「和平主義者」，有責任不以武力面對暴力，卻無需相信吾人自己也不該以武力面對暴力。也就是說，和平主義者該避免以武力面對暴力這條原則是循環的：它預設了吾人已經知道了誰是和平主義者。然而正是這條原則所敍述的東西被假設爲答案！我們假想能夠說任何相信這條原則的人是和平主義者；然而，如我們已看到的，一個人很可以相信有某一類人叫「和平主義者」不該以武力對抗暴力，卻無需相信他自己也不該以武力面對暴力。如此，每一個能在相信那條敍述的意義上是個和平主義者，然而卻沒有一個相信他自己「或任何一個特別的人」應該避免以武力面對暴力。因此，和平主義不能以這個方式來定義，一個和平主義者必定是一個相信要不是他自己（至少）不該以武力面對暴力，就是某些較大類別的人們，或許是每一個人，都不該以武力面對暴力。那麼，他將相信確定的某事，而我們隨之也有立場去問爲什麼。

順便值得一提的是當人們說此類事物像「只有和平主義者有相信和平的責任」、「只有天主教徒有信奉天主教學說的責任」，以及更一般地說「只有X主義者有相信X主義的責任」，他們大概將掉進無法抓住更多人心的陷阱中而失敗。亦即，假設應該有一確定的責任是去相信你有一確定的責任，這個說法乃是個錯誤。它之所以無法成立，和先前已提及的、企圖說和平主義是什麼的說法之無法成立是平行的。因為，如果有一個責任是相信你有一確定的責任,就引起問題：「這樣的人相信什麼？」如果我們跟從這個分析，必定給出的答案將是「他相信他相信他有一確定的責任」；如此等等,以至於無限。

另一方面，吾人可能相信有一責任，但並不堅持相信吾人有且仍相信只有那些實在有此責任的人相信他們有它。但在那個情況中，本著良心，我們或許將會想問這問題：「好的,我應該相信我有那個責任嗎？或者我不該呢」？假如你說答案為「是的」,理由不能是你已相信它,因為你正在問「是否你應該嗎」？另一方面,答案是「不」或者「沒什麼差別，都由你決定」暗示了在這個問題上實在一點也沒有理由去做這件事。總之，問是否我應該相信我有責任做，等值於問是否我應該做X。一個人很可以相信他應該做X,但這是錯的。實情可能是他實在不應該做X，但在那種情況下，他相信應該做X的事實，一點也不是為什麼他應該做它的理由，而是一個我們指出他的錯誤之理由。當然，它也預設了他有某種不是他相信做X是他的責任之理由。

我們已經迂迴地澄清了這個分散注意力的東西，還必須再考察那些相信他們有和平主義之責任者的觀點，並問我們自己這個問題：在道德的意義上，為了設定某一確定類型的行動做為他的責任，一個人必須有什麼樣的普遍種類之理由？現在，他可能提出的答案是和平主義本身是一項責任，也就是說，以武力面對暴力本身是錯的。可見，在那個情況中，他所想的不只是他有責任，而且是每一個人都有這個責任。

現在他可能反對：「很好，但並非如此；我意指的不是每一個人都有這項責任。譬如，如果一個人正在防衛的不是他自己，而是其他人，像他的妻兒，那麼他有權利以武力對抗暴力。」當然，現在這個立場對他的原則和一種待會兒我們將討論的一種原則，將是非常重要的定義。可是，值此之際，我們可以指出他明顯地仍然認爲，如果不是爲了一個確實更重要的責任，每一個人有責任去避免以武力對抗暴力。換句話說，他隨之相信，沒什麼特殊情況時，吾人不該以武力對抗暴力。他以另種方式來相信，如果一個人以武力對抗暴力，他必定有屬於道德的特別諒解或正當理由；那麼他可能想對正是哪一種諒解或正當理由能適用而提出某種說明。儘管如此，他現在堅持一個普遍的原理。

可是，假設他抱持除了他之外沒有人有這個和平主義的責任，只有他自己不該以武力對抗暴力，雖然，對其他這麼做的人而言，也是相當正確的。現在，如果這是我們所感到的東西，我們可以在有某些減弱的意義上，繼續把他稱作「和平主義」。那麼，他便不再堅持和平主義是一條道德原則，或者的確做爲一條原則❶。因爲現在他的不傾向暴力，在本質上只是品味問題。我喜歡榛果冰淇淋，但我並不夢想說其他人也有責任吃它；同樣地，這個人只是不喜歡對抗暴力，然而他也不夢想著要堅持其他人應該做像他一樣的行爲。而且這是「和平主義」的第二個意思，首先，因爲和平主義總是以道德理由被提倡；其次，因爲非和平主義者也很容易有相同的情感。譬如，關於使用暴力一事，甚至在自我防衛上，一個人很可以讓人感到過份拘謹，或者是即使他想，他也可

❶例如，比較K.Baier, *The Moral Point of View* (Ithaca: Cornell University Press, 1958),p.191.

能無法讓自己去使用暴力。但這些情況中沒有任何有關斷定和平主義是一項責任的東西。並且，一個單純的態度幾乎無法使一個人在他需要武力時拒絕軍事力量的服務，或參加**禁用炸彈**(ban-the-bomb)的改革運動（可是，我擔心這樣的態度有時也會致使人們去做那些事情)。

反過來說，如果你的立場是：和平主義不過是某種特定選擇的人們，再沒有其他人，不該以武力面對暴力，則同樣不可能宣稱你對和平主義的支持是道德上的，即使你不準備提出任何支持這項選擇的理由。譬如，假設你堅持只有阿拉帕霍人(Arapahoes)、或只有中國人，或只有超過六呎高的人有這個「責任」。如果這樣的情況發生，而且一點也沒有提出任何理由，我們只能結論說你對阿拉帕霍人、或者不管什麼，有著非常奇特的態度，但我們幾乎不會想說你有一條道德原則。你的「原則」等於說這些特別的個人產生了和平主義的責任只是因他們代表他們個人自己，而這一點如邊沁所言的，是「一切原則的否決」。當然，如果你意指以某種方式，擁有超過六呎高的性質便不該使用暴力成爲你的責任，那麼，你有一條原則，但的確是非常奇怪的一條原則，除非你能提出某些進一步的理由。否則，我們不可能分辨這原則和純然的態度有什麼不同。

那麼，和平主義必定是：使用武力面對暴力是錯的，也就是沒有人可以如此做，除非他有一特殊的正當理由。

吾人可能以另一種方式提倡一種「和平主義」，可是，我們也必須處理以前得到的主要論點。吾人可能論證把和平主義設想爲一策略：即，事實上，某種良善目的的策略，像降低暴力本身，將會由「把另一臉頰迎上去」來達成。譬如，如果是這種情形：把另一臉頰也迎上去造成了冒犯者的崩潰或悔悟，那麼，從事「和平的」舉動將是一項非常好的理由。如果片面地解除武裝致使敵方也解除武裝，那麼確定片面解除武裝將是一個值得求取的政策。但注意它值得求取的性質，如果論證是這樣：由於和平是值得求取的這項事實，一個不管是不是和平主義者的任何人都能採行的道德立場，加上純粹偶發的事實，這個政策造成敵方解除武裝，也就是它帶來了和平。

當然，那是詭計。如果吾人企圖支持和平主義是因爲它可能產生大的效應，那麼，吾人的立場便依賴於效應是什麼。決定它們是什麼的純粹爲經驗上的問題，因而，如果吾人支持和平主義只是戰術性的，吾人不可能在純粹原則的事實上是個和平主義者。在這種情況下，吾人必須使吾人的意見屈從於事實的統治。

我並不完全有意要討論事實問題，但值得指出的是人類種族的一般歷史，並不支持「把另一臉頰也迎上去總是在侵略者那兒產生了良好效應」的假設。一些侵略者，像納粹黨，若照和平主義者的態度行事，顯然只是乖乖地去當他們的祭品。屬於虐待狂的一些人，顯然只是好奇於觀看他們的犧牲者在開始反抗之前，能夠忍受多大的折磨。進一步，有這可能性，即和平主義可以有效反抗一些民族（我們可能引證英國人，印度的和平主義者反抗他們明顯地相當成功——但英國人是比較文明的民族），但它也可能無法反抗其他人（如，納粹黨）。

有關堅持和平主義做爲策略而值得求取的進一步要點，無法簡單地支持和平主義是一項責任的立場。是否我們沒有權利反擊的問題幾乎不可能由注意到不該反擊可能造成侵略者停止攻擊來解決。證明一項政策因它的有成效而值得求取，並不是去證明應該要追隨它。要證明像我們沒有權力抵抗這樣一類重大的爭論，我們的確需要考慮比這個更不含糊的較好處理。

那麼，似乎抱持和平主義立場爲眞正、不折不扣的道德原則，就是堅持：當受攻擊時，沒有人有權利反擊，反擊本身是根本地惡。這意謂著在假設我們有自我保護的權利當中，我們都錯了。而且，這當然是在任何情況中，極端且超乎尋常的立場。譬如，它似乎意謂著我們沒有權利懲罰罪人，一切我們的司法機制事實上是不正義的。強盜犯、謀殺犯、強姦犯和各種各樣的違法者，在這個理論，都應該讓其逍遙自在。

現在，聽到這些，和平主義者的第一個想法將是宣稱他已被扭曲了。他可能說，只有吾人自己沒有權利防衛，而且吾人可以合法地爲防衛其他人而戰鬥。這個定義不能被那些標明爲良心的反對者所提出來，顯然，對後者來說，是拒絕防衛他們的同伴公民而且不只是他們自己。但，當我們仔細考察下一個對這個理論的修正版本之反對立場時，這一點在比較上就顯得很瑣碎。現在，讓我們問自己：我們可能有正當理由在其他人受到攻擊時防衛他們；卻沒有正當的理由來防衛我們自己，這樣的攻擊是什麼？不能只是因其他人不是我們自己這單純的事實，當然，每個人是不同於每個其他人的人，而且如果這樣的考察能夠自動地證成任一件事，則它也能證成所有的任何事。人與人間的純然差異本身，不具任何道德的重要性，而是一個可能僞裝爲道德理論的某一事物之預設。

那麼，爲了代替如此無益的荒謬性，和平主義者將必須提及某些每個其他人都有而我們缺乏的特徵，該特徵使我們在防衛他們時有了正當理由。但，令人惋惜的是，這是不可能的，因爲，儘管在一方面的我和另方面的每個人之間可能有某種有旨趣的差異，和平主義者卻不只是向我發言。相反地，如我們已看見的，他必須對每個人發言。他主張每一個人沒有權利防衛自己，雖然他有權利防衛其他人。因而，所需的是把每個人從其他每個人當中區分出來的特徵，而不只是我和其他每個人的區分而已——這很明顯地自我矛盾。

隨後，和平主義者再次必須爲了避免無意義的談論而撤退。他的下一個動向可能是說我們有權利防衛一切凡是無能力自我防衛的人。大的、成熟的、能夠防衛自己的人不該如此做，而他們應該防衛完全無助的孩子，孩子沒有能力防衛自己。

這個最後的、非常奇特的理論，提出了某些娛樂性質的邏輯體操。譬如，有關這群人的是什麼？如果有一群人不能防衛他們自己，他們卻又是全部中單單能防衛自己的，那麼，長大到什麼高度才應該不再防衛自己？倘若如此，則每一個人能防衛其他某個人，他將和被防衛的人形成一個「防衛單元」，它能自我防衛，如此將由這單元的出現而禁止他自己做這防衛。在這個情況下，沒有人會得到防衛，似乎：無防衛的人們由定義而不能自我防衛，而那些能防衛自己的將使得由防衛者和被防衛者組成的團體去防衛自己，因而他們不該去防衛自己。

可是，如此的反省，只是一個更基本和嚴格的邏輯問題的奇怪陰影。當我們開始問：爲什麼無防衛的人們就應該被防衛？在這個問題中陰影便產生了。如果反抗暴力是本質上的惡，那麼當我們使用它來支援其他人時，它突然就變得可容許了？他們是無防衛的事實不可能說明這一點，因爲它是從一個爭議中的理論引導出來的，該理論說每個人應該由拒絕防衛自己而把自己放在無防衛的人們之位置上。總之，這一型的和平主義正運用如下特徵（亦即，處在一不防衛自己的狀態中）：在那些已經無法防衛者的情況中，做爲一項理由來鼓舞其他人去拒絕它。這一點的確是不一致的。

至少，爲了試圖達到一致性，和平主義者不得不接受我們暫時對他所做的刻劃。他必須說：沒有一個人應該被防衛以抵禦攻擊。只有當防衛的權利在一般情形下被拒絕時，自我防衛的權利才能融貫地被拒絕。這一點本身是一項重要的結論。

順便一提，必須記住，我沒有說及有關把單純地不想防衛自己的人看作例外的任何東西。只要他不企圖使他的和平主義成爲一條原則，吾人不能指控他犯了任何不一致的錯，可是，吾人大可說他是愚蠢或離譜的。我在此所關切的單單只是道德原則。

現在，我們抵達了一切當中，最後且最基本的問題。如果我們問自己，和平主義的要點是什麼，它將得到什麼結果？可以說，答案顯然已相當清楚：反對暴力。和平主義者一般被認爲是這樣一個人：反對暴力的程度到甚至不願用它來防衛自己或其他任何人。而正是這個定義，我希望展示它在道德理論上並不一致。

一開始，我們可以注意的某事在第一眼下似乎可能只是個事實，縱然在我們對和平主義者最近的刻劃上，吾人應該擔心和平主義。我提出一個尋常的觀察來做爲參考：一般說來，我們衡量一個人反對某物的程度，是由他願意付出多少力量來抗拒它。如果一個人不願做任何努力讓某事持續，他幾乎不能被說是徹底地反抗它。一個宣稱完全反對某事，卻沒有做任何事來防止它，通常被叫做僞善者。

可是，事實上我們不能在這件事上主張得太多。除了暴力之外，和平主義者將宣稱願意投入任何長度的努力以防止暴力。譬如，他可能整天站在屋外的寒冷氣候下散發傳單（如我知道的某些人會去做這事），而這一點確信將證明他的信念之誠摯性。

但眞的是這樣嗎？

讓我們問我們自己最後一次，當我們宣稱暴力是道德上的錯且不正義時，我們正主張什麼。第一點，我們正主張一個人沒有權利縱容它（意指，除非它有一壓倒性的正當理由，否則他沒有權利放縱它）。但當我們說他沒有權利縱容暴力時，我們眞正意指什麼？我們所考慮的暴力型態，是一個雙邊的事務：吾人對某人施加暴力、吾人不能單獨地「施行暴力」。當然，暴力的對象可能是吾人自己，但對那些情形，我們並不感興趣，因爲使施加暴力爲錯的是它傷害了承受暴力的人們。說暴力爲錯是說那些身受暴力的人有權利不使暴力加諸在他們身上。（再次，這必須由指出某事實來予以定義，即由指出只有在他們不做任何事而使得這權利被剝奪時，這定義才是如此。）

然而，能保障他們自己安全的權利是什麼？什麼樣的人能有如此的權利——它可能構成即使不是一項權利，至少保護他們免於暴力的侵害？但爲避免讀者認爲這是一個不必要的假定，小心地注意爲什麼有一項權利包含了有著一個防衛破壞該項權利的權利之理由。因爲防止權利的破壞正是吾人有權利主張何時吾人全然有一項權利。一項權利只是一個證成防衛性的行動之資格。說你對X有一項權利，但不管是否爲了防止人們剝奪你的權利而說沒有人能證成這樣的防止行動，是自我矛盾的。如你宣稱擁有對 X 的權利，然後，去描述某些行動做爲剝奪你的 X 權利之行動，邏輯地蘊涵了該行動的不存在是你所擁有的權利之一部分。

到目前爲止，我們尚未邏輯地導出我們有權利使用武力來防衛我們自己或任何其他人士。邏輯地引導出來的是吾人對必可防止侵害吾人權利的任何事物有著一項權利。首先，吾人可以假設宇宙能被如此地詮釋爲：使用力量去防止那些致力於獲得某物的人去得到它是不必要的。

然而，這一點並非如此，因爲當我們以和平主義所關注的意義說及**力**(force)時，我們並不只是意謂物理的「力量」。召求一個使用力量的行動不只是指涉力學的法則。相反地，它是去描述一件被做的任何事，做爲一個以某物（通常是物理的）打擊某人的工具，然而該某人並不想要這種打擊；對於「力量」應用到戰爭、攻擊和毆打等意義上時，同樣爲眞。

在這相關性當中，「力量」之專有的相反詞是**理性的規勸**(rational persuasion)。自然，可能使某人不去做他沒有權利做的某事之一個方式是說服他不該去做它或者做它並不合於他的利益。但我建議，論證合理的規勸是防止暴力的唯一在道德上可容許的方法，並不一致。對於這個建議，一個實用的理由輕而易舉地足以指出：暴力的人們太過於熱衷暴力，以致無法理性冷靜。除非敵人願意坐下來交談，否則我們不能從事理性的規勸；但如果他不願意怎麼辦？吾人不能否決每一個人在他打擊前，能接受規勸而坐下來商談的可能性，因爲這並不是我們單憑推理能決定的事，它是一個觀察的問題。但，無論如何，這些論點並不相干，因爲我們的問題並不是經驗的問題，不是那是否有著某種技巧的方式總是能在一個人想謀殺你時，使他坐下來並討論道德哲學。我們的問題是：如果在一已知情況下，力量是唯一防止暴力的方式，它的使用在該情況下得到證成了嗎？這是一個純粹的道德問題，我們無需參考任何特別的事實，就能進行討論。可是，正是這個問題，我們將必須和那將會是違犯者的人討論。論點在於：如果一個人能接受理性的規勸，說他不該施行暴力，那麼，如果我們成功地論證了：「爲了防止他施加暴力，使用力量是正當的」這個命題時，這也正是他所接受的理性規勸。因爲，要注意萬一我們論證只有理性的規勸是防止他之唯一可容許的工具時，我們將必須面對這問題：我們是意指嘗試的理性規勸、或是成功的理性規勸——也就是，眞正成功地防止了他行動的理性規勸？嘗試的理性規勸也可能失敗（如果只因反對者是不理性的），然後呢？怎麼辦？論證我們有權利使用成功的合理規勸（亦即，我們對於它的使用連同它的成功都有權利），意味著我們有權利防止他做該行動。但，反過來，這意指：如果嘗試理性的規勸失敗了，我們有權利使用力量。如此，如果我們曾經對任何事物擁有一項權利時，我們所擁有的權利，不只使用合理規勸以防止人們剝奪你所應有的權利而已。我們的確有那種權利，但我們也擁有防止剝奪權利發生的任何可容許的必要權利（和那權利是同等的）。而且該可容許的必要權利是力量，爲一個邏輯眞理，不只是一個偶然眞理。（如果只說某物能奇蹟式地剝奪某人貫徹一整個行動過程的能力，那麼那些說話行事將被稱作一種力量，即使是非常神祕的一種。而我們能以我們現在反對暴力恰恰相同的理由來反對它們的使用。）

這一切所顯示的意義是，如果我們的確有任何權利，則我們有權利使用力量以防止我們所擁有的權利被剝奪。但和平主義者，是所有人之中，最致力於堅持我們有某些權利，亦即不使暴力加諸於身的權利。這邏輯地蘊涵了斷言避免暴力是每個人的份內職責。而這正是爲什麼和平主義者的立場自我矛盾。在說暴力是錯的當中，吾人同時在說人們有權利以力量來防止它，如果必要的話。是否且什麼範圍內它可能是必要的，乃是事實問題，但，只有在某些可能的場合中使用力量的道德權利被建立之後，它才是一個事實問題❷。

我們現在對這問題已有一個答案。爲了防止已知的暴力威脅這個目的，使用多少力量才是正當的？答案是一句話：「足夠防止的力量」。第一眼看來，這簡單的答案可能不盡合理。吾人可能在攻擊和所需的防止力量間設定某一精緻的等式：懲罰相稱於犯罪。但這是一個誤解：第一點，防止和懲罰並不相同，即使懲罰被認爲主要指向防止。一個特別犯罪之懲罰邏輯地不能防止犯罪的事件，因爲它預設了犯罪已發生了；而懲罰則一點也毋需包含任何暴力的使用，雖然在某些地方的執法官有惡意的傾向去假想懲罰需要暴力。但防止的力量是另一回事。如果一個人威脅要殺我，當然，對我來說，由足以勝任防止那威脅成眞的最少力量之使用是值得追求的。但如果必要時，即使殺了他，我也有正當理由。我假設，這對大部分的人們都是清楚的。但假設他的威脅非常小：假設他只是在困擾我，那的確是個非常溫和的攻擊形式，則在不管什麼樣的環境之下，爲了防止這一點，我能有正當的理由來殺他嗎？

---

❷這個基本論證可以和康德的觀點比較，在《權利學說》(*Rechtslehre*)一書，以*Metaphysical Elements of Justice*之名譯成英文(trans.by J.Ladd, Library of Liberal Arts, pp.35－36(Introduction,D).)

假設我呼叫警察，而且他們保証制止他，再假設當警察來時，他升高了衝突。他掏出刀子或一把鎗，讓我們說，警察在續發的搏鬥中射殺了他。我防止他騷擾我的權利已擴張到殺害他了嗎？哦，並不然，因爲相應於他被殺的直接威脅是警察人員的生命。然而，我的騷擾者可能從未打算眞正使用暴力。它是一個非預謀犯罪擴大的不幸案例。但這正是那個在吾人有正當理由使用足夠力量以防止威脅當中，製造爭論的原因，不管它可能有什麼說明，違犯一項權利行動之防患，比起第一眼下它呈現的樣子，更不具警覺性。因爲很難預見一項理由來說明爲什麼需要用極端的力量來防止經過擴張的溫和威脅，但擴張自動地證成了增大防止力量的使用。

法律、警察、法庭的存在，以及在大多數民衆的角色中或多或少文明化的行爲模式，自然地影響了回答多少力量是必要的這個問題的答案。一個合法的司法系統目的之一是確保由個人獨自使用力量的必要性遠遠地小於司法系統不存在時的情況。如果我們嘗試去回想「自然狀態」的情境，我們將不難預見爲了防止微小的暴力威脅，將需要大量的力。這兒，霍布士(Hobbes)爭論在如此狀態下，每個人對每個其他人有其生命之權利變得不可理解。我提議，他依賴於我在這兒所論證的相同原理：一個人有權利使用和防衛自己權利時所用的力量同樣多的力量，他的權利包括了人身安全的權利。

無需說，我在這兒的論證並未給我們任何理由來修正這明顯的重大原則：即，如果力量是必要的，那麼吾人必須使用最小量的力，它可相容於維持那些受保護的權利。譬如，派遣軍隊鎮壓正在進行示威、抗議遊行的無武裝學生，乃是不可原諒的。

我已說，避免暴力的責任只是一項和其它事物平等的權利。我們可能已達到相同的結論，如我們已藉由上文發問的問題：哪一些其它事物可以視作爲不平等的？對這問題的答案是不管它們可能是什麼樣的東西，防止暴力行爲發生的目的必然是這些證成的條件中之一個。使用力量從不能證成防止最初對一個人施加暴力，邏輯地暗示了最初的暴力是不會錯的。如果防止暴力不能同時被徵定爲可有正當理由，則我們不能宣稱暴力爲錯。

我們通常認爲和平主義者具紳士般和理想主義的靈魂，以它的方式看來是夠眞的。我所致力展示的是他們也是混淆的。如果他們企圖使用我們的權利之標準概念來形構他們的立場，則他們的立場包含了一個矛盾：暴力是錯的，抵抗它也是錯的。但抵抗的權利正是一個人所擁有權利之一環，如果眞有該項權利的話。

這立場能被改進爲較不具**約定性**(commital)的權利概念嗎？有人已建議和平主義者不要藉由「這種」權利來談論❸。根據這項建議，他能簡單地肯定既非攻擊者也非防衛者「有」他們眞正所有的權利，去肯定他們的沒有權利單單只是反對使用力量的權利，無需這權利蘊涵了必須保護所說的權利時準備去使用力量。但我並不能相信這一點。因爲我並不主張有一項權利、或相信一個人有一項權利，蘊涵了防衛該項權利的**準備性**(readiness)。如果一個人傾向於不抵抗及於己身的暴力，那麼他有這麼做的完全權利。但我們的問題是是否自我防衛是可證成的，而不是是否一個人相信暴力是錯的信念蘊涵了願意使用它或準備使用它。我的爭論是如此

---

❸這個建議來自於我的同事，Lesile Armour。

一信念的確蘊涵使用它的正當性。如果吾人實現一個社群，在其中，沒有任一種暴力曾經受過抵抗，而且在這個社群中，主張不抵抗是一件良心上的事，我認爲，我們將必須結論的並非這是一個聖人的社會，而是這個社會缺乏正義的概念——或者或許他們的神經系統怪異地不同於我們。

當然，和平主義者眞正的考驗，來自於當他要求協助保護其他人而不是他自己的安全之時。因爲，如我已言及的，就他自己個人而言，若他傾向於和平時，他的確有權利如此，但關於其他人的安全，他就沒有資格如此做。在此它是檢驗原則所顯示出來的。人們傾向於爲有良心的反對者標上膽小、叛徒等標籤，但這相當不公平。他們的行動表現得好像膽怯或叛徒，但宣稱是依原則而如此做。如果一個社會無法理解如此的「原則」並不令人驚訝，因爲依附於原則上的檢驗是願意依據它而行動，而且是適當的行動。如果一個人相信某確定的事情大概錯了，則應採取行動以防止或抵抗它。如此，那些評價有良心的反對者爲膽怯或糟透的人們，他們採取了可理解的一步：從一個直覺的感受而來的，他們感到和平主義並不眞正相信他所說的，因而推論他的舉動（或不作爲）必定是由於膽怯。我所建議的是這個看法並不正確：行動不是由於膽怯，而是混淆。

＊本文經同意轉譯自《倫理學》75 期(*Ethics*,Vol-75,Copyright 1965, by The University of Chicago Press.)

焦點議題

1. 你同意納維森對和平主義的解釋嗎？
2. 納維森已證出了和平主義「因爲在它的基本意圖中自我矛盾」而不融貫嗎？
3. 我們有道德權利來防衛我自己、我們愛人和我們的家鄉嗎？

3 和平主義的防衛*

Cheyney Ryan 原著 陳瑞麟 譯

萊安(Cheyney Ryan)在奧瑞岡大學(University of Oregon)教哲學。在這篇論文中，萊安防衛和平主義的一個版本以對抗像納維森一類的攻擊。萊安把和平主義的觀念從權利論述中移開，放入**德行倫理學**(virtue ethics)的領域內。和平主義灌輸對人類的尊重，使我們自己和其他人之間要產生那種讓殺戮成爲可能的距離變得很困難。他展示出一種張力存在於不阻隔我們自己和其他人之間，然而尊重我們自己以致我們有義務防衛自己。

和平主義已被某些人詮釋爲所有的**暴力**或**強制**(coercion)都是錯的這樣一種觀點。這似乎太寬泛了，雖然無疑地，某些和平主義者堅持這樣的立場。在此我將集焦於和平主義者對殺人的反對立場，它位於反對任何形式的戰爭之核心。

在最近數年間，大致上由納維森的一篇文章所提示的，關於和平主義立場之「不一致」或「不融貫」的呼聲，已有一個好的處理。簡而言之，納維森的論証是說：如果和平主義承認人們有權利不屈從於暴力之下、或者有著不被殺害的權利，則由邏輯規則，他必定根據他們這項權利去採取任何行動（因此，也免不了殺人）以保護這項權利。這個論証因一些理由而失敗❶，但最有趣的一個含有權利的保護資格問題。一項權利的持有一般必須使人有資格採取某些行動來防衛該項權利，但很明顯地，一個人可以採取的行動是有限制的。爲了取回你偷自我的毛巾，我不能棒打你致死；即使這是我保護我對毛巾的擁有權之唯一方式，我也不能如此做。那麼，和平主義者和非和平主義者不一致的地方是，一個人可以防衛生存權利或其它權利之限制。單單「權利的邏輯」不會造成這項不一致，確定如此的邏輯也不能使得和平主義

❶納維森宣稱對X的權利，使你有資格做不管什麼，只要能保護該項權利的行動。它將引出有關**公民不服從**(civil disobedience)並沒有任何眞正的問題，因爲單單邏輯告訴我們，如果國家侵害了我們的權利，我們能夠採取各種尺度的行爲來保護它們，包括不服從國家。但確信問題比這個更複雜。因此拒絕這種有關權利「邏輯」的主張是合理的，因爲它導致一個脆弱的結論。

的限制不融貫。納維森的意思是，如果和平主義不允許防衛生存權利的任何行動，則這個立場可能不融貫，但這並不是和平主義者的立場。和平主義的立場似乎違反完全直觀的相稱原則，即在防衛吾人的權利時，吾人可以採用和吾人所面對的威脅同等嚴重的、雖不比它大的行爲。這規制了棒打的案例，但也允許殺人以便不致於被殺。雖然，和平主義者能夠答覆說，當我們移向更極端的行爲時，這條原則變得相當可疑。折磨另一人以便不致受到折磨或者在另一個國家投下核子毀滅以防患自己遭到如此命運，並不是明顯可容許的。如此，當和平主義者在殺人的案例上拒絕相稱原則時，他堅持如此情況本身最極端，他藉此拒絕的原則，幾乎很難有自明眞理的地位。

我已觸及這個議題，不僅指出某些最近反對和平主義論証的囫圇儱侗，也因爲我相信任何搭鏈在權利議題上的支持或反對之論証，可能無法使我們得到什麼……。

歐威爾(George Orwell)告訴我們(在西班牙內戰期間)早期一個清晨，他和另一個人冒著危險去狙擊在敵方陣地之外，壕溝中的法西斯黨徒。在幾小時內有了一些小成績之後，他們突然警覺到共和黨飛機的聲音在上頭，歐威爾寫道：

> 在這一刻，一個人，大概帶著情報去給一位軍官，他跳出壕溝，沿著矮垣頂奔跑，一覽無遺。他的衣服只穿了一半而且當他在奔跑時，兩手提著褲子。我抑制著不去開鎗射他。我是一個拙劣的射手，很可能打不中幾百碼外奔跑中的人，這是眞的。但，我並沒有射他部分是因爲褲子的關係。我在這兒是要射殺「法西斯黨徒」；但一個提著褲子的人不是

> 「法西斯黨徒」，他只是個明顯的**同類傢伙**(fellow creature)，就像你自己，而你並不想射殺他。❷

歐威爾並不是個和平主義者，但他在這個特別的殺人行動中發現的問題，類似於和平主義者在所有殺人行動中所發現的問題。這個例子建議該問題採取如下的形式：

射殺衣服穿了一半的人，並不引起所包含的權利，也不必要展示你（根據你的權利）有正當理由殺他，你當然有！但這並不意指，如某人向我建議的般，該問題因而一點也不是個道德問題〔**純然的情感**(sheer sentimentality)是一個由一位出自海軍的哲學家所提出的反對立場〕。的確，如果歐威爾欣喜地開鎗了，如果他沒有至少感到另一個人「同類傢伙的樣子」，那麼他就有一個很糟糕的反省——如果不是在他的行爲上，就是在他做爲一個人的身份上。在歐威爾的情況中問題是這個人的衣著不整，使得他是一個「同類傢伙」的事實無法逃避，而且如此一來，就除去了他身上的標籤並跨越必須殺掉他的距離（在思考有關敵人時，敵人給我們刻板印象並非無緣無故的）。我現在企圖說的問題，並沒有包含在如此環境下証成殺人的可能性那麼多（「你如何讓你自己做它？」是在如此情境中感到沒有問題的人之自然回應）。而且正在那一點上有著和平主義者衝動的線索。

和平主義者的問題是他不能創造、或不希望創造在他自己和另一個之間的距離，以致讓殺人的行動成爲可能。可是，

---

❷George Orwell，(Looking Back on the Spanish Civil War.) in *A Collection of Essays* by George Orwell (New York:Doubleday & Co.,1954),p.199.

其他人明顯能產生距離的事實被和平主義者拿來很糟糕地反省他們；他們在世界各地走動，對所有的人類都會共有的衣著不齊之狀態——即同類傢伙——毫無感覺。後一點對顯示和平主義者的立場的確是個道德立場而不只是個人特質是很重要的。現在應該很明顯的是這樣一個意義：在這個意義當中，道德立場是由人際間的關係和看法，在面對其他人也應該維繫著，不管他們可能會向你採取什麼樣的行動。在這層顧慮下，自我防衛的爭論應該轉爲人際間的關係——攻擊者和防衛者之間的「負面聯結」——乃是很貼切的。因爲即使是個負面聯結，使得在自我防衛中殺人是可容許的，和平主義則將堅持更深的同類夥伴之聯結使得殺人變得不可能。如此一種看法將被其他人貼上全然情感的標籤而歸給和平主義者，便不足爲奇了。

我意識到這個和平主義看法的刻劃可能使很多人感到模糊，但在刻劃這個看法中自我反映出來的困難，我想，實在是和平主義者和非和平主義者之間眞正基本上的不一致。這個不一致遠遠地超越正義和平等一類熟悉的問題；這些熟悉的語彙使我們無法認識它們並不令人驚訝。至於這個刻劃的準確性，我將以下述法西斯美感的例子做爲間接的支持，這個例子我視爲在於和平主義的另一個極端，它是如此公然地對比於和平主義的看法：「戰爭是美的,因爲它以防毒面具、令人恐懼的擴聲器、火焰噴射器、小坦克爲工具，而建立了人對被征服機制的主宰權。戰爭是美的，因爲它用機關鎗的火紅怒蘭妝點了盛開花朵的牧場。」❸凡是法西斯主義者所欣喜的是和平主義者所拒絕的，「人體的金屬化」，對同類伙伴關係毫無感覺，和平主義者視之爲殺人的前提。

這個和平主義立場的說明建議了一些更傳統的和平主義

觀點之批評管道。吾人能很自然地問是否殺人必然地預設了對象化和距離，如同和平主義者感到的那樣。似乎對我而言，和平主義者和非和平主義者之間的差異是夠實質的，以致兩邊都不可能沿著另外一邊所料想能夠接受、或邏輯上需要接受的思路去做一個簡單的「拒絕」。如果任何對和平主義的批判是一個現成的、能夠製造出和平主義所關注的眞正主張，那麼它將是有關他的結論之一致性，以及我已描述爲他的誘導性衝動的問題之一。讓我們提議如此一批判可能會如何進行。

如果和平主義者的意旨是透過他的態度和行動而承認其他人做爲同類伙伴的地位，則問題是，暴力甚至殺人，有時是承認這一點的一個手段、一種跨越自己和另一個人之間距離的方式、承認吾人做爲一個人格而擁有自己的地位之方式。這是由黑格爾對主奴辯証衝突的說明所支持的論題之一，而它所擁有的重要眞理不應該在誇大衝突當中失去。拒絕允許其他人對待一個人爲對象是定義一個人自己整全性的重要步驟，它已爲像范農(Fannon)一類的革命理論家所透徹瞭解。它是一個明顯爲像甘地一類的和平主義者所失落的要點，甘地建議在瓦梭・給透(Warsaw Ghetto)的猶太人由集體自殺而做了一次優秀的道德敍述，因爲他們的抵抗無論如何都証明了徒勞。凡是在和平主義者的建議中——譬如，當受攻擊時，不該防衛我們所愛者——以確實怪異的樣子而

❸引文來自馬利內提(Marinetti)，未來主義(Futurism)的創始人，引自Walter Benjamin的論文，“The Work of Art in the Age of Mechanical Reproduction”，*Illuminations* (New York: Schocken Books, 1969), p.241.

打動我們的，不是某人的權利可以因我們拒絕如此行動而濫用這個事實。我們眞正關切的是行動的拒絕將表達了有關我們的關係和我們自己的什麼，因爲我們承認一個關係之重要性的各種方式之一是透過我們採取如此行動的意願，那也是爲什麼在如此情況中，問題是我們如何能使我們自己不去行動（被動性如何可能）。

正如嫉妒的能力是親密的一個整合部分，從事暴力的意願也連結了我們對其他人的愛和尊敬。和平主義者可以答覆說，這正是有關我們的社會如何連結到暴力和關愛的社會和心理事實，一個表達了數千年來陽剛文化之可疑的連結。但這個連結並不比反抗攻擊者而採取的暴力行爲做爲表達仇恨、漠不相關、或對象化的觀點來得更有問題。如果和平主義的問題是他不能夠一致地度過他最初的衝動——他以爲需要對其他人動用暴力卻不動用暴力的姿態——則這很不好地反映在他的立場上了嗎？好的，如果你發現他大可很不好地反映在這立場上的目標有吸引力——或者固定——則我們所有都在其中。闡明這個和平主義的邏輯可以引導我們看出我們的暴力和殺人的世界是這樣一個世界，在其中視某些人爲人需要我們視其他人爲物，但這並不是一個透過道德哲學的技術而能夠被諒解或免除責任的事實。如果和平主義的錯誤自欲望中升起，即想要由砍倒這兩難中的一邊來撫平遍及各地的這個事實的欲望，他也不比他的對手還壞，他的對手拒絕和平主義適於解除那些難以處理的暴力問題，認爲關於這些問題上和平主義只是焦慮的表達。只要在暴力中的這個悲劇元素仍然存在著，和平主義就做爲我們的一個回應；我們不該爲它的死亡而喝采，因爲它儘可標誌出暴力的兩難不該簡單地被遺忘掉。

沒有耐心者現在將會問：倒底我們能不能殺人？應該澄清的是，對這個問題，我並沒有哲學家、或者至少可能期待的那種答案。吾人能注意到這問題包含了兩者之一的選擇，但最偉大的問題是：其選擇不會從這種欲望——即在其他人和在我們自己之中去承認他們的重要性和弱點和價值——中自然地流出。

＊本文經同意轉譯自《倫理學》(*Ethics*), 1983, Copyright 1983 by the University of Chicago Press.

焦點議題

1. 萊安如何刻劃和平主義？
2. 萊安如何回應納維森對和平主義不融貫的指控？
3. 萊安支持和平主義的論證是什麼？

4 正義戰爭理論*

Robert Phillips 原著 陳瑞麟 譯

康乃狄克大學哈特福校區(University of Connecticut at Hartford)哲學教授菲力普(Robert Phillips)是《戰爭和正義》(*War and Justice*)(1984)一書的作者。本文摘錄自《戰爭和正義》。

菲力普護衛兩條**正義戰爭理論**(just war theory)的原則，**相稱**(proportionality)（除了被追求的目的所需的軍力之外，不可容許更多力量投入）和戰鬥人員及非戰鬥人員的區分。他的論點主要依賴於**意圖**(intending)殺某人和**預見**(foreseeing)某人將因爲你的行動後果而死亡二者之間的區分。效益主義者和其他人通常拒絕這個區分。

以重點列出的方式，我將在以下勾勒出正義戰爭理論的學說……

正義戰爭(Just War)

進行戰爭的正義(Justice in going to war)

Ⅰ.最後的訴求手段(Last resort)

Ⅱ.由合法的當局宣戰

Ⅲ.道德上可証成的：

A.反抗侵略的防衛戰爭。

B.不正義的矯正，此不正義因「另一個地方」的合法當局並未加以矯正。

C.會分佈正義的社會秩序之重建。

D.恢復和平的意圖之責任。

從事戰爭當中的正義(Justice in waging war)

Ⅰ.節制：應用或威嚇的軍事力量必定總是和在戰爭中所追求的目的成道德上的比例。

Ⅱ.分辨：不應使非戰鬥人員和淸白無辜的人成爲攻擊的假想對象，軍力不能以如此方式使用。唯一適當的**標靶**(target)是戰爭中的戰鬥人員。

A.雙重效應原則　在一個情境當中，能預見軍力的使用有實際或可能的多重效應，一些效應是罪惡的，如果遇到下列條件，不該加罪於行爲者上：

1.行動必定攜載著產生道德地善的結果。

2.罪惡的效應不能被意想爲目的自身或者做爲其他

目的（善或惡）的工具。

3. 附帶罪惡的容許必定是由適當比例的**道德比重**(moral weight)之考慮所加以証成的。

正義戰爭的「另一半」是戰爭進行中的正義，或者在戰鬥中的正義行為之學說。

I.相稱(proportionality)　相稱的原則主張在合理使用軍力的情形下，軍力不能以絕對任意的量來使用。明顯地，如果戰爭的目標是不正義的矯正，那麼軍力的層級必定不能大到以致造成新的和更大的不正義來。這條原則有時和「最小軍力」的學說混淆了，它主張最小量的軍力一致於達成所欲求的結果，這結果是我們所應追求的目標。然而最小量的軍力總應該被使用的，我們也必須考慮暴力的等級，因為某些軍事事務所可能需要的最小軍力是不相稱的。也就是，我們的計算必須包括不單是必然最小工具的預測，也要包括結果的預測。

這個區分具有關鍵的重要性，因為它引導我們的注意力落於從事戰爭的工具上，以及落於由一定的武器類型所引起的道德問題上。實際上，相稱不能相對於被視為**既定**(given)的武器系統來計算，而是要將武器系統自己包括起來加以計算。如此，譬如，有下列的說法：「核子武器利用為毀滅性的報復是既成事實，在這些裝備的可能性之內，什麼樣的災難層次是可接受的？」這樣的說法在道德上不可接受。現在，這正是某些軍事思想家企圖去做的事……，但我在此的爭論點是，這個動機將使得相稱的意義依賴於在一既定時代中所存在的任何種類之武器，從而使它的整個概念失效。當然，在任何有意義的方式上計算武器技術的突飛猛進極端困難。科技主義者的操作原則是：「若 X 是可能的，則 X 應該去實現」；如此，不做武器技術進展估算的另一條選擇路線是使道德完全從屬於此刻已發展的技術發展實況。

我急於增加那些論証相稱性相對於諸條件者的動機，不單爲了服務自己。這動機是如果吾人知道某種武器將被使用，而吾人也知道它將在任何客觀基礎上造成不相稱的災難，則很明顯地試圖獲得可能相對於系統的比例，就是道德上較優的——即使在使用核子武器作毀滅性的報復之情況上。這兒的危險是我們將掉進比這個做得更多的習慣中。我提議現代歷史透露的正是這正義戰爭理論家所慣於思考的樣型。一種武器被發明且應用，而且突然它成爲旣成事實。然而，道德附加了一個「正當理由」——其最終建基在下列這條原則上：即使工具自己不相稱，嘗試限制它們的使用要比允許無限制的使用好。這是一條吾人不能不同意的原則，但是它未必是主導我們思及工具的原則。而且我們必定免不了某些比例的概念，其容許我們把武器和戰爭行爲本身的模式包括在我們禁止的事項內。當然，提供一非相對的相稱之判準不是正義戰爭的領域，而只是建立一正義原則時，事實上眞地需要如此標準。

II.**區分(Discrimination)**　對相稱而言爲眞的東西對區分原則來說是經驗的眞。軍力應該有道德上的正當理由之觀念唯若它能在一區分方式上被應用，該方式位於戰爭中的正義之核心。繼而，雙重效應原理在這區分的核心上。

(A)由強調意圖爲道德行爲的確定特徵，正義戰爭的支持者試圖在兩個不同的情況中，標誌出戰爭中殺人和蓄意殺人間的差異。首先，在一個有正當理由的戰爭中殺掉敵方的戰鬥人員，於某些環境下是可接受的。其次，在一個有正當理由的戰爭中，附帶於必然的軍事運作之執行上意外發生的非戰鬥人員之殺害，於某些環境下，也是道德上可接受的。

雙重效應原則是一個更一般性的考察組合之精練，此考察必須處理力量的不同使用。如果由合法權威使用的力量得到証成，則很明顯地，它不能以任何量來使用，也不能被導向任一或每一個目標靶。這是「明顯的」，因爲我們假定如果任何人能說是有罪的，這罪是在其他人身上施加直接的暴力行爲。如果**戰爭中殺人**(killing in war)和蓄意殺人(或**謀殺**，murder)之間有著分別，必定也有一個在潛藏標靶上實際差異之先驗概念。雙重效應最爲人所廣泛討論的層面是非戰鬥人員的**免於傷害權**(immunity)，而且在此所提出的關鍵議題之一是如何使如此的免於傷害權可相容於我們的預知，即預知非戰鬥人員將於軍事運作中意外死亡這確定事實。

雙重效應從一個相當普遍的道德判斷標準中導出，此道德判斷標準審愼但清晰地由阿奎納所宣示：「現在道德行爲根據被意想的事物而成爲一種行爲，不是根據除了意圖之外的事物，因爲這是偶發的。」〔《神學大全》g.64,art.7〕。

我引証阿奎納，不是論証行動的結果是道德上地不相干，而是當吾人提出有關特別行動的道德問題時（相對於它的功用、它的美等等），吾人不可避免地指涉了行爲人的意圖。**偶發的**(accidental)在此被使用並非排它性地意謂**未曾預見**(unforeseen)，而是包括預見但並不希望造成如此的行動結果。「偶發的」可以被理解爲「附帶的」。

跟從這條思路，我們可以下列方式總結此項原理爲：在一情境中，軍力的使用能被視爲有實際或多重的效應，它們中的一些是有罪的，如果遇到如下的條件：(1)有意產生道德上善的結果之行爲；(2)惡的效應並未在目的自身或達成其它目的工具（不管善或惡）中有意地造成；以及(3)附帶的惡之允許必須由相稱的道德比重之考慮來証成，則罪責之處並非由行爲人來負擔。

這些考察如何應用到戰鬥情境上？至少有兩個意思，有時被宣稱說戰爭中殺人和蓄意殺人並沒有實際的分別。首先是主張所有的殺人都是蓄意殺人的觀點，蓄意殺害某人的生命總是錯的。這將意謂著在戰鬥處境中，殺害戰鬥人員和非戰鬥人員兩者都是錯的，而且這些類別人們之間的確實在沒有道德上的差異。這明顯是和平主義的一種版本……這個觀點主張：沒有那種環境，其中另一個人之死可以由意志所直接要求的；殺人是錯的，即使吾人自己的生命正處在嚴重的危險當中而且即使其他人是侵略者。

根據第二個觀點，殺害非戰鬥人員是謀殺，而在戰爭期間，侵略者的戰鬥人員之死是道德上可接受的。如此，如果戰爭能整個地在戰鬥人員當中進行，原則上，將可以避免蓄意殺人。可是，進一步論証，在實際的戰鬥情境中，有預知戰爭運作將致令非戰鬥人員的死亡，則在戰爭中殺人和謀殺之間就沒有實際的差異。這個觀點已衍生了兩個相當驚人的不同結論，是有關於一個道德行爲人應該面對戰鬥可能性的結論。

一方面，因爲現代武器就其本質而言是無法區分戰鬥與非戰鬥人員，而且也因爲非戰鬥人員的死亡取消了我們可以由辯白的方式來提供的任何種善的意圖，由於這個遺漏，我們終究成爲和平主義者。而承認一個正義戰爭之理論上的可能性，軍力不加區分的使用必然是使我們成爲和平主義者的當代戰爭行爲的特徵，就其本身來看，正是「爲戰爭而戰爭」。

另一方面，從相同的前提出發，有時有人論証：因爲在有關非戰鬥人員的誤殺和謀殺之間並無實際的差異，戰爭可以完全沒有任何限制地進行。也就是，如果戰爭被証成了，那麼欠缺區分誤殺和謀殺之間的判準，應該可以允許應用任何工具，只要它能帶來勝利。這個論証常常在較大的效益主義者之理論中具體地表現出來，在極端的案例中，該種理論允許殺害非戰鬥人員來做爲確保和平的手段。這似乎是哈里斯爵士在第二次世界大戰中克服英國對轟炸德國城市的恐懼所採取之思路。當有著不加分辨性質的地毯式轟炸受到譴責時，哈里斯答道：「這是戰爭，它自己是罪惡的」，如此意味著試圖區分戰鬥人員和非戰鬥人員(至少對轟炸的目的而言)是無意義的。

那麼，這些是兩條主要的批判思路，它們指向反對雙重效應原則之重要意義，從而，也就是反對戰爭中殺人和蓄意殺人之區分的重要意義。

首先，讓我們轉向這問題：我們如何逃開殺死一個敵方的戰鬥人員是謀殺的責任？如果軍力在道德上有正當理由，它的應用必定是反抗一個非人自身的標靶。吾人必定不是直接地尋求另一個人類的死亡，他要不是自身做爲目的就是做爲通達某個進一步目的之工具。因此，軍事行動的目的或意圖必須限定在侵略者上。這是一個答覆和平主義者的開端。因爲他和正義戰爭的辯護者確信是一致的，而且正是如此，以致另一個人之死應該絕不是直接爲意志所要求的，不管是否標靶是這個人自己或者他在一個特別的歷史情境中體現了敵人的價值(這個禁令必定意味著其他人的**本然價值**(intrinsic value))。然而，如果軍力可以有正當理由，則什麼是標靶？答案必定是使用不同軍力的適切標靶不是人自己，而是**身爲人的戰鬥者**(combatant in the man)。

可能有人會反對：去區分行動總體加上支持如此行爲的

基層人員（他們構成了身爲人的戰鬥者）是邏輯上的不可能。也就是說，一個分殊的人或者抽離了分殊行爲樣型的**一般人**（"man" in general）等於是在說一個**非實在物**（nonentity）。因此，身爲人的戰鬥者不可能是個標靶。進一步，可以論証，即使某種如此的區分是可能的，殺一人是去殺另一人。一個投入戰鬥的士兵，有著制止或使戰鬥者失去行爲能力的意圖，必定在他舉起武器之前，知道戰鬥將造成大量人員的死亡。

效益主義者可能以如下的方式提出反對論証：瓊斯和史密斯兩人都手執槍械投入戰鬥。瓊斯，一個傳統觀點的支持者，讓他具有制止或使侵略者失去行爲能力的意圖，而史密斯爲了能避免自己被殺，他打算殺掉一切能夠殺掉他自己的敵人。在遭遇到敵人時，他們都開火了。「意圖」使該道德觀點產生了什麼樣的差異？在兩個情況中都是極端暴力的行爲，子彈流的大量釋放，導致一個人的死亡。屍體躺在瓊斯和史密斯之前——這是野蠻、終極的事實，它不是再描述「意圖」的旨意所能夠改變的。

嘗試回答這問題時，有兩件關於意圖的事情必須一談。首先，在理解一行動的意義以及因此知道如何正確地再描述它當中，必須處理行爲人意圖的知覺這方面，是相當重要的。萬一吾人想在不涉及意圖的情形下普遍化效益主義者的立場，對任何瞭解人類行動的企圖而言，結果都會是災難性的。暫擱置道德問題，如果我們假設沒有以意圖爲中心來描述如此**行爲**（behavior）之做爲**人類的行動**（human action），我們將不能使整個人類行爲的分類成爲可理解的。也就是，有那種兩個相當不同的行動在結果、可觀察的行爲、以及結果的預知都相同的情況；唯一區分這兩者的方式是參考意圖。

譬如，以自殺的情況爲例。如果我們跟從批判者的考慮和建議，只涉及結果的預知、行爲樣型和最終結果（一具屍體），那麼，自殺將可有效地定義爲任何行爲者已知將帶來他自己死亡的行動。這明顯是荒謬的，因爲它將無法讓我們區分一個爲了躲避法庭傳票而開槍射殺自己的官員和政權保衛中知道自己無法倖免，仍英勇戰鬥到最後的官員。兩種情況中，都有預知一個人自己的死亡，有客觀的行爲樣型引導出結果，且有結果本身。他們重大的不同處，只有意圖。意圖使他們的舉止成爲不同的行動。以一般的方式提出這點，無法說明意圖意謂了我們不能在「**做 x 以致 y 應造成某結果**」(doing x in order that y shall result)和「**做 x 而知道 y 將造成某結果**」(doing x knowing that y will result)做出分別❶。

史密斯和瓊斯兩人都有敵人將要死亡的預知，他們都執行了同一的行爲，且結果相同——敵人士兵死了。然而在此有兩個不同的行動：瓊斯知道 y 將造成什麼而做 x；史密斯爲了 y 應造成什麼而做 x。好的，批評者可能答覆說，在此確定有意圖上的差異，而且，什麼發生了的描述必須參考所有的事實。可以承認，如果我們在此想徹底地瞭解什麼發生，則我們必須說明的不只是行爲人知且預知行爲和結果，而且也要說明行爲人設定他自己正在做什麼；以致免不了在我們對他的行爲之說明中，把我們包括入意圖的元素內。但即使承認了這點，吾人並未就此顯示意圖造成了任何道德上的差

❶這是麥因塔(A. McIntyre, "The Idea of a Social Science" in *Against the Self-Images of the Age* (London: Duckworth, 1971),pp.211-229) 中例子之修改。

異。

這個批評是正確的。迄今所建立者爲意圖乃是區分不同的**人類行動**(human actions)之判準。這一點的重要性在於爲了顯示不同的**道德裁決**(moral verdicts)應被應用到史密斯和瓊斯上，首先我們必須明瞭有著兩個判然分別的行動。當然，在他們行動之間的道德差異是相當不同的事務。差異是什麼？讓我們回憶該反論：批評者將說，在把軍力指向制止或使戰鬥者失去行爲能力，同時使用我們已知將會造成他死亡的工具當中，假設有任何道德上的重要涵義，乃是一個詭辯。最終的結果都相同，而且也將預知這相同的結果，不管是否我們「直接地」攻擊那個人。

史密斯和瓊斯之間的關鍵差異在於，對於那些自行解除身爲戰鬥人員角色的敵人士兵而言，瓊斯在邏輯上將會做出不同的行爲，而史密斯則否。軍力必定指向戰鬥者而非人的信念乃是能夠爲殺人提供一道德基礎的唯一預設。史密斯沒有理由觀察到這項區分。他可因一個偶發念頭或當下審愼的理由而饒恕敵人的生命，但他並不是由他的信念而邏輯地做如此的行動。自願制止自己行爲能力或由受傷而受制止的人應該免於攻擊之普遍信念，唯有在區分人和身爲人的戰鬥者之基礎上才是可理解的。人員應該被殺或者好好對待的道德原則本身，將由顯示下列爲不可能的而被証成：即在某一整個不謹愼的方式上，把殺害那些已棄守者普遍化。也就是，沒有一個理性的存有者能一致地**意願**(will)在他自己的處方中殺害所有人包括他自己。如此，當瓊斯有侵略者死亡的預知時（一個公認的罪惡），他行動的攻擊力反抗的是戰鬥者而非人，而這要點之**道德收益**(moral payoff)唯有在他邏輯地遵奉觀察有關戰俘免於傷害權的道德原則時才產生。總之：

對那些論証在一個戰鬥者殺害另一個戰鬥者的情況中，戰爭中殺人和謀殺之間沒有實際差異的人而言，我們可回答說，下列是可能的：即，對軍力使用之証成而言，給予一個深思熟慮的學說，在如此的方式——敵人之死可以預知但不是意志所願的——上引導軍力的行動。當表現在個別士兵的行動中之戰鬥目的，是在一個特別的歷史處境中使敵方戰鬥員失去行爲能力或制止他去從事那身爲士兵所應做的事，它並不是殺害一個人。這是在戰鬥者的案例中，戰爭中殺人和謀殺之間的區分之本質，而且前提的道德相關性被展示在承認戰俘免於傷害權的義務中，這是一個無法賦加在那些人之上的義務，他們不能觀察到人和身爲人的戰鬥者間之核心區分❷。

迄今，我們已討論唯一關聯殺害敵方戰鬥員的雙重效應，以企圖處理來自所有在戰爭中的殺人是謀殺的主張之批評。我們現在必須處理這個批評的「另一半」，亦即在戰爭中殺害非戰鬥人員是謀殺。這很明顯地是比戰鬥員死亡的問題更難掌握。因爲在後一情形中，敵方的士兵是被瞄準的對象，而其個人也把軍力的行動指向反抗其他人。雖然，如我們已論証的，在把軍力的行動指向反抗一個敵方戰鬥員時，不該沒有去殺掉這個人的意圖。然而在侵略者的情況中，有一個重要的意涵是，他可以被說是帶來他自己的死亡，特別是在那些棄守的情況中是可能的。一個在正義原因下打仗的士兵可能被迫使用將造成侵略者死亡的武器，但侵略者本身也是造成這個結果的直接原因。一個戰鬥員可以由恢復爲非戰鬥

❷戰俘免於傷害權的問題上有很多優秀的討論。最好的是P. Ramsey, *The Just War*。

者的角色而改變他的地位；但如果他拒絕如此做，則，所發生的事件之大部分責任都在於他身上。

非戰鬥者免於傷害權的問題頻繁地被認爲集中在區分出非戰鬥員的類別來，特別在現代的戰爭行爲中。我想，這是一個大的錯誤，它的提出部分是來自於戰爭中團結宣傳的過度閱讀。事實上，在任何歷史上的戰爭中，除了在宣傳家的煽動世界中，去區分在任何意義上都不能夠被說是戰鬥者從而使他們成爲攻擊對象的整個類別的人們，是相對上容易的事。如同每一個有益的區分般，當然有著邊界情形。標準如下：一般地說，不管是否戰爭發生，或者是否在戰爭內和戰爭外都爲士兵服務，一些類別的人仍然從事他們原來的職業者，被視爲有免於傷害權。這將由如下的例子來例証：農夫和教師（因爲教育在戰爭內和戰爭外都是必須的）而非運輸戰爭物資的商業海員或負載軍需列車的鐵路司機。換言之，現在吃東西和讀書的士兵，即使在不是士兵時，也將必須做這些事，以致這類人雖供應那些種貨品和服務，可以被說應該免於攻擊，而那些從事生產和供應只在戰爭中使用的貨品者並不具免於傷害權。當然，某些類別的人可以被說是永遠的非戰鬥員——小孩、有精神缺陷者、那些各種物理上的不具行爲能力者。再次，某些硬性的或限制性的情形產生了，特別在游擊戰的情況中，但是他們比有時假想的要較少一些。

眞正的困難並不在於所描繪的種種具有免於傷害權的個人類別，而是在於決定什麼將構成了對他們的攻擊，因爲假設要造成非戰鬥人員的死亡只有在他們的死亡能被詮解爲附帶著或伴隨著加害者的意圖而來時……。

從這個議題的所有討論，我們能得到兩點結論。首先，在一個有正當理由的戰爭中，戰鬥人員是其他戰鬥者的攻擊對象。在這個脈絡中，軍力之使用指向使他們失去行爲能力而不是殺害。戰鬥人員的死亡可以預見，但這相容於使失去行爲能力的意圖。其次，非戰鬥者的免於傷害權被預設著且將在絕對的詞項中被敘述出來。非戰鬥者的死亡可以預見但也可以被視爲附帶的災難，如果他們的死亡是發生在有正當理由的戰爭當中……在兩種情況，批評者的差池在於混淆了意圖和預知或預期。

＊本文經同意譯自《戰爭和正義》（*War and Justice* Norman: University of Oklahoma Press, 1984）。

焦點議題

1. 討論菲力普對正義戰爭理論的描述。主要的論點是什麼？如何應用這些原則到現代戰爭行爲上？
2. 檢查菲力普所說明的意圖和預見之區分，這是一個有效的道德區分嗎？

5 約定俗成和戰爭的道德*

George Mavrodes 原著　陳瑞麟　譯

密西根大學的哲學教授，馬若德(George Mavrodes)在宗教哲學和倫理學的領域中，完成許多知名著作，包括《信仰上帝：宗教認識論研究》(*Belief in God: A Study in the Epistemology of Religion*)和《宗教信仰的啓示》(*Revelation in Religious Belief*, 1988)。

在這篇文章中，馬若德和像菲力普一類的哲學家爭論，菲力普區分了戰鬥者和非戰鬥者，並且論証非戰鬥者是無辜的，而戰鬥者則否。反之，戰鬥者能是無辜的而非戰鬥者則有罪。馬若德區分普遍爲人所抱持的道德原則和那些依賴於約定俗成的道德原則間之不同，然後論証戰爭的行爲缺乏適當的約定俗成，只有約定俗成才容許戰鬥者／非戰鬥者的區分有著效力。

本文的重點是把一個區分引入我們對戰爭行為的思考中，並且探討這個區分的道德含意。我將作兩個主要的假定。首先，我將未加討論地假定在某些環境且針對某些目的，戰爭行為有其道德上的正當理由。這些條件我將總括在如**正義**(justice)、**正義的原因**(just cause)一類的詞項之下，然後不再討論它們。我也將假定，在戰爭行為中，某些手段，包括某些殺人，也有道德上的正當理由。有時我稱如此手段為**相稱**(proportionate)，一般而言，我稍稍地談及它們。順便一提，這些假定共通於我在此所引証的哲學家。

我引入的區分能被視為要不將戰爭劃分成兩類，就是把戰爭從某種其它的國際戰鬥中區分出來。我並沒有格外喜歡這兩個談論方式中的一個，但一般說來，我將採用後一個選擇。我對這個區分的道德涵義特別感興趣，我將以一定詳細程度來探討它所負載的關聯於戰爭行為的道德問題，以及有意殺害非戰鬥人員的問題。

本文有兩個主要的部分。第一部分將檢查這個道德問題的三個密切相關的討論：安絲康(Elizabeth Anscombe)、福特(John C. Ford)、瑞姆賽(Paul Ramsey)的論証。這些討論似乎忽略了我將提出的區分。我以他們自己的詞項來論証，卻沒有指涉該區分，他們必須被視為不充分的。

在本文的第二部分，我提出且說明我的區分。然後，我探討我所採用者是它的道德涵義中的某一個，特別涉及非戰鬥人員被聲稱的免於傷害權，然後我論証它補足了先前所引証的討論之缺失。

Ⅰ.免於傷害權的理論家

有一些哲學的學者主張：交戰國的大部分人口有一特殊的道德地位。就是人口中之非戰鬥人員的部分，他們有一個道德上的免於傷害權，防止他們被有意圖地殺害。這個觀點似乎特別地投合於嘗試用基督宗教倫理學來解釋戰爭行爲問題的哲學家。在這些哲學家間主張這個觀點的是安絲康、福特和瑞姆賽。我將指稱這三重奏般的思想家們爲**免於傷害權的理論家**(immunity theorists)。

或許我們應該更詳細地指出：免於傷害權的理論家所明顯主張的，特定正是人口中的那一部分該被討論和什麼構成了他們的免於傷害權。免於傷害權的理論家通常承認在界定恰是誰爲非戰鬥員上有著某些困難❶。粗略地說，他們是那些不在軍事運作中從事行業的人，而且他們的活動並不即時或直接地相關於戰爭勞務。或許我們能夠說，如果一個人從事的行業，其活動在國家非處戰爭時期（或準備戰爭階段）都將持續進行者，則這個人是非戰鬥人員。所以一般而言，農夫、教師、護士、消防隊員、銷售人員、家庭主婦、詩人、孩子等等都是非戰鬥人員❷。當然，有困難的案例，其範圍

❶Elizabeth Anscombe, “War and Murder”, *War and Morality* ed. Richard A. Wasserstrom (Belmont, Calif., 1970), p. 52; John C. Ford, “The Morality of Obliteration Bombing”, ibid., pp. 19-23; Paul Ramsey, *The Just War* (New York, 1968),pp. 157, 158.

❷福特提出一份超過 100 種職業的表，他視表中職業的從業員爲「幾乎毫無例外地」是非戰鬥員。

在高級文職官員到搬運蔬菜至前線的卡車司機（要不是軍人就是平民）之間變動。但儘管有這些困難的案例，一般主張交戰國都擁有大量已可辨認的人民明顯是非戰鬥員。

什麼構成了他們的免於傷害權？我所考慮的作者在此**使用雙重效應原則**(principle of double effect)❸。這包含了劃分行動的結果（至少可預知的結果）為二種類別。第一類中，是那些構成了行動之目標或目的的結果、是行動之爲何而做中的「何」，也是那些到終點的手段之結果。另一類是既非爲所追求的終點也非到終點的**手段**(means)之結果。所以，譬如，轟炸鐵路調車場可能有下列的很多結果：補給前線的物資流中斷了，幾座火車頭損毀，以及大量的煙、塵等等瀰漫在空中。打斷運輸線很可以是這個行動所尋求的目的，或許火車頭的損壞被視爲打斷運輸線的工具。若如此，這些結果屬於第一類，我將跟從一般使用**意圖的**(intentional)或**有意的**(intended)來標誌該類。另一方面，濃煙雖然確信可預知爲其它效應，但在這個情境中可能既非工具也非目的。它是一**旁及**(side)效應，屬於第二類（我有時將它叫做「非意圖的」或「非有意的」）。

現在，根據這些作者，非戰鬥人員的免於傷害權是由他們的死亡從不能在道德上是一個軍事行動的有意結果這個事實所構成的。或者，以另一種方式來說，任何尋求非戰鬥人員死亡的軍事行動，不管是做爲目的或手段，都是不道德的，無關於它可能完成之總體的善。

另一方面，非戰鬥人員非有意的死並不絕對地禁止。軍

❸Anscombe, pp. 46, 50, 51; Ford, pp. 2b-28; Ramsey, pp. 347-358.

事行動可預知地將導致此類死亡，既非做爲手段也非目的而是旁及效應，根據這些作者，它們可能在道德上可接受。如果可預期得到的善之目的，有充分的比重足以矯正非戰鬥人員死亡這種罪惡（連同任何包含在它之內的其它罪惡）之過度失衡，將是道德上可接受的。這條原則，有時被稱作相稱原則，顯然以它被應用到戰鬥人員之意圖的死亡、資源的摧毀等等相同的方式，而被用來預見但非有意的非戰鬥人員之死亡。在所有的這些情況中，一般主張爲了成就較少的善，而造成很多死亡、很多痛苦等等，是不道德的。在此，戰鬥人員和非戰鬥人員立足在相同的基礎上，他們的死亡以相同的標準來衡量。但，當非戰鬥人員的屠殺被預見爲一目的，或者更一般地說，是工具時——或許減少糧食的後悔或摧毀軍隊的士氣——則有一個未加評價的判斷說，該計劃的行動不折不扣地是不道德的。另一方面，有意的屠殺戰鬥人員，則沒有如此禁令。那麼，這是把戰鬥人員和非戰鬥人員放置在判然有別的道德位置上。

現在，如果一個諸如此類的格局，並不顯得單單是任意的話，看起來好像我們必須爲這區分發現某種道德的現實基礎。或許值得注意的是，在這個脈絡中，非戰鬥者的免除傷害權並不能由指涉人類生命的價值或神聖來支持，也不能由指涉不可殺害我們兄弟的義務等來支持。因爲這些作者承認，在某種環境之下，殺人在道德上是可容許的，甚至是一項責任。必須尋求的是區分的理由，而不只是反對殺人的考量。

可是，如此一個理由似乎非常難以發現，或許是未加預期地如此。免於傷害權的理論家所提出的關鍵性論証訴諸於**有罪**(guilty)和**無辜**(innocence)的觀念。譬如，安絲康說：

> 現在，猶太、基督宗教(Judaeo-Christian)傳統中最激昂且反覆申說的教誨之一是使清白無辜的人流血死亡被神的法律所嚴格禁止。除了因他自己的犯罪外，沒有人可以受懲罰，而且那些「他們的脚沾染了清白的血液者」總是上帝的敵人❹。

在這段話前，她說：「誘惑戰爭行爲從事者的根本邪惡是殺害無辜的人」。❺而且在她的這篇論文中有一段題爲「**無辜和有意地殺害的權利**(Innocence and the Right to Kill Intentionally)」。夠清楚地，無辜的觀念在她思索這項主題中扮演重大的角色。這個角色正是什麼？或者應該是什麼，將在以下簡短地考察。在稍早引証的文章中，福特反覆地把「無辜的」和**平民的**(civilian)、「非戰鬥者」連繫起來。可是他最清楚的敍述，是在另一篇論文中。在那兒，他說：

> 天主教的教諭在長久世紀以來，對主張從不允許在戰爭時期中直接地殺害非戰鬥者，一直是毫無異議的。爲什麼？因爲他們是無辜的。也就是，他是戰爭的暴力和毀滅性行動下的無辜者，或者任何在戰爭的暴力和毀滅行動之密切參與下的無辜者。暴力的參與單獨地將使他們成爲暴力壓迫他們自己的合法標靶❻。

在此，對於戰鬥者和非戰鬥間的道德區分之基礎而言，我們明顯地有一個有希望的候選理論，它之有希望是因無辜本身

❹Anscombe, p.49.

❺Ibid, p.44.

似乎是一道德性質。因此，如果我們能看到非戰鬥者是無辜的，而戰鬥者則否，那麼，假設這個事實道德地專門用來以不同的方式對待它們，將是合理的。

如果沿著這思想線索我們成功了，則我們至少必須遇合兩個條件。首先，我們必須發現「無辜」的某一意涵，以致所有的非戰鬥者都是無辜的而所有的戰鬥者都是有罪的。第二，這個意涵必定是道德相干的；這是最重要的一點。我們正尋求建立一個道德區分，故我們指涉的事實必定是相干於道德的。一個像「無辜的」一類的道德關鍵詞之使用，並不自動地保証如此的相干性。

好的，對「無辜的」一詞有任何恰當的意涵嗎？福特說非戰鬥者「在戰爭的破壞行動和暴力之下是無辜的」。安絲康，曾論及那些死亡力量所該專門攻擊的人，她說：「對於受攻擊的人，在相干的意涵上並不是無辜的，所需的條件是他們自己從事一個客觀上**不正義的程序**(unjust proceeding)，在該程序上攻擊者有權利做他所關切的事；或者——最普通的情形是——應該不正義地攻擊他」另一方面，她說及「單單存在著的人們，以及由種田、製衣等活動來支持其存在的人們」可能對戰爭有所貢獻，故她說：「如此的人們是無辜的，攻擊他們乃是謀殺，或者因他判斷將幫助他邁向勝利而使他們成爲受攻擊的標靶，都是謀殺。」❼我想，這些訊息包含了有關在這些作者文章中，「無辜的」意涵之最

❻John C. Ford, (The Hydrogen Bombing of Cities), *Morality and Modern Warfare* ed. William J. Nagle (Baltimore: Helicon Press, 1960),p.98

❼Anscombe, p.45.

佳線索。

大概夠明顯的是，這個「無辜的」意涵以一種並行於「非戰鬥者」的模糊性上的方式而令人感到**模糊**（vague）。它留給我們麻煩的邊界情形。就其自身來看，對我而言，似乎不是一致命性的缺陷。但或許它是一個導致重大失敗的線索。我懷疑有這個並行的模糊性，因爲在這兒，「無辜的」只是「非戰鬥者」的同義詞。

除了那些不是在從事戰爭暴力的人們之外，福特能由說「戰爭的破壞行動和暴力下的無辜者」來意指什麼？當安絲康說非無辜者是那些「從事一個在客觀上不正義的程序者」時，基本上，她不是意指相同的事物嗎？但我們不需整個地答覆這些修辭上的問題。瑞姆塞明白地指出該論點。他首先區分軍事運行中密切和偏遠的合作，然後，他暗示了「有罪」和「無辜」之間的區分。他說及這個區分爲：「這些是非常誤導的詞項，因爲它們的意義唯有在第一個對比之下才明示出來，而且可化約至參與敵人軍方的程度。」❽在這個判斷上，對我而言，瑞姆塞的確似乎是對的。

現在，我們應該小心注意的是，一個人可能是不正義戰爭和它的不正義目標之狂熱的支持者，他可能表達他的意見或者用投票來支持該不正義的戰爭，在戰爭尚未發生而只是在戰雲密佈之時，他可能盡他的力量做每一件事以促成它的發生。現在，戰爭已經爆發了，他可能既捐款又提供他所知的最好的戰爭方式來貢獻戰爭，而且他可能強烈地希望去分享這個戰爭勝利時所可能帶來的不正義之戰利品。但這樣的人可能很顯然地是個非戰鬥者，並且（在免於傷害權的理論

❽Ramsey, p.153.

家之意涵上）無疑是戰爭的「無辜者」。另一方面，一個有限的心智能力且幾乎沒有受過教育的年輕人，可能被徵召入伍，接受幾個禮拜的軍事訓練後，送到前線上，在下級單位中當一名充員兵。他可能根本不瞭解這戰爭是爲了什麼，對戰爭也沒有熱誠。他可能只想回到他的家鄉並像以前一樣地生活。但他正在「從事」戰爭，運送軍需品，或者架設電話線或用他的步槍毫無實效地砰砰擊發。他無疑地是個戰鬥者，「有罪」，一個可供有意屠殺的適當主體。「無辜」用在這兒，整個地忽略了相干的道德考量——它一點也沒有道德內容，不就很明白了嗎？安絲康建議說，戰爭期間，有意圖的殺害應該在懲罰犯罪的人們之模式下來解釋，而且我們必須留意，如果我們應該是道德的，我們只能就某人自己的犯罪來懲罰他，而不能因其他人犯罪的牽連。但如果我們以任何合理的道德意涵來解釋包含在一個不正義的戰爭內之犯罪時，則很多非戰鬥者犯了罪或者很多戰鬥者是無辜的，兩者必有一是事實。事實上，大概這兩件事都是眞的。只有在我們剔除**犯罪**(crime)的道德內涵時，我們才能使它迎合現代戰爭中戰鬥者／非戰鬥者的區分。

安絲康和瑞姆塞❾兩人在討論這個主題時，使用罪犯的類比這個事實指出了一個很容易被忽略的有關戰爭行爲的事實。而那是戰爭行爲，不像普通的犯罪活動，它不是一個個人以個人的身份或者自願團體之一員來行事的活動。他們是做爲國家的成員而進入戰爭。說國家在**進行戰爭**(at war)要比說它的士兵在從事戰爭更爲恰當。當然，這並不蘊涵個人在戰爭中，對他們的行動沒有任何道德責任。但它將建議說

❾Ibid., p.144.

戰鬥者和非戰鬥者之間的道德責任，以同於罪犯和他的孩子間之方式來分佈。很多身爲士兵的人，或許他們當中的大多數，如果不是身爲戰爭國家的公民，他們一點也不會從事軍事操作。但非戰鬥者正是以同於士兵是國家公民的意涵上做爲國家的公民。可是這些應該被分析的事實，它將警告我們不要在普通犯罪的類比上提出比重太大的答案。

那麼，我們似乎陷於兩難之中。我們或許能發現某些像無辜和犯罪一類觀念的意涵，使它們配合我們所感興趣的區分。但如此做的代價似乎是剝落這些它們需要的道德意義之觀念，而這些道德意義應該要証成區分本身的道德宗旨才對。另一方面，在一般含意上，這些觀念已經有了所需求的道德內涵。但在他們一般的意涵上，並不應合所想要的區分。因此，從無辜而來的論點乃是以另一種方式才成立，所謂非戰鬥員的道德免於攻擊權似乎只剩下一個任意的主張。

II.視約定俗成而決定的道德

不管這些論証的失敗，近來我開始認爲在這些區分當中，畢竟有某種重要的東西，甚至它可能有一個重要的**道德內涵**(bearing)。這可能是如何？

想像一個政治家反省戰爭的代價，它値得人付出生命和受苦。他觀察這些代價通常十分地高昂，有時令人躊躇。進一步，他接受了相稱原則。這樣一來的結果是他有時預見了一個爲了正義原因的正義戰爭，儘管如此，他決定不去進行這場戰爭，即使他相信會贏。因爲勝利的代價是如此之高以致超出了所將得到的好處之比重。所以有時，他必須忍受壓迫橫行和不正義的猖狂。而且即使在那些能從事的戰爭中，代價也非常嚴重地耗蝕了益處。

隨後，他有一念頭。假設——只是假設——吾人能用較少代價的替代品來取代戰爭行爲。譬如，假想吾人能引入一項約定——實際上使它被國家所接受並遵循——用單人搏鬥來取代戰爭行爲的約定。在這個約定之下，當兩個國家達到一個僵局時，再下去就走向戰爭，他們不選擇戰爭，反之選出國家中的一人，一個單獨的冠軍（無疑是個志願者）。這兩個人將在一場殊死鬥中遭遇，不管是誰只要殺了他的對手或把對手推出場外，將爲他的國家贏得勝利。贏的國家可以得到在戰爭中所尋求的領土割讓、影響力或其他戰利品，而冠軍被擊敗的國家相應地將失去那些事物。

也假想政治家相信，如此一個約定將在他的國家生效，並且在有關國家現在能期待贏得或輸去一般戰爭之相同的比例上，國家也能期待贏得或輸去如此的搏鬥。就像由戰爭引起其它方式的問題般，相同類型的問題也會因如此的戰鬥而萌生（雖然，比起順從於戰爭，或許有更多的問題順從於戰鬥），但幾乎會達到相同的解答。可是，代價——人員的死亡和受苦——將被減低到幾個等級的大小。那不就是一個吸引人的構想？我想它是的。

而這個構想可能似乎有吸引力，但它也可能做爲一個毫無希望的烏托邦而浮現於我們心中，幾乎不是提出一個嚴格的思想。可是，似乎有某個証據顯示，在古代時，曾實際地嘗試過這個替代品。古代文學裡，至少有兩個這樣的企圖可供參考。一是在《聖經》內，撒末耳記十七章(I Samuel 17)大衛(David)和哥利亞(Goliath)之間的戰鬥。另一個是在《伊利亞德》第三冊，記載著有人一開始就提議由美勒留斯(Menelaus)和帕黎斯(Paris)之間的搏鬥來解決特洛伊

(Troy)的圍城。可能有重大意義在其間的是沒有一個這類嘗試顯得是成功的。單人的搏鬥帶來嗜血者更一般性地戰鬥。或許這個戰爭行爲的替代品太廉價了；它不能實現，而且國家終究不會同意遵守這個約定。但，一方面，考慮只被道德需求所限制的戰爭行爲，它追求的終結應該是正義的，所用的工具應該合於比例；另一方面，考慮做爲戰爭行爲替代品的單一戰鬥之約定。在這兩個極端之間，存在著大量可能的約定，可以在尋求較少代價的戰爭替代品中被詳細地調查出來。我建議，至少在西方社會中，長久以來，努力限制軍事運作到**反對軍隊**(counter-forces)的策略，以節省公民人口，正是如此一種企圖。

如果關於這一點我是對的，那麼這件事的道德層面，必定由相當不同於免於傷害權的理論家所主張的方式來切入。他們結論中的一些，但非全部，能夠被接受，但必須爲它們提供某種不同的理由。這些思想家已經把非戰鬥者的免於傷害權解釋爲好像它是依賴於任何實際或預見的約定或實踐之道德事實。結果，他們卻由不是指涉約定的論証來尋求這免於傷害權的支持。我已經論証他們的假定是失敗的，因爲他們錯在於那種考察之下的道德需求。讓我們嘗試使這點更清楚。

我發現，假設我有道德義務來禁止任意地謀殺我的鄰居是合理的。討論這一點，或許在效益主義的詞彙下，或者藉由上帝意志，或者由**自然法**(natural law)藉著最低限的義務需求，但在各種情況下，都沒有本質地指涉我們國家的法律和習慣，似乎也是合理的。的確，我們可以很輕易地想像，關於謀殺方面，我們的法律和習慣並非如目前的這般。但，隨後我們會由指涉我已提及的道德義務來判斷如此一種另類法律之道德適當性和價值，反之卻不然。另一方面，我可能也有繳納所得稅或靠右開車的道德義務。可是，假設吾人能討論這些義務而不指涉我們的法律和習慣，似乎並不合理。而且，似乎可能不同的法律會產生不同的道德義務，例如，靠左開車。後者是**依賴約定**(convention-dependent)的道德義務之例子。更形式地說，我將說一個已知的道德義務是依賴約定的，**若且唯若**(if and only if)(1)已知某種約定、法律、習慣等等，實際地在發生效力當中，使吾人實在有順從該約定而行動的義務；以及(2)有另類的法律、習慣等等，以致不管是否已在發生效力當中，吾人都不會有先前的義務。

針對這一點，在發展可以應用到戰爭行爲的方法之前，讓我們預先指出關於這個觀念的評論所帶來的可能誤解。我並不主張所有的法律、習慣等都符合道德義務，同時我也不相信。但有些法律和習慣則是。我並不拒絕一個人可能尋找、或者發現某些更一般性的道德法則，或許獨立於約定，它們說明了爲什麼約定產生了這更特別的義務。我只主張吾人不能離開約定來說明該特別的義務。最後，我並不拒絕吾人可能有一義務，或許獨立於約定，它嘗試去改變這種約定。因爲我認爲以下兩者同時發生是可能的：即吾人有道德義務去順從某一約定，且也有一道德義務來取代該約定，如此則消除了最先的義務。

現在，關於非戰鬥者的免於傷害權這方面，我所建議的核心是這樣。非戰鬥者的免於傷害權的最好想法是：做爲一個依賴約定的義務，它關係了一個約定，該約定以某種有限戰鬥的形式來替代戰爭行爲。這一論點如何承擔我們已討論的一些問題？

一開始，我們可能觀察到這個約定本身大概是由它的可預期結果所証成的。(或許，對於我們應該最小化的社會代價像死亡和傷害一類的，我們能參考某些道德規則。) 假設一個反對軍力的約定似乎是合理的，因爲若跟從該約定，將會降低戰爭中免不了的痛苦和死亡——也就是，比起毫無限制的戰爭，將會降低代價。確信有其他可能的約定，倘若遵從之，將會減少那些代價更多，例如，單人搏鬥這替代品。可是，單人搏鬥大概不是一個值得爭論的問題，因爲幾乎沒有機會讓如此一個約定實際地爲人所遵從。可是，可能有某些實踐上的約定，它更優於目前反對軍隊的約定。倘若如此，事實是它的較優處在於它是一個支持下列設定的堅強理由：即設定有一道德義務以便提昇它被人們採納的程度。

可是，它並不導出我們現在有責任順從這另一個可能的約定而行事。因爲順從一個並不爲人所廣泛察覺到的較優約定之結果，可能比順從一個較廣泛地爲人所知、卻較不好的約定之結果，要糟糕得多。譬如，我們可能發現交通上「靠左」的型式比目前的「靠右」規則之系統要優越，因爲它所造成的意外事故較少等等。如果我們不嘗試去修改我們的法律，差別可能大到令我們成爲道德上的疏忽職守者。當一個更經濟的程序生效時，我們將會默認一個非常有代價的程序，但如果我們當中少數的一些人在約定改變之前，開始靠左開車，將是一場災難，而且，我懷疑如此做，肯定是不道德的。在依賴約定的義務之案例中，什麼樣的約定實際開始生效的問題，是有相當道德意涵的一個。注意，需嚴格地考慮這個問題的案例屬於，此進路和免於傷害權的理論家們之進路，兩者之間的重要差異其中之一。

或許，目前在實質方式上，反對軍隊的約定實際上無法運作。我不知道。無疑地，在第二次世界大戰中，無需從英國和美國的轟炸策略算起，它就遭受嚴重的打擊。在一個寬大、人口衆多，比較上穩定的社會結構中，將使明文訂定的交通規則比較能抗拒違規的侵蝕。可是，對戰爭行爲的約定來說，並不見得如此。除了在實際觀察中，約定只有很小的地位，而且相當大地依賴於交戰雙方的互相信賴；因此，它也特別易於被一些抵觸的行爲所廢止。在此，和免於傷害權的理論家之差異就凸顯出來了。他視這義務爲獨立於約定，拒絕了建基在「敵人首先那麼做」❿等等的事實之論証。如果義務是獨立的，他們在這一點上是正確的。但，對於依賴約定的義務而言，吾人的對手做什麼、「每一個人正做著什麼」等，乃是具有相當大的道德重要性之事實。如此的事實，幫助我們去決定在約定之內，吾人應該做什麼，如此，它們將幫助吾人去發現他的道德責任是什麼。

如果我們判定反對軍隊的約定在目前是死的，或者，確實地，現在一點也沒有關於戰爭行爲的約定，這並不將引導出戰爭行爲是不道德的。另一方面，這也不將引導出戰爭行爲超越所有的道德規則，是一個**什麼都行**(anything goes)的領域。反之，我們將單純地回到戰爭行爲本身，它只由獨立的道德要件像正義和相稱一類的所限制。整體上說來，那大概是一個處理此類問題代價更大的方式。但，如果我們活在一個時代裡，較好的替代品都不可利用，那麼，我們要不就必須放棄善，要不就忍受更高的代價。如果我們沒有交通法規或習慣，比起現在，將更危險且付出更多代價。可是，如果旅行的理由夠重要的話，旅行仍然可以被証成。

❿譬如，Ford, “The Morality of Obliteration Bombing,”pp.20,33.5.

當然，在如此的情況下，沒有義務靠右開車，或者在任何規則的方式下，也沒有任何好處。大概，最好的事是以一**完全特設**(ad hoc)的方式開車，在每一種情境中尋求最好的策略。更一般地來說，此刻我們暫忽略後文將討論的最後考察，沒有義務繫結在一個約定的片面觀察上，這麼做也沒有好處。如果吾人的原因是不正義的，則吾人不該殺害非戰鬥者。但那是因爲完全反對進行如此一戰爭之獨立的道德禁令，它無關於任何非戰鬥者特別的免於傷害權。如果吾人的原因是正義的，而殺害非戰鬥者不會使正義進展到什麼樣的顯著程度，吾人不該殺害他們。但這只是相稱原則的要求，同樣能以相同的方式應用到戰鬥員上。如果吾人的原因是正義的，屠殺非戰鬥員將促進正義——換句話說，如果吾人並不爲正義和相稱的考慮所限時——這是一個臨界情況。如果吾人在這情境中片面地抑制，吾人似乎就選擇了兩個惡中的較大者（或兩個善中的較小者）。由假設，這被達成的善，亦即節省的生命數量，並不和他所允許的惡有同等比重。這個惡在於正義遠景的毀壞或更大代價的另種尺度上，例如，必須承擔殺害更大數量的戰鬥員。現在，如果相干的約定生效了，在此他抑制自己殺害人口數的策略將關係到他敵人類似的限制，的確它也將關係到在未來戰爭中被使用的策略。這些較大的考慮很可能在另一個方向上傾覆了平衡。但是，由假設，我們正考察沒有如此約定的情況，如此一來，這些更大的考慮就不會產生。吾人片面地行事。在如此情境下，顯得確定的是，吾人將選擇兩個類別中最糟的。很難假設吾人有道德的義務必須如此做。

我上面所說的是，此刻我們忽略了一個相干的考慮。它永遠不該被忽略。我已經要求注意如下的事實：戰爭行爲的約定，並不是像交通規則般，被深嵌在一個更大衆化的社會結構當中。如我們注意到的，這使得它們特別不穩定。但這也承載了它們可以被採納的方式。一個如此的方式，或許也是一個相當重要的方式，對有敵意的對方而言，是傳出一個訊號，表明他願意遵行如此一約定——在他自己的部分片面地實施某些限制。如果對方不以此回報，則這個動作失敗，將不再進一步實行。如果對方以相同的作法回報了，則限制的領域可以再擴大，而且一種互相尊重和信賴可能在交戰雙方之間成長。每個人回應對方以保持一致（或許在默默之間），因而每一個人願意放棄破壞它而可能茲生的即時利益。如果這互動發生的話，一個新的約定就展開它不穩定的生命。這可能是一個相當值得追求的事件。

不只值得追求，可能也值得爲它付出某物。對一個有價值的約定將被採納的可能性而言，爲了有意義地增大它，可能在生命和受苦上，值得接受漸增的危險或更高的立即代價。所以，即使沒有約定時，畢竟在片面限制上可以有某一正當理由。但這個正當理由乃是預期的和有限的。它預見如此一約定的可能性可以在未來做爲該項片面限制的結果而產生。因此，這項正當理由應該相稱於某一個有關該可能事件的判斷，而且當未來的事件展開時我們應該再加以評價它。

III.約定和(v.s.)道德

我由檢查某些企圖防衛戰爭之某一定主張的道德規則——非戰鬥者的免於傷害權開始。這些防衛有一個共同的事實是：他們把這道德規則詮釋爲獨立於人類的法律、習慣等等。我則論証這些防衛是失敗的，他們留下了一項沒有道德支持的區分，而且這區分對於道德規則而言是必要的。隨後，我轉向建構而非批判的事務，我建議非戰鬥者的免於傷害權，不是一項獨立的道德規則，而是約定的一部分，該約定針對戰爭而設立了一項可欲的道德選擇。隨後，我論証某些約定，包括這一個，產生了一項特別的道德義務，沒有指涉約定將不能充分地說明和防衛它。在最後一頁，我探討該項義務和相關於它的論証之一些特別性徵。

我已導出的區分一方面在於戰爭行爲本身之間，另方面在於由約定和習慣所限制的國際戰鬥之間。但，區分的要點是澄淸我們有關如此戰爭和戰鬥的思考。那是它必須被試驗的價値之所在。

* 本文經同意轉譯自《哲學和公共事務》(*Philosophy and Public Affairs*).vo1.4 (1975 年冬季號)

焦點議題

1. 描述「免於傷害權的理論家」。根據馬若德，他們的立場中什麼是錯的？
2. 描述馬若德的道德原理觀點以及它們如何應用到戰爭上。你同意他的評估嗎？把他的觀點和菲加普作比較。

6 反對使用核子武器*

The U.S. Catholic Bishops 原著　魏德驥　譯

美國天主教主教團在 1982 年發出一封佈道信，<和平的挑戰：上帝的許諾和我們的回應>(The Challenge of Peace: God's Promise and Our Response)，信中他們譴責使用核子武器攻擊人口中心，呼籲「不先使用」的政策，而且只接受嚇阻做爲逐漸裁減核武的一個步驟。

身爲美國的主教，衡量我們社會的具體環境，在應用道德原則於特定政治抉擇的過程上，我們做出了一些觀察和勸告。

論核子武器的使用

1.反人口用途

不論在任何情況核子武器或者其它大屠殺的工具都絕不應該用在摧毀人口中心或著其它主要平民目標上。不分靑紅皀白而且不合理地奪走許多完全無辜的生命，那些對他們政府的蠻橫行動完全沒有責任的人民生命，這種報復行動應該受到譴責。

2.核子戰爭的發動

我們毫不認爲在任何情況下發動核戰，不論規模多麼有限，是合乎道德的。其它國家的非核武攻擊應該以非核武手段加以抵抗。所以，有嚴肅的道德義務儘快去發展非核武防禦戰略。在這封信中我們要求北約儘快採用「不先使用策略，但是我們知道這需要時間佈署而且需要發展一種正確的替代性防禦態勢」。

3.有限核子戰爭

對這個問題的各種論証的檢查，使我們非常懷疑「有限」這個詞的眞正意義。正義戰爭論點的判準之一是，必須有能成功的合理希望以帶來正義和平。我們要問一旦互相使用核子武器時這種合理的希望還能存在嗎？宣稱有意義的限制是可能的人依然要承擔證明的負擔。依我們看來，首要的命令是防止使用任何核子武器，而且我們希望領導人們會拒斥核武衝突能夠被限制、約束或者以傳統意義取勝的想法。

論嚇阻

與教宗保祿二世的評估相協調，我們非常有條件地在道德上接受嚇阻。在這封信中我們概要列舉了一些判準和勸告，以顯示有條件接受嚇阻政策的意義。我們不能把這樣子的政策當做是和平的長遠基礎。

道德原則與政治抉擇

目標瞄準策略產生重要的道德問題，因爲它是決定在使用核武時會發生什麼的重要因素。雖然我們承認嚇阻的需要，但是並非所有形式的嚇阻在道德上都可以接受。嚇阻策略和核武使用策略一樣有道德限制。尤其是，把故意殺害無辜當作嚇阻核戰之戰略的一部分，在道德上是不可接受的。美國的政策是否企圖打擊平民中心（直接瞄準平民人口）的問題是我們現實的關懷之一。

這個複雜的問題永遠會產生雜多的答案，不論是正式的或者非正式的。NCCB 委員會從美國政府收到了一系列說明政策的聲明。基本上這些聲明宣稱美國的戰略政策並不是專門瞄準蘇聯的平民人口，或著故意使用核子武器摧毀人口中心。這些聲明，至少在原則上，回應了一個衡量嚇阻政策的道德判準：非戰鬥員有免受傳統或核子武器直接攻擊的免於傷害權。

這些聲明並不針對或著解決另一個非常惱人的問題，那就是，攻擊軍事目標或者有重要軍事價值的工業目標會「間接」（也就是，無心的）牽連大量的平民死傷。比如，我們得知,美國戰略核子瞄準計畫（SIOP——單一整合作業計畫）單只在莫斯科市裡就認定了六十個「軍事」目標，在整個蘇聯裡認定了四萬個核子武器的目標❶。要承認蘇聯的政策也必須接受同樣的道德；判斷，是很重要的；攻擊美國的幾個「工業目標」或重要政治目標也會造成大量平民死傷。這種攻擊所必然會殺死的平民數目極其可怕。這個問題不可避免，因爲現代軍事設施和生產中心非常徹底地與平民生活與工作區交錯。如果有一方故意把軍事目標放在平民人口中心之間，問題就更嚴重。在我們的查詢中，行政官員承認，雖然他們希望任何核子交戰都受到限制，但是如果必要，他們準備大規模地報復。他們也同意，一旦使用了相當數量的武器，平民死傷的水準很快就會變成眞正的慘劇，而且即使攻擊限制在「軍事」目標，在一場有規模的交戰中死亡的數字和故意直接攻擊平民中心的數字幾乎無差。這些可能提出了一個不同的道德問題，要由不同的道德判準來判斷：**相稱**(proportionality)原理。

雖然任何對相稱性的判斷總是有不同的評價，但還是有可以被確定判斷爲不相稱的行爲。把狹隘地完全遵守不傷害非戰人員原則當作政策的判準是不正確的道德姿態，因爲那忽略了一些邪惡而不可接受的後果。所以，宣稱無意直接攻

❶Zuckerman,*Nuclear Illusion and Reality*.New York:(1982);D. Ball,“U.S.Strategic Forces”,*International Security*,vol.7(1982-1983)pp.31-60.,

擊平民，甚至竭誠實現這種好意，本身建構成使用核子武器的一種「道德政策」，這是我們所無法滿意的。

標定大量人口聚集的工業或者重要軍事經濟目標區或者放射性落塵所影響得到的區域會造成大規模的平民傷亡，所以依我們的判斷，這種攻擊會被視爲在道德上不相稱，即使不是故意不作區分。

問題並不是像製造高準確度武器以將一次爆炸產生的平民傷亡減至最低這麼簡單，而是在攀升到一定程度時相似性增加的問題，使用武器，即使是「有區分」的使用，會累積殺死非常大量的平民。這些平民死亡有的直接發生，有的是社會與經濟長期荒廢的結果。

我們關心的第二個論題是嚇阻學說和交戰戰略之間的關係。我們注意到交戰能力增進嚇阻可靠度的論證，尤其是延伸嚇阻的策略。但是這種嚇阻能力的發展引起了別的戰略與道德問題。交戰能力和瞄準策略的關係在這個政策領域例示出困難的抉擇。瞄準平民人口會違反區分的原則——基督教戰爭倫理最核心的道德原理之一。但是「武力反制式的瞄準」，雖然從保護平民的角度來看比較好，常常結合到宣示性的政策上，這種政策傳達出核子戰爭限制在精確的理性和道德範圍下的概念。我們已經表達了對這種概念的強烈懷疑。再者，純粹的武力反制戰略會威脅到其他國家報復武力的殘存能力，使危機下的嚇阻更不穩定而戰爭更可能發生。

雖然我們歡迎任何保護平民人口的努力卻不願合法化或著鼓勵延伸嚇阻超出防止使用核子武器特定目的的動作，或其他導致直接核子交戰的行爲。

這些對核子嚇阻政策具體元素的考量，在教宗保祿二世評估的指導下完成，透過我們自己謹慎的判斷加以應用，使我們在道德上嚴格有條件地接受核子嚇阻。我們不能認爲它適合作爲和平的長期基礎。

這個嚴格有條件的判斷產生在道德上衡量嚇阻戰略之元素的「判準」。明顯地，這些判準顯示我們不能贊同以加強嚇阻的名義所增進的任何武器系統、戰略學說、或政策動機。相反地，這些判準要求對我們政府在嚇阻上提議的作爲加以持續公開的審查。

「在這些判準的基礎上，我們現在希望作一些特別的評估」：

1. 如果核子嚇阻的存在只是爲了防止別人「使用」核子武器，那麼超越這個目的去計畫持續的核子互擊、或者在核戰中「佔優勢」的建議是不可接受的。這些建議鼓勵核戰可以在可容忍的人性與道德後果內執行的觀念。而我們還是必須持續地對核戰的觀念說「不」。

2. 如果核子嚇阻是我們的目標，嚇阻的「充分性」是正確的戰略；必須反對追求核子優勢。

3. 核子嚇阻應該被當作走向武器裁減進步的步驟。對我們戰略系統的每個新建議或者改變必須準確地由它是否多少會提供「武器裁減進步」的步驟來衡量。

再者，這些判準提供我們對於現在美國戰略政策指導加以判斷和建議的憑藉。向不必依賴核子嚇阻的世界邁進需要小心地推行。但是不應該延遲。使用我們所有的「某種和平」當作框架以透過核武管制、削減、裁軍以走向眞正的和平是迫切的道德和政治責任。這個程序之中最重要的是防止雙方發展、部署破壞平衡的武器系統；第二個要求是保證越來越複雜的指揮管制系統不會變成只是發射核武的自動警告開關；第三點是必須防止核子武器在國際系統中擴散。

在這些一般判斷的指導下，我們「反對」對現有核子嚇阻姿態的一些特定提議：

1. 增加雖然會在遭受攻擊時被破壞，卻具有「立即硬目標（譯者註：有良好保護的目標）摧毀」能力、能威脅損害對方的報復武力。這類武器主要在第一擊的時候有用❷；爲了這個理由，我們排拒這類武器也反對蘇聯部署這類武器，因爲這會產生第一擊攻擊美國武力的恐懼。

2. 意圖發展一種戰略計畫，這種戰略計畫尋求超越這封信中所列有限嚇阻功能的核子交戰能力。

3. 降低核戰門檻和模糊核子與傳統武器差異的提議。

爲了支持「充分性」作爲恰當的嚇阻工具，參考了美蘇現有戰略武器的規模和組成，「我們建議」：

1. 支持立即的、可驗證的雙邊協定以中止新核子武器系統的測試、製造和部署❸。

2. 支持兩個超強談判雙邊大量裁減武器，特別是會影響平衡的武器系統；美國在日內瓦的 START（戰略武器裁減談判 Strategic Arms Reduction Talks）和 INF（中程核子武器談判 Intermediate-Range Nuclear Forces）談判據說是要達成大量裁減；我們希望談判能夠以實現這些目標的方式進行。

3. 支持全面禁止核試談判儘早達到成功的結論。

---

❷一些戰略理論專家會把MX飛彈和潘興飛彈歸入這一類。

❸在本信中以下緊接的幾段裡我們會嘗試陳述一個核心的道德命令：武器競賽應該停止並且應該開始裁減軍備。這個命令的實施開放給許多各種各樣的途徑。所以我們在這一段裡選擇了我們自己的語言，既不想要被等同於一種特定的政治動機也不想讓我們的話被用以反對特定的政治手段。

4.各方撤走短程核子武器，這種武器會增加不適合於各方嚇阻價值的危險。

5.各方從戰爭初期會被佔領的區域撤走核武，以防被迫迅速而未受節制地決定使用。

6.強化核武的指揮管制以防不愼或未授權的使用。

這些判斷是用來例示，缺乏對嚇阻的明白譴責只是爲了要承認嚇阻的角色，並不是支持延伸嚇阻超過前面所討論的限定目的。有些人要求我們譴責所有的核子嚇阻。這種要求基於不同的理由，但是都特別強調不論有意使用或者核子武器意外爆炸的高度可怕風險，結果會攀升到完全不適合任何可接受的道德目的。那個決定需要對假設的事件作高度技術性的判斷。雖然有些人有理由譴責爲了嚇阻而依賴核子武器，我們爲了信中所列的理由而沒有達到這個結論。

但是千萬不要誤會我們對使用任何核子武器在道德上是否可以接受抱著深深的懷疑。很明顯的是，使用任何違反區分原則的武器都應該明確地譴責。

我們聽說有的武器純粹被設計來「武力反制」，反制軍事武力或軍事目標。但是，道德的議題並不被武器的設計或者使用的意圖所解決；結果也必須加以衡量。要將使用武器這件事正當化會是一個倒錯的政策和道德推斷。

就算是發動核戰的「間接效果」也足以使它在任何形式下都冒著無法正當化的道德風險。例如，「我」方計畫「有限」或者「區別」地使用，是不充分的。現代的戰事並不是被好的意圖或技術設計所完全控制的。全世界的心理氣氛是一提到「核子」這個詞就會產生不安。許多人主張只要用一枚戰術核子武器就會製造恐慌，帶來完全不可預測的後果。就是這種政治、心理和技術不確定性的混合促使我們在這封信中以道德禁令和規範，強化盛行的反對訴諸核子武器的政治障礙。我們對於強化指揮管制設施、對戰略戰術核子武力大裁減和對「不先使用」政策（如這封信所陳述的）的支持，是要用來輔助我們建立反核道德陣線的欲望。

任何政府宣稱它尋求一種道德上可以接受的嚇阻策略都要必須被很小心地檢查。我們準備好了渴望在國內立足於道德基礎上參加正在進行的公共辯論。

重新思考我國嚇阻政策、作成必要修正以降低核戰機率和走向更穩定國家與國際安全體系的需要，將會要求實質的知識、政治和道德努力。我們相信，這也需要我們意願向神意的眷顧、上帝的力量和話語開放自我，祂的話語呼籲我們承認我們的共同人性和相互責任的繫屬，儘管有政治上的差異和核子武器的存在，這種繫屬仍存在於國際社會。

的確，我們承認在我們主教階層內和美國的廣泛天主教社群裡有許多強烈的聲音，挑戰著嚇阻策略對於當今的武器競賽是否是正確答案。他們強調了嚇阻事實上從來沒有推動裁軍實質進展的歷史證據。

再者，這些聲音也正確地喚起大家注意，即使有條件地接受這封信中列舉的核子嚇阻，這種嚇阻可能會被某些人不正當地用來強化建軍政策。在這種情況下，他們呼籲我們對信仰的社群興起先知式的挑戰——超越核子嚇阻的挑戰——更有決心地走向實際的雙邊裁軍與促進和平。我們承認建立論證的知性基礎和使它強而有力的宗教情感。

核子時代的危險和朝向更恰當的國際安全、穩定和正義系統所面對的巨大困難要求我們走出現在的安全與防衛政策構想。

＊本文經同意而譯自《和平的挑戰：上帝的承諾和我們的回應》(*The Challenge of Peace: God's Promise and Our Response.*) Copyright 1983 United States Catholic Conference, Washington, D.C.

焦點議題

1. 請敍述天主教主教團對使用武器的立場。在它們譴責使用核子武器和接受嚇阻之間有沒有不當之處？

7 論核子道德*

Charles Krauthammer 原著　魏德驥　譯

克勞特哈默(Charles Krauthammer)爲核子嚇阻的防禦戰略辯護，反對美國天主教主教團和其他要求單方面核武裁減者的攻擊。他指控主教們的聲明不融貫，因爲聲明説我們可以有嚇阻政策，但是既不能有價值反制戰略（瞄準平民目標）也不能有武力反制戰略（瞄準軍事目標），以至於完全不能擁有任何嚇阻政策，只能有虛張聲勢的政策。他論稱主張單方面核武裁減的人，事實上使可以運作的權力平衡失去穩定，更容易造成戰爭。核子嚇阻是當代我們所有最少之惡的政策。

當代反核有兩種形式。首先，有一個謹慎的論證說，核子平衡內在的不穩定、無法長期維持，注定要崩潰且把我們拖下水。在此主導的情緒是恐懼，反核陣營在 1980 年代很有技巧地鼓動的恐懼。他們的一種主要發明是堅持圖表預測，一種核子新實在論，以向他們的目標動員大規模的支持。於是有廣島幻燈片展覽，和同心圓地圖指出人在自己家鄉裡會在何時何地死亡。但是這種方法有些限制。報酬遞減律也適用於重複呈現毀滅日。**浩劫日** (Ground Zero Day) 可以紀念一次，或者兩次，但是很快就開始失去了效果。細節的遲鈍效果，還有任何運動就是不能夠一直維持危機和迫切的災難感，都導致現在實用的反核手法退了流行。

結果重點就微微轉移到了第二條戰線上，由關心核子武器對我們身體的傷害轉移到關心核子武器對我們心靈的傷害。對「浩劫症候群」的醫學演講被關於擁有、製造和威脅使用核子武器的，更尖銳、更升高的倫理學辯論所取代。(對這個主題最新大量發行的文件是美國主教團論戰爭與和平的教牧書信。)

反核的道德論證建立於嚇阻——核子時代核心的戰略學說——在倫理上不可接受的觀點上。但是有兩個輔助議題，一個是嚇阻的需要，另一個是嚇阻的延伸，受到最多公眾注意，並且變成反核十字軍熱情的焦點。嚇阻的需要是核武現代化，在「核武凍結」的旗幟下遭到反對；嚇阻的延伸是美國的核子傘（威脅當美國的北約盟邦遭到傳統或者核子武器攻擊時實施核子報復），在「不先使用」的口號下遭到反對。再檢查反核論證的不同線索時，從比較基本的對嚇阻本身的挑戰開始是有用的。

嚇阻學說主張核子侵略者如果面對著同類的報復威脅就

不會行動。所以，這取決於回應攻擊時使用核武的意願。對嚇阻的道德批評主張實際使用核子武器，即使是用來報復，也絕不正當。像主教們所提的，簡單地說，人在道德上有義務「對核戰說不」。但是事情沒那麼簡單。有不同種類的報復（通常由不同的支持者提出），對每一種不可接受有不同的論證。

一般流行接受的嚇阻觀念（通常被錯誤地假設爲只有一種）是「價值反制」報復，攻擊工業及人口中心以摧毀侵略者的社會。發動這種報復的威脅是相互保證摧毀，就叫作MAD、大規模報復或恐怖平衡，的基礎。這是個由弔詭構成的平衡：武器造來絕不使用。純防禦性武器，如ABM（反彈道飛彈），對和平的威脅更甚於攻擊性武器；瞄準平民的武器減輕戰爭的威脅，瞄準武器的武器增加威脅。邱吉爾的箴言是：「安全是恐怖的剛強小孩，生存是毀滅的雙胞胎。」

主教們——和其他人，包括向吳泰德(Albert Wohlstetter)這樣的非核反戰者，呼籲將嚇阻建立在打擊軍事目標的「武力反制」戰略上——既沒有爲這種弔詭感到安心也沒有感到高興：他們爲之感到憂懼。他們認爲MAD毫無疑問地壞。刻意攻擊「軟目標」（譯者註：沒有良好保護的目標）嚴重違反了有區分的正義戰爭學說。這些攻擊無論如何都不被允許，因爲它們不區分戰鬥人員和非戰人員。的確，它們是瞄準無辜旁觀者的。

然而，主教們不僅反對價值反制戰略，還反對武力反制戰略。因爲軍事目標通常散佈在人口中心之間，這種攻擊會殺害百萬無辜，故而違反了相稱性原理，這個原理要求進行戰爭所造成的損失不能超過可能的獲益。主教們寫道，「要將使用武器『間接』或『無心』地殺死了百萬無辜民衆，只因爲他們正好住在『軍事重要目標』附近，這件事正當化會是一個倒錯的政策和道德推斷」。主教們在第二個意義下也反對有限武力反制戰爭的觀念。他們分享一個廣泛流傳的信念：有限核子戰爭是個虛構，武力反制的攻擊不可避免會落入價值反制的戰爭，於是帶我們轉回到對於 MAD 和全面核戰的道德反對。

那沒有留下太多選擇。如果價值反制戰略因爲違反區分原理而受到反對，而武力反制戰略因爲違反相稱性原理（也因爲會導致全面戰爭）而受到反對，就沒有瞄準核子武器的方法了。那倒是適合主教們：他們強調他們的學說是「絕不使用」。這種立場的邏輯，和很清晰的目標，是完全反對嚇阻。然而，主教們受到一個限制。梵諦岡的政策似乎和這個立場相矛盾。教宗保祿二世宣稱「在當前局勢下，建立在平衡上的『嚇阻』，本身當然不能做爲目的而是作爲走向裁軍進程的步驟，在可以在道德上判斷爲可接受的」。怎麼辦？主教們作了個不幸的妥協，不反對嚇阻本身，而只是反對使嚇阻生效的作爲。故而，他們原則上不反對擁有核子武器，如果目的只是嚇阻敵人使用核武；他們只反對任何在報復行動中使用這種武器的計畫、意圖和戰略。你可以擁有武器，但是不能使用。總結是，唯一的核子政策是虛張聲勢。

這是個不幸的妥協，既不融貫也沒有說服力。它不融貫，因爲需要主教支持「嚇阻」政策——而他們全部的論證是要摧毀這個政策，也沒有說服力，因爲他們贊成的那種嚇阻根本完全不是嚇阻。嚇阻並不內在於武器之中。它是結合了擁有和使用意志的結果。如果一方爲了道德或其他的理由放棄了實際使用核子武器的意圖，嚇阻就不再存在。

不受教宗宣言阻礙的反戰者更能夠公開反對嚇阻。拿一個最近最有名的例子來看，在謝爾(Jonathan Schell)的〈地球的命運〉(The Fate of the Earth)一文中，作了主教們想要作的事，但是剝除了神學的陷阱。這世俗的版本像這個樣子：生物性的存在是最終極的價值；其他的價值建立在它的條件上；如果人類本身毀滅了，就沒有任何西方核武部署所保衛的自由、民主或任何其他價值存在；而在核戰後地球會變成「昆蟲和野草的共和國」。所以沒有任何理由可以正當化核武的使用。嚇阻不僅是欺騙，它是罪惡。

謝爾的論證有主教們所缺乏的融貫性，但還是令人不滿意。由論證本身的目的來判斷——找出一個最能夠服務生物生存的終極優越價值政策——它失敗了。有一件事，它刻意忽略歷史。嚇阻有記錄可循。整個戰後嚇阻維持了兩個超強之間的和平，不僅防止了核子戰爭，也防止了傳統戰爭。在嚇阻的邏輯下，代理戰爭和外圍戰爭是被容許的，但是主要強權之間的戰爭是不可容許的。結果，歐洲這個兩大超強對壘的中央戰線享受了這個世紀以來最長久不中斷的和平。而美蘇這兩個歷史上最強大的國家，和任何歷史上的國家一樣被意識型態的對抗與全球鬥爭所深深禁錮，卻有一整代連輕武器交火都沒有發生。

這不是說嚇阻在原理上不可能崩潰。而是說要放棄一個已經維持了一整代和平的體系，就有道德義務帶來一個更好的選擇。只因爲它可能不是毫無錯誤的就拒絕它，沒有意義；只有能夠證明它比其它的選擇更危險，拒絕它才有意義。而更可行的選擇還沒有人提出。謝爾推薦的替代選擇，是要求一個所有傳統或核子暴力都被放棄的新世界。但是他那231頁反嚇阻的綱要忽略了進入這個建議究竟如何實施的細節。對於重建政治和人類的工作，他說：「我把這些沈重、迫切的任務留給別人。」

嚇阻有一個邏輯的替代選擇，不需要重建人類或政治，雖然謝爾和主教們都很不願意接受：單方面裁軍。(但是，主教們主張可以擁有不能使用的立場除了名字以外根本就是單方裁軍論者。）這也有記錄可循。唯一發生過的核子戰爭既是單方的又短暫。在非核強權遭受兩個城市的毀滅（然後無條件投降）後結束。單方裁軍者在其他脈絡，就像細菌戰下也會有一樣的後果。在今日的東南亞黃雨下在無助的土著身上。同一支越南部隊在十年前同一個地方從來不曾對強大可怕的美國敵人使用這些武器。理由很明顯。原始的越共，在技術上無裝備，無法報復；美國部隊卻可以。我們在第二次大戰中化學武器的經驗也一樣，即使打破和平，雙方也沒有使用化學武器，因為雙方都有能力報復。

單方裁軍根本不是生存的保證，而是它的威脅。所以，不管他的倫理系統指稱他的超越價值為生命的神聖或只是生物性的生存，但是單方面裁軍論者自己的體系失敗，他們對嚇阻的道德批評也失敗。嚇阻的崩潰正好會導致批評者所要避免的、不可容忍的後果發生機率災難性地增加。主教們在反對武力反制的輔助論證中不智地對這一點讓步，他們說武力反制戰略「使嚇阻在危機中變得不穩定而戰爭更容易發生」。

批評者論稱沒有任何目的能夠正當化使用核子武器這種不適當又無區分的手段。如果這種戰爭的目是領土、宰制或勝利，上面說的就是對的。但是目的並非如此。唯一的目的是防止戰爭的爆發。報復的威脅是此世最佳的反戰保證，這一點是主教們和反戰者所不願意面對的弔詭。就如諾法(Michael Novak)寫道：「恰當的道德原理並不是手段對目的的關係，而是對防止更大罪惡的道德行爲加以抉擇。很明顯地，主張嚇阻的意向比任由核彈攻擊是一個更道德的抉擇，產生更少的惡。」❶或著比魯莽地增加受核武攻擊的危險更道德。

但是，對於接受嚇阻必然性和道德性的爭論並沒有停止。並不是每件事都因而被允許。在價值反制和武力反制的支持者之間有主要的爭論。前者宣稱武力反制威脅使核戰門檻降低，核戰更容易發生，因爲它是「更可以想像」的。後者論稱報復無防衛的人口既不適當又無區分，甚至於危險，因爲威脅不可靠而降低了核戰門檻。(請注意價值反制對武力反制的辯論是對不同種報復的相對價值之辯論，而不是像有時候被假裝成「嚇阻派」與「交戰派」的辯論。後一個區分是空洞的：所有的嚇阻都建立在核子報復的威脅上，也就是說，「交戰」：而所有的報復性〔也就是，並非瘋狂的〕交戰戰略，從麥那馬拉到今日都是設計來防止第一擊的，也就是，嚇阻。兩「派」的差別在於坦率與否，而非戰略：「交戰派」有意說出「嚇阻派」所賴以防止戰爭的報復步驟，但是嚇阻派不願意公開討論。)

不過，不論採取這支持嚇阻閱牆之爭的哪一方，我認爲嚇阻和它的對手雙贏，因爲它是達成雙方最終道德目標——生存—的最佳手段。

還有一個支持嚇阻的論證，不過我認爲它無關輕重。它並非訴諸生存，而是訴諸別的價值。它主張(1)有比生存更重要的價值，以及(2)核武爲保護它們所必須、第二個命題當然

❶"Moral Clarity in the Nuclear Age", *National Review*,April 1,1983.

爲眞。西方是像民主和政治自由這些脆弱歷史成就的維護者；一大群的理想和價值就依靠西方的嚇阻能力，去嚇阻反對這些價值而且在統治時期有摧毀這些價值的歷史之國家。單方面反對嚇阻是以生存的名義放棄這些價值。

摩擦出於第一個命題。有比生存更重要的價值嗎？悉尼•尼克說，當一個人以生存爲最高價值時，他就宣稱了沒有什麼不能背叛的，這的確很對。但是文明的自我犧牲並沒有意義，因爲沒有生還者去賦予犧牲行動意義。在有生還者那種情況下，生存是值得背棄的。如果這種高度抽象的選擇的確是唯一的抉擇，就難以滿足謝爾的論點，因爲所有的價值掛在生物生存上，喪失了生命就喪失了一切。所以光（正確地）說核子武器在今日這樣的社會中保持我們的自由是不足夠的，還必須再一併敍述另一個同樣眞實的命題：使我們安全。像單方裁軍一樣強迫我們選擇死亡或赤化（同時增加兩者的機率）的核子政策是道德的災難。像嚇阻一樣保衛我們避免兩種危險的核子政策是唯一有道德驅策的選擇。

雖然對嚇阻本身的攻擊是對美國核子政策最基本的攻擊，情形確是困難而複雜的。所以，它沒有像兩個輔助論題一樣掌握到大衆的想像。這些其它的論題並不處理嚇阻的基本預設而是處理支撐嚇阻的一些武器和戰術。這兩個陣營在「凍結」和「不先使用」的口號下進行。

對武器本身的攻擊採取兩種矛盾奇怪的進路。首先，主張凍結派的主樑是，借用另一句邱吉爾的格言，在現存的水準外新的武器就是多餘的，我們花了億萬元在無用的武器上就只能使盧布貶值。據信，其道德罪惡在於將錢使用到無關於人類需要——這些需要如居住、健保和援助貧窮國家——的用途上。這個主題出現在許多討論軍備的道德文章上。比如，在布藍德(Brandt)的南——北報告上所描繪的，他計算出每一個炸彈的價錢可以在第三世界建立許多藥廠。主教們也抗議「優先性在經濟面的扭曲——上億的經費毫不猶豫地用到毀滅性武器上，而對國內外無家可歸、飢餓無助人員援助之小金額的立法，卻每天爭戰不休」。

不得了的是，這麼弱的論證竟能夠得到廣泛的流行。比較其他類型的武器，戰略核子，武器相當便宜。在美國它們只用了不到百分之十的國防預算，約爲不到百分之零點五的總國民生產毛額。理由很清楚。戰略核子武器不是勞力密集武器。一旦部署了，它們需要最少的維護，只要存在就能夠達成它們的功能。的確，這個論證正是用來反對反核人士的。由核武轉移到傳統武器會變得極爲昂貴。那就是爲何西方在1950到1960年代決定大量依賴核子武器而容許當時在歐洲傳統武器的不平衡。不在戰車和飛機上與蘇聯集團求對等，西方決定寧可走核子對等之路，因爲就像杜勒斯所說的，這提供「更多打擊的衝力」。購買廉價核子防禦的決定使西方能夠大量付出社會支出。從核武轉移到傳統防禦的決定需要將大量資源從社會轉移到軍事支出的意願。所以，如果就像核武批評者所要求的，社會的優先要進入道德的計算，反核主張就會受到裁抑。

另一方面，凍結核武的倡導者通常論稱這些武器並非無用而是危險、不穩定、會急轉直下引起核戰的。我們製造越多武器，就越接近核戰。假設是，高武器水平「本身」增加戰爭的可能性。那是倒果爲因。武器是國家之間緊張的後果，不是緊張的最初原因。不信任感眞的是無節制的武器競賽的副產品。而雖然像SALT這樣的武器管制協定能夠藉由建立相互信賴以降低戰爭的危險，卻也同時容許「更高的」武器水平。歷史上，核子緊張並不單純地和武器水平相關。最嚴重的核子危機發生在 1962 年十月，當時核子武器的水平比今日低多了。核子緊張最低的時代可能是在低盪政策最盛的時期，1970 年代中期；當時美蘇關係正在最高峰，而各方在這之後大量增加了他們多重毀滅的能力。

對新武器有一種可以理解的內在偏見。即使那些吝嗇地願意支持最低限度嚇阻的人也畏縮於建造與部署新的大規模毀滅武器。他們說，「夠的就是夠了」。這種批評所忽略的是，嚇阻需要條件，其中之一是生存能力（一方的武器在承受第一擊之後仍然能做出第二擊的能力）。而生存能力，在科技創新的時代，需要現代化，通常要反制非核的進步如反潛或防空武器（附帶一提，這種進步是武器凍結所無法阻止的）。所以，提議中的新轟炸機，不管是 B-1 或者隱形轟炸機，更能夠避免在地上或者在空中被蘇聯防禦措施被摧毀。它不會比 B-52 更具有毀滅性或者更不道德。三叉戟潛艇也一樣，比海神級潛艇更安靜、能夠隱藏在海洋中更大的區域裡（因爲它們有更長程的飛彈）。簡而言之，主流的非單方武器凍結支持者，落入了接受嚇阻的基本道德性卻反對增加任何新武器以維持嚇阻的困境。提供目的不要方法的偏好也是對嚇阻的側翼攻擊之特色：反對「延伸嚇阻」的策略，延伸嚇阻就是在必要的時候威脅使用核子武器，以回應蘇聯對北約的攻擊(即使是傳統攻擊)。那個政策，最終源自於西方不願意和蘇聯在歐洲的傳統武力相對等，長期以來困擾著許多美國人。但是因爲替代的選擇是大規模傳統武器擴軍或者放棄我們在歐洲的盟國，這個政策在六任政府以來都是西方同盟的保證。

反對這種政策的陣營以四個前政府的高級官員作先鋒，每個人都有有趣的歷史。麥那馬拉和邦迪(McGeorge

Bundy)是「彈性反應」的創作者（讚美有限核戰）；甘能(George Kennan)，是「圍堵」的創作者；史密斯(Gerard Smith)，是第一階段限武談判(SALT I)的創作者。在《外交事務》(*Foreign Affairs*)雜誌上1982年一篇有影響力的論文中，他們合力要求採取核子武器的「不先使用」政策。

這個立場在各方引起回響，不令人意外地，也包括主教們的傳道信。信裡也懷疑有限核子戰爭維持有限的可能，堅決反對跨越傳統和核子戰爭的分界線。所以任何對傳統戰的核子報復在原理上就受到否定。

暫且不考慮有限核戰的不可能性在歷史上既沒有證明也非邏輯所必然的這回事。假設有限核戰的確是個虛構。我們還是面對著「不先使用」進路的問題：它的意圖是防止任何戰爭變成核戰，但是它意外的結果是使核戰更可能發生。三十年來超強的戰爭被從根嚇阻。即使最輕微的傳統戰爭也會攀升到核子戰，這種展望恐怖到使兩者都不曾容許發生。現在的政策在戰爭與和平的界線上設立了「防火巷」；不先使用政策把防火巷移到傳統戰與核戰的界線上。不先使用的提倡者準備冒增加傳統戰（比較不危險而更「可想像」）機率的危險，以換取這種戰爭的輸家會堅守這個誓約？一次歐洲傳統戰爭會造成核戰的最大危機。任何政策，不管動機多虔誠，只要使傳統戰爭更可以想像，就會使核戰更有可能。

那就是這個論證和一般對嚇阻攻擊的基本缺陷。它檢查現在的政策有沒有某種理想，然後發覺這種政策缺乏那理想。它忽略了反對這種政策迫使人採用更危險的選擇，使我們企圖避免的災難更可能發生。最後，這些論證駁倒了它們。

核子武器只有在它們不被使用的範圍下是有用的。但它們更有可能在絕不使用的情形下實現其目的，如果一方的敵人確實相信該方有意願使用核武以報復攻擊。使用核武的意願是道德家們認爲不能接受的。但是嚇阻的結構正建立在那個意願上。而不僅西方文明的「次級」價值建立在嚇阻的結構上，核子時期(nuclean age)的基源價值——生存，也立基其上。

＊本文經同意轉譯自《評論》(*Commentary*)〈論核子道德〉(On Nuclear Morality),(October,1983)

焦點議題

1.「價值反制」與「武力反制」有什麼不同？在核子戰略中這個差別扮演什麼角色？
2.克勞特哈默如何辯護嚇阻學說，以反對提倡單方面核武裁減者？

8 飛彈和道德*

Douglas Lackey 原著　魏德驥　譯

紐約市立大學研究中心的哲學教授萊其(Douglas Lackey)，也是許多討論戰爭的書籍之作者，研究《道德原理與核子戰爭》(*Moral Principles and Nuclear Weapons, 1984*)及《戰爭與和平的倫理學》(*The Ethics of War and Peace,* 1989)。

在本文中，萊其首先描述核子軍備的三種戰略：優勢戰略，均勢戰略(嚇阻)，和核武裁減戰略。然後他在四種不同條件下比較這些戰略。他論稱核武裁減戰略是三者中最道德、最謹慎的最佳策略。

三種戰略

雖然核武軍備有許多種戰略，有三種至少從五十年代後期起就成為戰略辯論的核心：

S：維持第二擊的能力；尋找第一擊的能力；威脅第一擊與第二擊（「優勢」）。

E：維持第二擊的能力；不尋求第一擊的能力；只威脅第二擊（「均勢」）。

ND：不尋求維持第二擊的能力（「核武裁減」）。

在這些戰略陳述中，術語是標準的：如果甲國攻擊乙國而不怕乙國隨後反擊所造成無法接受的損害，甲國被假設對乙國具有「第一擊的能力」；如果甲國遭到乙國核子攻擊後能夠對乙國造成不可接受的損害，甲國可說是對乙國具有「第二擊的能力」。

戰略S從1950年代早期開始就是強硬反共分子喜愛的戰略。它最初的形式，見於杜勒斯(John Foster Dulles)，優勢戰略要求美國威脅對政策上定義為蘇聯入侵的行動實施第一擊，打擊蘇聯都市作為報復。現在的形式，由尼次(Paul Nitze)、葛雷(Colin Gray)和其他人所發展，優勢戰略要求威脅或者蘊涵著威脅，美國要先攻擊蘇聯的軍事力量，加上大規模增加美國的戰略武力❶。

然而，優勢戰略，並不是教條反共份子或者硬派「極端」戰略家的專利。因為在飛彈發射前將飛彈瞄準，也就是，發動第一擊的欲望，將美國的飛彈從瞄準蘇俄城市轉移到瞄準蘇俄飛彈，早在1980年夏天卡特總統的**指導59**(Directive 59)就已包括在內，意涵著部分背書戰略S。這種相對於價值反制的武力反制瞄準策略爲戰略 S 所蘊涵，即使這種反制事實上並不帶來第一擊的能力；這種定義下的戰略 S 意涵著美國會尋求「第一」擊能力，但是不意涵美國事實上會得到它。戰略 S 提倡會產生第一擊能力的步驟，除非蘇聯發展出新的反制方式以抵銷它。

戰略 E，「均勢」戰略，供奉著吳泰德(Wohlstetter)—麥那馬拉(McNamara)的相互保證摧毀學說，既包含了對大規模打擊的大規模報復也包含了對較小規模打擊的彈性報復❷。戰略 E 的可能性和持久性似乎被 1972 年的**第一階段限武協定**(SALT I)所保證，因爲協定限制部署反彈道飛彈似乎保證了雙方持久第二擊的能力。不幸的是，第一階段限武協定並不限制發展及部署 MIRV（獨立多目標重返大氣層載具），而 MIRV 在 1970 年代的佈署導致雙方宣稱，互相第二擊的能力在消失而互相第一擊的能力在增加。

請注意雖然戰略 E 容許雙方武器管制，卻禁止實質裁減

---

❶論「大規模報復」見杜勒斯，Dept. of State Bulletin 30, 791, 25 Jan.1954。1960 年代的優勢策略見，如，高華德(Barry Goldwater), *Why Not Victory?* (New York: McGraw-Hill, 1962), p.162:

我們必須停止對自己和友邦撒裁軍的謊。

我們必須停止隨共產黨設計的騙局起舞而增進他們的目的。

高華德的「裁軍」，包括武器管制，他們警告「第 87 屆國會伶俐地通過的裁軍或武器管制」的危險(p.99)。對於優勢最近的詮釋見 Colin Gray and Keith Payne,"Victory is Possible", *Foreign Policy 39* (Summer 1980):14-27, 及Colin Gray, "Nuclear Strategy: The Case for a Theory of Victory", *International Security 4* (Summer 1979):54-87。

核武。相互第二擊能力的微妙平衡在武備水準降低時變得越來越不穩定，遲早，相互裁軍會造成一方損失第二擊的能力而另一方增加第一擊的能力，和E矛盾。

戰略ND要求美國單方面停止發展核子武器和投射系統，即使這樣終止會令蘇聯增加第一擊的能力。戰略ND是「核武」裁軍的政策；它並不要求放棄傳統武器，不應該被等同於反戰，或與廣義的、完全的裁軍混爲一談。事實上，增加傳統武器的水準和戰略ND相容。

期望值

或許對不確定性的問題自然的回應是以不確定性儘可能不要發生的機率來減低結果的份量。要計算一個政策的「期望值」，我們必須考慮政策的每個可能後果，對後果的效用乘上發生的機率，將這些乘積加總起來。在核子戰略的領域我們不能提供結果的精確機率數字，也無法提供相應效用的精確樣態。不過，我們對這些主題「是」有比機率的排列多得多的資訊，而我們資訊中的不精確可以用近似值的陳述加以尊重。例如，我們可以將後果的機率分類成「可以忽略」、「小卻有眞實性」、「50—50」、「很有可能」和「幾乎確定」，也可以將後果分類爲「極壞」、「壞」、「中性」，等等。在考慮效用和後果的乘積時，我們可以忽略所有可以忽略機率的乘積，

---

❷粗略的說，吳泰德在1950年代推銷這種戰略而麥那馬拉在60年代引進這種戰略。特見吳泰德，"The Delicate Balance of Terror", *Foreign Affairs,* January 1959, 與麥那馬拉(Robert McNamara), *The Essence of Security* (London: Hodder and Stoughton, 1968)。

和所有小卻有實質性機率的乘積,「除了」那些被分類爲極好或極壞的後果乘積。在許多情況下,使用這種評估可以產生驚人的確定結果。

現在,什麼「後果」的機率是我們必須考慮的?設定傳統上假設的嚇阻目標,我們當然要考慮每一個政策對於核戰、蘇聯非核侵略、蘇聯核子勒索機率的效果。在考慮核戰機率時,區分單方核子打擊和全面核戰的機率是基本的。不管其他後果,我們只考慮核子戰略對軍費支出的效果,因爲政策對支出的衝擊可以決定而沒有太多爭議。既然我們要考慮四種後果和三種政策,機率可以用三乘四的圖表來表示(見**表一**)。每個機率的評估會在以下辯護。

表一

	單方面攻擊	**全面核戰**	**蘇聯入侵**	**高度軍事花費**
優勢	50-50[a]	50-50[b]	小 [c]	一定 [d]
均勢	小 [e]	小 [f]	小 [g]	50-50[h]
核武裁減	小 [i]	零 [j]	小 [k]	小 [l]

* **「單方面攻擊」**是不一定會遭到反擊的先發攻擊。在某一行比較單方和雙方攻擊的機率,先發攻擊會導致全面核戰。

優勢戰略的價值

(a)戰略家不同意蘇聯或美國在優勢戰略下第一擊的機率。所有這個主題的學生都評估它至少具有小卻實質的機率。我相信在五十年的框架內把機率估計爲 50—50 更爲合理,因爲(1)任一方所有朝向第一擊能力實際或假設的步驟,都會提高落後一方優先第一擊的機率;(2)優勢戰略所促成的技術發展集中會提高，使權力平衡不穩定科學突破出現的機率；(3)優勢戰略所需要的武器技術複雜程度增加，提昇了因爲意外或錯誤引起第一擊的機率；影響優勢戰略所需要的經常性武器更換造成武器增殖壓力，不是因爲過時的武器經常被拋售到國際武器市場，就是因爲富有的開發國家，被新武器所眩惑，也要買下來保持表面上的先進。

(b)在優勢下，美國第二擊的機率——假設蘇聯第一擊——實際上和蘇聯第一擊的機率一樣。雖然總統和他身邊的生還者並非一定能回應蘇聯的第一擊，但是優勢戰略所建立的軍事技術系統被造來遂行戰爭。故而美國無法回應的機率可以忽略。

(c)即使面對優勢戰略，蘇聯非核子侵略的機率（例如，侵略西德或伊朗）必須被估算爲小卻不可忽略的。美國對蘇聯傳統攻擊反應的第一擊，這個前景可能不被蘇聯認眞考慮，尤其是如果蘇聯軍事人員認爲他們能夠以大規模第二擊的前景去嚇阻美國的任何第一擊。

(d)維持優勢戰略需要的金錢總數是驚人的。雷根政府拒絕**限武談判**(SALT)和對優勢戰略的明顯接受會使國防預算佔總生產毛額的比率從百五升高到百分之六點五：比卡特的計畫——大部分楔入均勢策略——每年多增加一千五百億美元。

均勢戰略的價值

(e)大多數戰略家同意在均勢策略下美蘇發動第一擊的機率雖小卻不可忽略。在優勢戰略下第一擊的特殊危險不存在，但是還是因爲意外、錯誤、人類愚蠢或自殺式的領導而有第一擊的機率。

(f)因爲在均勢下第一擊的機率比在優勢下小，全面核戰的機率在均勢下比在優勢下小。因爲均勢戰略的主要目標不是「擊敗」蘇聯或發展第一擊的能力，而是嚇阻蘇聯的第一擊，對總統和他身邊的生還者而言很明顯的是，一旦蘇聯眞的發動第一擊，沒有任何論點支持美國進行第二擊。如果總統無法回應的機率是實質的，在均勢下發生全面戰爭的機率比發生第一擊的機率低得多。另一方面，美國對第一擊嚇阻設施的可信度取決於蘇聯戰略家對「一旦發動第一擊之後美國第一擊是不可避免的」這一點的認知，而美國總統和他的防禦戰略學家認爲產生這種認知的惟一可信方法是使美國的第二擊成爲「半自動」反應。所以即使總統想要中止，也難以阻止美國的第二擊。平衡起來，估算第二擊的機率爲大於蘇聯發動第一擊機率的二分之一似乎是合理的。

(g)多年來有兩個論證被用來證明優勢比均勢對蘇聯侵略提供更有效的嚇阻。

(1)優勢戰略所需要的持續技術創新，是美國所擁有的相對優勢。如果美國繼續發展核子武器，蘇聯會因爲要追上美國而耗損，以至於只剩下一點點金錢與能量用在非核子侵略上。結果，這種競爭加諸蘇聯經濟的限制可能會產生波蘭1970 年發生的糧荒暴動，甚至於使蘇聯的社會經濟體系崩潰。

「但是」因爲「要求追上的限制」，並沒有阻止蘇聯侵略匈牙利、捷克和阿富汗，造成眞正限制的花費需要水準不可知。再者，造成「相對」經濟不景氣的假設沒有證明：至少有一位認眞研究這個主題的經濟學家在幾個不同的理由下論稱，美國每單位的軍事支出對美國經濟的傷害比同樣的軍事對蘇聯的傷害大的多❸。

(2)有的人論稱，蘇聯在面對優勢戰略下會比在均勢戰略下更認眞考慮美國第二擊的可能性，因爲優勢戰略使美國具有更接近第一擊的能力，於是有所依恃更不怕蘇聯第二擊。

「但是」在核子戰略博奕中不能「幾乎」擁有第一擊能力；不是有就是沒有。沒有理由去認爲優勢戰略會產生第一擊能力，只因爲蘇聯會覺得被迫一步步配合美國。蘇聯人知道美國總統無法充分相信美國的打擊能力，敢冒美國生存危險對蘇聯的非核子侵略做出核子反擊。所以，沒有理由認爲優勢比均勢對蘇聯侵略提供更多的嚇阻。在均勢下蘇聯嚴重非核子侵略的機率很小。

(h)在對武器管制認眞努力之下，花費仍然非常高。在均勢下極高花費的機率最好被估算爲 50—50。

核武裁減戰略的價値

(i)大多戰略家同意在均勢戰略下蘇聯第一擊的機率小。我相信在核武裁減戰略下蘇聯第一擊的機率更小。

(1)因爲在核武裁軍下最多只有一方保有核武，意外發生核戰的機率相對於均勢戰略而言，至少減少一半。因爲只部署了一半的技術，機器故障導致戰爭的機率只有一半。

(2)因爲最多僅有一方有武裝，在核武裁減下由錯誤造成核戰的機率相當低。會引起核戰的主要錯誤是誤以爲另一方要發動核子攻擊的錯誤。這附錯誤產生要優先攻擊的龐大壓

❸見Seymour Melman, *Our Depleted Society* (New York: Holt, Rinehart and Winton, 1965), 及*Pentagon Capitalism* (New York:McGraw-Hill, 1970)。

力，爲了讓己方的武器在地面被摧毀前升空。在核武裁減下這種錯誤沒有發生的機率。仍然武裝（如果有的話）的一方不需要害怕另一方會發動核子攻擊。選擇裁軍的一方無法被激起發動核子攻擊，不管它認爲另一方在作什麼，因爲它沒有發動打擊的武器。

⑶即使反對核武裁減者也描述武裁的主要危險是蘇聯的核子勒索。反對核武裁減者很明顯地認爲在核武裁減後，核子威脅比核子災難更有可能。

⑷雖然核子武器本身並不比其他種類的武器更具有毀滅性，不論是想像的或眞實的（1945 年 3 月對東京的燒夷彈攻擊比廣島長崎造成的死亡更多），核子武器被普遍地「認作」和非核子武器不同類。即使使用戰術核子武器，一個國家遭致的外交損失是巨大的。

⑸蘇聯對美國的大規模核子攻擊會污染美國和加拿大平原，蘇聯進口穀物的主要來源。蘇聯還是可以轉向阿根廷，但是在攻擊後穀物的價格會火速上漲，而阿根廷、澳洲或任何其他穀物來源都不能夠補足美國和加拿大的損失。

⑹蘇聯會發覺要找到使用核子武器攻擊美國或其他國家切合實際的現實軍事情勢很困難。核子武器在蘇聯入侵匈牙利和捷克時證明是多餘的，在阿富汗也似乎是不實際的，雖然蘇聯企圖重獲控制權的人命代價很高。如果蘇聯在1960——1964 年間沒有對中國使用核子武器以防止中國核子能力的發展，他們就很不可能使用核子武器攻擊非核的美國。當然蘇聯對非核的美國發動核子攻擊總是「可能」的，也許是傳統衝突攀升的步驟，但是蘇聯也「可能」「現在」就對美國發動核子攻擊，不顧現在的均勢狀態。重點是沒有所謂的反核子攻擊保證，但是在兩種策略下眞實攻擊的機率

小。

(j)在均勢戰略下全面核戰的機率很輕微，但是在核武裁減下全面核戰的機率是零。如果只有在一方擁有核子武器，是不可能有雙方的核子戰爭。

(k)在考慮核武裁減下蘇聯非核侵略的威脅時，我們必須考慮蘇聯的核子威脅——通常叫作「核子勒索」——也考慮蘇聯使用傳統武器的可能。

(l)假設美國單方面放棄第二擊的能力。蘇聯企圖藉由核子威脅影響美國的行為，能佔到什麼便宜？明顯地，對成功核子勒索機率的看法決定於蘇聯對非核的美國第一擊的機率。如果第一擊的機率輕微，那麼勒索成功的機率也較微。我們已經根據不同的理由論證在 DN 下蘇聯第一擊的機率小。我要指出蘇聯操縱非核美國的能力和美國在 1945—1949 年操縱蘇聯的能力一樣，當時的戰略情勢完全相反。任何人反省 1945—1949 年發生的事件都會結論出核子威脅對於能夠果決行動的國家效果很小。

蘇聯實行核子威脅的機率總是存在的，但是即使美國保有她的核子武器，蘇聯實行核子威脅的機率還是一直存在。沒有東西能夠提供反核子勒索的保證。結果是，不能夠論證均勢提供核武裁減所不能的反抗勒索保證。

前述核子勒索的解除違反了傳統的戰略智慧，這種傳統智慧關心核子勒索到了入迷的程度。例如，許多作者引用日本在廣島之後迅速投降，當成是核子武器與核子威脅戰略效用的明證。日本的情形值得考慮。和國務卿史汀生 (Stimson) 1947 年在他著名的 (也是為自己服務的)《哈潑》(*Harper's*) 雜誌論文中❹的正統觀點相反，我相信轟炸廣島長崎對於使日本投降的事件幾乎完全沒有影響。如果是如此，日本前例的力量，現在還影響著戰略思想，就大幅度衰減。

明顯地，轟炸廣島長崎對日本民間和平的期望沒有影響，因爲日本公衆在戰爭結束前不知道原子轟炸。更令人驚訝的是，轟炸並不影響天皇或日本軍部去決定尋求和平。現在大家都知道，天皇早在1945年一月就決定要和平，如果他一月就要和平，他不需要八月的轟炸爲他下決定。另一方面，軍方即使在轟炸之後似乎也不企求和平；記錄顯示軍方(a)正確地臆測出美國僅有少量的這種炸彈，(b)辯論改進防空設施以防止更多的原子彈被投擲，和(c)正確地推論出這種炸彈不能被用來支援地面侵略，而他們認爲能夠充分成功地擊退地面侵略，以保全有條件的投降。讓政治天平傾斜使天皇能夠找到和平之路的並非八月九日對長崎的轟炸，而是蘇聯八月八日的宣戰。不知道史達林在雅爾達承諾加入對日戰爭，日本人在1945年的春天、夏天寄望俄國人居中調停美日兩國達成協議，而不是將紅軍送往新的戰場。當蘇聯於八月九日入侵東北，根據報導，鈴木首相叫道，「戰爭完了」，而當天在八月十日從參議院要求投降時，他不曾提到原子彈是他要求和平的原因❺。核子威脅的效用從這個證論推論不出什麼。

(2)核武裁減戰略並不禁止使用傳統武器對入侵行動反應。因爲沒有理由相信美國採用核武裁減戰略會使蘇聯的侵略行爲比現在更可行，在所有可能下，採用DN的美國政府

❹史汀生(Stimson)的"The Decision to Use the Atomic Bomb"出現在February 1947, *Harper's Magazine* pp.97-107。史汀生標準的「時間序列等於因果序列」(post hoc ergo propter hoc)看法是：

> 我們相信我們的攻擊打擊了對日本軍事領袖——不論陸軍或海軍——都一定重要的都市，然後我們等待結果。我們只等了一天。

會運用資金在足以提供與 S 和 E 的核子武器嚇阻蘇聯侵略效果概略相同的傳統武器。這個論證假設美國（任何形式）戰略核子武器的嚇阻效果可以由發達的現代傳統武器取得。回想在實際情況使用核子武器所涉及的困難，可以說服讀者，傳統武器能夠達到核武的嚇阻效果。的確，在麥那馬拉時代「彈性反應」系統的整個發展證實了這個廣泛的認識，戰略核子武器只爲想要控制世界局勢發展的國家提供了很少的槓桿效應。

(1)因爲不可能預測，爲了支持和現在對蘇聯核子入侵的（核子）嚇阻相等的嚇阻，在傳統武力上需要支出多少，在 ND 下的軍事出水準可能比在 E 的水準高。但是支出水準也可能少的多。維持 E 的技術裝備出奇的貴，但是訓練和增進傳統武器的勞力成本也會衰減。所有的都要加以考慮。在 ND 之下似乎還是可能比在 E 之下支出少，尤其是如果修正募兵制的話。

---

❺關於日本天皇主動尋求和平的嘗試見Herbert Feis, *The Atomic Bomb and the End of the World War II* (Princeton University Press, 1966), p.66。

對核子轟炸的軍事反應，見Hanson Baldwin, *Great Mistakes of the War* (New York: Collins-Knowlton-Wing, 1950),pp.87-107。關於鈴木所說「戰已經結束」見W.Craig, *The Fall of Japan* (New York: Dial, 1967), p.107。關於核子彈攻擊日本的特殊效果有個有趣的建議，見於1947年馬歇爾將軍對李連塔(David Lilienthal)的話：「我們不曉得這樣子震撼日本人會有令他們投降而不失面子的價値」(摘自Feis, *The Atomic Bomb*, p.6)。馬歇爾的話表面上好像合理，但是我無法找到日方的文件來證明它。

優勢與均勢的比較

蘇聯第一擊的機率，在優勢下比在均勢下更大，全面核戰的機率在優勢下比在均勢下更大。均勢戰略嚇阻蘇聯非核武侵略的能力和優勢戰略一樣，而均勢戰略花費較少。所以以謹慎和道德的觀點看來，均勢比優勢更可取。

均勢與核武裁減的比較

我們已經論證了核武裁減和均勢在嚇阻蘇聯非核子侵略的能力上相等。在軍事支出的範疇裡，核武裁減均勢更可取。在「全面戰爭」的範疇裡，ND 很明顯地比 E 優越，在「第一擊」的範疇裡，ND 概略與 E 相等。所以我們似乎有了贊成核武裁減的決定性謹慎道德論證；在每一個範疇中，ND 不是等於就是超越 E。

＊本文經同意轉譯自《哲學與公共事務》《*Philosophy and Public Affairs,* 1982), Copyright 1982 Princeton University Press.

焦點議題

1. 描述核子軍備的三種戰略。
2. 什麼是衡量核子軍備不同戰略的判準？你同意萊其的評估嗎？
3. 比較克勞特哈默和萊其的論證與立場，誰的立場比較有說服力？

進階閱讀

Lackey, Douglas, *The Ethics of War and Peace*. Englewood Cliffs, N.J.: Prentice-Hall, 1989.

——. *Moral Principles and Nuclear Weapons*. Totowa, NJ: Rowman and Allenheld, 1984.

Schell, Jonathan. *Fate of the Earth*. New York: Knopf, 1982.

Sterba, James, ed. *The Ethics of War and Nuclear Deterrence*. Belmont: Wadsworth, 1985.

Stoessinger, John G. *Why Nations Go to War*. 4th ed. New York: St. Martin's Press, 1985.

Walzer, Michael. *Just and Unjust Wars*. London: Penguin, 1977.

Wasserstrom, Richard, ed. *War and Morality*. Belmont, Wadsworth, 1970.

第二部
饑　荒

導　　讀：
救助饑荒的道德抉擇

戰爭和世界饑餓的發生都意味著大量生命的消失、人類大規模的集體死亡。戰爭和世界饑餓都在生死界限之邊緣徘徊，在戰雲密佈前刻壓下好戰的欲望，許多生命便無需犧牲；世界饑荒發生時，若有富裕國家能伸出援手，大量饑民將因而得救。從這兒升起了饑餓的道德問題：富國和身為富國的國民，該不該將救助他國的貧困饑民視為道德義務？

我們都同意因貧窮而無法獲得足夠的營養是一件相當糟糕的壞事，我們也都同意阻止任何壞事發生有其道德上的相干性。所以，救助饑貧之事有其道德上的意義值得討論。現在的現實狀況是，世界的財物、資源分佈相當不平均，全世界有三分之二的窮國常處在一般的生活水平之下。進入二十世紀以來，除了歐洲、美洲等已開發的先進國家之外，世界上大部分的國家都發生過饑荒的問題，在這種情況下，富裕國家和富裕國家的國民該不該將救助他國饑民視為一項道德責任呢？

對饑餓問題的討論，一般有二個層面：

(1)富裕國家如何擬定援外的政策？已實施的饑荒疏困政策是道德的嗎？

(2)富裕國家的國民，在生活無缺的情況下，有捐出多餘的財物來救助貧國或貧民的道德責任嗎？

本書第二部分所收錄的文章，主要環繞著「世界饑餓」這個主題的兩個問題層面而進行道德判斷的論辯。前二篇是針對國家的援外和移民政策；後三篇則探討富裕國民個人的道德責任；最後一篇主題略有相關——討論素食主義和救助饑荒、動物權利的關係。

一、富裕國家應該採取何種援外政策？

富裕國家援助貧窮國家不僅關涉外交、政治和國際關係而已，還涉及道德責任的問題。到底富裕國家應該採取什麼樣的援外政策呢？

哈汀(Hardin)反對幫助窮人。他站在所謂的救生艇倫理學的立場上批評美國的援外政策和移民政策。哈汀的論證建立在幾個重要的隱喻上：救生艇、公共食堂、棘齒效應。讓我們依次說明這些隱喻：

(1)**救生艇倫理學**：哈汀認爲地球上的富裕國家就像漂浮在道德海中的救生艇，而世界上的饑民就在海中游泳，隨時有溺斃的危險。既然是救生艇，當然有一定的酬載量，並且得留下安全係數。哈汀認爲移民政策就像救生艇在海中援救將滅頂的難民，但難民太多，要救哪些人？又憑什麼准許某些人上來而其他人則不允許？如果完全開放的移民政策，結果就是救生艇整個翻覆。所有人都一起滅頂。

(2)**公共食堂**：地球的自然資源就像一個公共食堂一般，亦即財產資源的公有性將導致整個環境的崩潰。如果在私有財產系統內，每個人就會有照顧自己財產的責任；但如果完全開放給所有人共享，那每一個使用它的人都不會負責保護它，結果是資源日益枯竭。

(3)**棘齒效應**：貧窮國家的人口數本來是一個自然循環，當人口增長太多時，發生饑荒將會降低人口數，如此少了吃飯人口，饑荒就會自然消失。換言之，饑荒有自然調節人口數的功能。若採取饑荒疏困行動，每次窮國發生饑荒時就能得到援助，那它的人口數將變成一個漸升梯不斷上漲，糧食救助產生了「棘齒效應」，使人口數無法自然調節，最後帶來整個系統的大崩潰。

在這些隱喻模型的思考下，哈汀反對美國的援外政策和移民政策。他等於是主張富裕國家應該完全不管貧窮國家的饑荒等緊急事件，好讓他們的人口自然循環，並讓他們的統治者學到如何管理國家的教訓——但這並不是不道德，反而置之不顧的政策以避免全人類覆亡才是道德的。

〈人口和食物：隱喻和實際〉一文作者歐騰(Oaten)和穆德(Murdoch)則批評哈汀的論證完全建立在想像的隱喻上，它們不但嚴重地忽略了實際現況，而且也易於使人誤解。實際的援外政策之實施並不像哈汀所想像的那般糟糕。穆德和歐騰主要討論人口控制方面的問題，他們舉了很多具體的統計數字和實例，以顯示哈汀實在誇大其詞。

救生艇隱喻在於它的過分簡化，世界的情況不光是富裕國家的救生艇，而貧窮國家的人民就是海中難民。眞實情況是富裕國家經常榨取貧窮國家的經濟資源；美國的援外政策也往往支持殘暴的政權以換取政治利益。換言之，把富裕國家想像成光施捨救濟品的救生艇毋寧說掩蓋了事實。在公共食堂這一隱喻上亦然。事實上，公共合作管制自然資源的使用，已經收到了非常好的效果，如捕鯨的全球管制。把資源完全開放給私人擁有才更可能加速環境的破壞。棘齒效應則忽略了眞實世界中，大部分接受援助的貧窮國家出生率都降低了，經濟保障才是促成婦女少生孩子的因素；所謂自然的人口調節或者棘齒效應根本不符合實際情況。

總之，哈汀的論證建立在一種相當簡化的隱喻推想上，而且「近來的證據指出，援助和改革可以同時解決許多高出生率及低度經濟發展的雙重問題，這些工作一點也不困難。基於此證據，被正派感所指定的政策，是最實際且理性的」。

二、富裕國家的國民之救助責任

如果我們是生長於富裕國家的國民，如今日之台灣。我們衣食無缺，生活上有相當不錯的物質享受，而且積存了不算少的儲蓄。但在社會中以及整個世界的許多國家中，還有許多許多長期處在饑餓狀態下、衣不蔽體的饑民，隨時可能因各種疾病或寒冷侵犯而死亡，那把財物捐出來救濟他們是不是一項道德責任？往往濟助窮人被視爲慈善行爲，是一種能得到衆人掌聲的美德；而就算不濟助窮人也不是錯的，因爲它並不被視爲一項義務。但現在我們自己都已經有無虞、甚至奢侈的生活，而世界上卻有仍有一半人在貧窮線之下，財物救助還能說是慈善行爲而不是義務和責任嗎？

道德哲學家們，不管站在什麼樣的基本立場上，均紛紛開始提出救濟窮人乃是責任的觀點。辛格(Singer)從效益主義的立場出發；亞瑟(Arthur)雖然批評辛格的原則在考慮到某些事物時，不足以建立起救助窮人的義務，但仍然提出另一條原則；瓦特生(Watson)甚至站在義務論的立場上堅持「就算導致全球營養不良，甚至人類種族滅絕，在道德要求下，仍要公平分享食物」。

在 1971 年東孟加拉發生可怕的大饑荒，也是動物解放的先驅倡導者彼得・辛格被饑民的慘境所攪動而寫下〈饑荒、富裕和道德〉這篇有關救助饑民的重要文獻。在這篇文章中，辛格提出了兩條原則。第一條原則是有關現實處境的價值判斷：因缺乏食物、住所和醫療而導致苦難及死亡是壞的；第二條原則規範我們義務，它有強、弱兩種版本。

(1)強版本是：「如果防止某壞事發生在我們能力所及的範圍內，且毋需犧牲任何可相比擬的道德重要性之事物，則在道德上我們應該做它」。也就是說，我們必須執行的道德義務，要做到會讓我們陷於所要防止的同等壞事之程度，就算會產生一些對我們自身而言是道德上的壞事，但這壞事的程度還達不到我們所要防止的壞事那樣糟的程度。應用在救濟疏困這件事就是：我們要捐出的財物要多到再多捐一些就會讓我們自己和家人的生活變得和我們想救助的窮人一樣程度。舉例來說，如果我的每月所得是五萬元，而貧戶在接受救濟後的平均所得是每月一萬五千元，則我應捐出將近三萬五千元才是道德的（當然不是只捐一戶，而是平均分配給許多（或全世界的）饑民）。這個原則未免太強了，所以辛格再提出弱版本。

(2)弱版本是：「如果防止某壞事發生在我能力所及的範圍內，而且毋需犧牲任何具道德意義的事物，則在道德上我應該做它。」也就是我們的義務得做到再做下去，將會產生任何對我們來說是道德上的壞事之程度。應用在救助疏困上則是：我應捐出的財物要多到再多捐一些將會影響我和家人的溫飽。所以，如果我每月所得五萬元，而支持我家人溫飽的花費是三萬元，則我應該捐出將近二萬元的收入。

辛格論證即使弱版本也會修正我們（西方世界）傳統上

的道德架構，每個人的生活方式都得大幅改變。傳統的西方道德架構認爲救助疏困是一種慈善事業，但辛格從強和弱的道德原則出發，論證捐出溫飽外的多餘財物事實上是責任而不是一項慈善事業，雖然它相當違反傳統的道德直覺，但依據道德原則不得不推出如此結論。

亞瑟認爲辛格的原則沒有考慮到富人自身的權利。爲我們不能光只談「最大善」原則（內含在辛格的強原則之中）。譬如，我的身體可以用來幫助許多人，而且明顯地我若捐出一顆眼睛或腎臟，雖我的生活將增添許多不變，但其帶給我的壞處肯定比不上此行爲帶給受贈者的善。但此舉將破壞我對自身生命的見劃，我的生命只屬我一個人的，我對它有最大的權利，而且我去實現它肯定是有相當價值的事，因此它必須受到恰當的衡量。所以辛格的強原則沒有考慮到這層問題因而是錯的，弱版本則不足以建立起一項義務，因爲可能「道德意義」對每個個人都不相同，或許有人會認爲捐出任何金錢都是犧牲了具道德意義的事物。

可以說，辛格的強版本太強，而弱版本則不明確。於是，亞瑟再構造了另一條原則：「如果防止一無辜的人死亡在我們能力所及的範圍內，而毋需犧牲任何有實質意義的事物，那麼在道德上我們應做它。」所謂的「實質意義」將把富人對自身的期許和目標和長期幸福納入考慮內。譬如，如果我捐出的所得，雖不會影響我家人溫飽，但將會妨礙我讓兒女接受良好教育的計劃，那麼我的捐助行爲就會犧牲了有實質意義的事物。所以，我的每月所得是五萬元，全家人溫飽和子女教育基金需要四萬元，那我有義務捐出將近一萬元。

在一個有限食物的世界中，自利的理性行爲和道德原則可能會互相衝突。如果認爲「平均分配食物給每一個人會導致所有人都營養不良，所以是不該做的」是一種理性的算計，有時它會被認爲是道德的。但瓦特生認爲根據西方傳統道德的最高標準，就算公平分配食物而導致所有人都營養不良時，仍應公平分享食物。這聽起來極不合理，但卻是根據道德原則所不得不然，道德原則無法打折扣。這就是瓦特生所言的理性和道德的衝突。

瓦特生立足在義務論的平等原則上，這條原則讓我們推出上述看似不合理的結論。但它的確是道德的。全人類或團體的生存不能是道德的，因爲「道德」這個概念只能用在有意識的行爲主體之上，像法人組織或者全人類一類的團體並不是一個有意識的行爲主體，所以不能成爲道德規範的應用對象。所以打著人類種族生存的旗號而拒絕平等分享食物的觀點，在道德上是錯誤的。

在瓦特生看來，道德責任的「結論強硬地要求我們，不管每個人會挨餓或全人類滅絕，還是必須要平均分配所有的食物」。「這個結論是蠻荒謬的，但卻不是道德本身的錯誤」。「在另一意識形態的結構下，道德行爲可能既實際又合理」。「平等分享只有透過經濟和政治上的革命才有可能達成」。

三、素食和饑荒救助

素食的道德問題通常和動物權利關聯在一塊兒討論。本冊書中討論素食的道德問題只有這一篇拉塞斯(Rachels)〈素食主義和「另類體重問題」〉，它一半討論素食和饑荒疏困的關係，另一半也討論素食和動物權利的相關性。關於動物權利的問題在本系列的第五冊中有許多重要文獻，素食意味不吃肉類，不吃肉則不用殺害動物、不用以不人道的方式飼養家禽家畜，故不會帶給動物痛苦。因此，爲了減輕動物的痛苦或者爲了動物自身的權利，素食成爲一項道德訴求。

素食和饑荒疏困的關聯則主要包涵在「效率」和「浪費」這兩個項目上，也就是肉食是極浪費且毫無效率的食物，如果美國人大部分改吃素食，則所節省的蛋白質足以供給全世界的饑民充足的營養。因此，拉塞斯認爲爲了饑荒疏困，我們（特別是肉食主食的西方人）應該改變飲食習慣才是道德的。以下讓我們看看拉塞斯如何推展他的論證。

拉塞斯首先從浪費食物而不去救助貧民乃是不道德的論點開始，主張我們必須小心購買食物，避免浪費而把多出的金錢捐出以濟助饑民。接著他把問題導向肉食是極浪費食物的一種飲食習慣。在肉食的整個飲食系統中，美國人種植大量的穀物，拿去餵動物，再宰殺動物來吃牠們的肉。爲了產生一磅的肉，必須花掉八磅的穀物，換言之，七磅的可以直接食用的穀物，爲了產生肉品而浪費掉了。換算成百分比等於把百分之八十七的食物白白倒掉，這無疑是驚人的浪費方式！當這個世界仍然有無數饑民處在營養不良的狀況下，富裕國家卻以驚人的方式在浪費著食物——就爲了肉食習慣。如果能改成素食的話，在飼養動物的週程中白耗的穀物直接拿來疏困，將可解決大部分的饑餓問題。如果救助饑荒是一項道德責任的話，那素食也將是一項道德義務，並且在考慮到動物權利問題時，我們將會得出結論：要有道德地生活著，我們都必須當個素食者。

當然，台灣並非處在以肉食爲主食的文化背景中，我們的三餐主食是米飯，素食人口也很多，我們有提倡不殺生的佛教文化，因此有關素食的道德問題對我們而言比較不那麼嚴重。不過，很多方面我們也逐步西化了，像牛肉漢堡、熱狗一類的西式肉品速食已快速地擄獲台灣兒童的味口；另一方面，大人們則有某些荒謬的「進補」觀念，使得國人嗜食珍奇動物——在今天往往是瀕臨絕種的保護動物，如老虎、犀牛等等——的身體部位，助長了這些動物的棲息地的盜捕行爲，加速牠們的滅絕可能。回頭看美國所興起的素食和動物權利之道德問題，我們傳統的飲食習慣實在值得我們再多加思考。

前　　言

陳瑞麟　譯

饑餓是一個有著萎縮手臂和腫大肚腹的小孩。它是父母的悲傷，或者缺乏維他命 A 而變瞎的人。

(Arthur Simon, *Bread for the World*)

饑餓的災民燃燒他自己的身體脂肪、肌肉和組織以當燃料。他的身體相當散漫地消耗自己而且快速地惡化。腎臟、肝臟和內分泌系統通常停止其專有的功能。短缺在大腦化學效應中扮演關於角色的醍類，影響了心靈。倦怠和混亂開始，以致饑餓的災民通常似乎無法意識到自己的困境。身體的免疫系統失效；疾病在大部分的饑荒災民饑餓至死之前就殺了他們。當一個個體失去他正常體重的三分之一時，他開始陷入饑餓狀態。當這個體重損失超過40%時，不可避免地會死亡。

(*Time Maganize,* November 11, 1974)

每天都有一萬人饑餓致死，另外有 20 億人（全球人口有 50 億）營養不良，有著 4 億 6000 萬人口處在長期饑餓的狀態下。這些人中幾乎一半是兒童。超過世界三分之一人口每晚空著肚子睡覺。過去 25 年來，災難性的饑荒先後發生在孟加拉(1974)、衣索匹亞(1972-1974,1984)、柬埔寨(1978)、中國和蘇丹(1985)，以及從 1970 年代到 1980 年代，發生在構成非洲環撒哈拉區域的其它 43 個國家中的很多國家。因爲在世界的很多地區，1960 年代的條件已經開始惡化❶。

另一方面，世界上的另三分之一，生活在富裕之中。想像十個孩子在餐桌上吃飯。三個最健康的孩子吃最好的食物並且吃剩很多就丟給他們的寵物。兩個孩子得到剛好夠吃的食物。剩下的五個無法吃飽。他們當中的三個是虛弱的，只能由吃麵包和米以設法防止饑餓的痛苦，但其他兩個甚至得不到什麼而死於饑餓相關的疾病、肺炎和赤痢。這就是這個世界的孩子們之景況。

在美國每天被丟入垃圾桶內的食物多到足以餵飽整個國家，花在寵物糧食上的錢比幫助世界上的饑者更多，而且很多人都大大地超重了。

全球短缺、貧窮、饑餓和饑饉的問題是我們所面對者最迫切的問題。我們對在自己國家內的饑民和其他國家內的饑民之責任是什麼？對國內和海外窮人的義務是什麼？饑餓者有什樣的權利？饑餓的減輕應該關聯人口控制到什麼程度？這些是在本部分的選文中所討論的問題之一些。

我們由哈汀(Garrett Hardin)的著名論文《救生艇倫理

---

❶本節的統計資料來自聯合國糧食和農業組織。討論中的一些建基在西蒙(Arthur Simon)的*Bread for the World*(New York: Paulist Press. 1975)

學：反對幫助窮人的主張》(*Lifeboat Ethics: The Case Against Helping the Poor*》開始，在這篇論文中，哈汀論證說富裕社會就像救生艇，應該保持資源安全係數來確保他們的生存。施捨他們的資源給貧窮國家或者准許貧窮的移民，就像收容具有傾覆救生艇威脅的額外乘員，既幫助不了他們也幫助不了我們自己。朝向完美分配的結果是完全的災難。進一步，如果我們熱切幫助窮人，我們對我們孩子和孫子的責任將會打折扣。

在我們的第二篇讀文中，穆德(William Murdoch)和歐騰(Allan Oaten)強烈地和哈汀的評估爭論。他們論證哈汀的論點依賴於誤導的隱喻：救生艇、公共食堂、棘齒，而一個更完全的分析將會揭露情況遠比哈汀所宣稱的更有希望得多。我們得對窮人的困境負責並且必須採取手段以減輕他們的受苦。

在我們的第三篇選文，辛格(Peter Singer)從兩條原理出發，一個強而一個溫和，它們顯示我們有責任爲饑餓者提供實質的幫助。強原則是：「如果防止某事發生壞的結果是在我們的能力範圍內，而且毋需犧牲任何同等道德重要性的事物，則道德上，我們應該做它。」弱原則是「如果防止某事發生壞的結果是在我們的能力範圍內，而且毋需犧牲任何具道德意義的事物，則道德上，我們應該做它。」辛格相信強原則是正確的，他也滿意於論證支持較弱的原則，如果信奉弱原則將會在我們的生活風格上造成巨大的改變。辛格爭論他的原則該被應用到一廣泛光譜的道德理論上，而它們已被再解釋爲奠基於效益主義的觀點。

接下來的一篇論文，亞瑟(John Arthur)論證辛格的效益主義原則無法體諒富裕者的權利。那些有「道德意義」的事物因人而異。他提出一個另類理論，在該理論內**慈善原理**(the principle of benevolence)有時要求富裕者去幫助窮人。

在我們的第五篇選文中，〈有限食物世界中的理性和道德〉(Reason and Morality in a World of Limited Food)一文中，瓦特生(Richard Watson)從一個義務論的觀點論證生存在一個短缺的世界中，平等原則需要我們平等地和他人分享我們的食物，即使它將導致普遍的營養不良或人類種族的滅絕。對於瓦特生論文的討論。我建議你參考本系列的姊妹册《生與死：當代道德困境的挑戰》。

[1]救生艇倫理學：
反對幫助窮人的主張*

Garrett Hardin 原著 陳瑞麟 譯

哈汀(Garrett Hardin)是加州大學聖芭芭拉校區(University of California at Santa Barbara)生物系名譽教授，更是位當代深具領導地位的環境科學家。主要著作有《人口、演化和生殖控制》(*Population, Evolution and Birth Control,* 1969)、《利他主義的限制：一個生態學家的生存觀》(*The Limits of Altruism: An Ecologist's View of Survival,* 1972)、《普羅米修士的倫理學：伴著死亡、競爭和生存考驗的生活》(*Promethean Ethics: Living with Death, Competition and Triage,* 1980)等書。

哈汀指出刻劃我們全球生態現況的適當隱喻並不是**太空船**(spaceship)而是**救生艇**(lifeboat)。太空船的隱喻是誤導的，因爲地球並沒有船長來操縱它穿越現在和未來的問題。實際上，每一個富有的國家就像在汪洋中的救生艇，世界上的窮人在海中掙扎隨時有溺斃的危險。哈汀論證豐裕社會像救生艇上的人們，應該由保護資源的安全係數來確保他們自己的生存。把他們的資源贈予窮困國家或者收容貧窮的移民，像是收容額外的乘客，他們將會威脅到救生艇而導致它翻覆。在這些條件下，避免幫助貧民是我們的道德責任。

環境學家使用「太空船」做為地球的隱喻，試圖勸告國家、工業界和人們停止浪費和污染我們的自然資源。他們論證，既然我們都分受了這個行星上的生命，沒有一個人或機構有權利破壞、浪費或使用比公平分享更多的資源。

但地球上的每個人都有同等的權利分享它同等的資源嗎？當太空船的隱喻被誤導的理想主義者用來證成把我們的資源分給不加控制的移民和援外的自殺政策時，它是相當危險的。在他們的安樂死式但不切實際的慷慨中，他們混淆了太空船的倫理學和救生艇的倫理學。

一個眞正的太空船必須在一位船長的控制之下，如果太空船的航程是由委員會所決定的，就不會有太空船可能生存下來。太空船地球確定沒有船長；美國只是一隻無牙老虎，幾乎沒什麼力量去推行任何政策給它互相爭吵的成員們。

如果我們粗略地劃分世界諸國爲富有國家和貧窮國家，其中的三分之二是令人絕望地貧窮，而只有三分之一比較富有，美國是所有國家中最有財富者。隱喻地說來，每一個富有的國家能被視爲滿載比較富有人民的救生艇。在每一艘救生艇之外的海洋中，游著許多世界上的窮人，他們想登上救生艇，或者至少分享一些財富。救生艇裏的乘客該怎麼做？

首先，我們必須認知任何救生艇的有限能力。譬如，一個國家的土地只有支援一定人口的有限能力，而且如同當前的能源危機已向我們展示，在某些方面，我們已過度地利用了我們土地的有限能力。

飄泊在道德海中

所以我們坐在這兒，設有五十個人在我們的救生艇上。

當一個慷慨的人，讓我們假定它還有十個空間，有搭載六十個人的整體能力。假設在救生艇中的我們五十人看到有一百個其他人在外面的水中游著，乞求我們救生艇的收容或施捨物資。我們有幾個意見：我們可能試圖根據基督教義「我們弟兄的保護人」之理想而生活，或者由馬克思主義者「各取所需」的理想。既然所有在水中的有求者都相同，而且因為它們都能被視為「我們的弟兄」，我們能把他們全部收容到船裏，使得設計來載六十人的船總共載了一百五十人。船滅頂了，每一個人都溺水。完全的公正，完全的災難。

既然船有多十個乘客的額外能力，我們只能收容多十個人。但哪十個我們應該讓他們上來？我們如何做選擇？我們選擇最好的十個、最窮的十個、「先來的先上」？而且我們要向那被排除的九十個說什麼？如果我們再讓額外的十個上我們的救生艇，我們將失去我們的「安全係數」——一個工程上極端重要的原則。譬如，如果我們不在我們國家的農耕上留下額外的能力空間當做安全係數，一種新植物疾病或壞天氣就會產生災難性的結果。

假設我們決定保護我們小小的安全係數而不允許更多人上救生艇來。那麼，我們的生存是可能的，雖然我們必須恆常地警戒以防止偷登上來的偷渡客。

當最後的解答很清楚地提供我們生存的唯一工具時，很多人在道德上厭惡它。一些人說他們對自己的幸運感到罪惡。我的答案很簡單：「出去並讓出你的位置給其他人。」這可以解決罪惡負擔者的良心問題，但它並不改變救生艇的倫理學。貧窮的人在那些罪惡負擔者讓出他的位置時，他自己並不會因好運而感到罪惡。如果他是，他就不會爬上船來。受良心打擊的人們放棄他們不公正而有的位置後，其淨結果是那種良心從救生艇上消除。

這是基本的隱喻，在隱喻內我們必須得到我們的解答。讓我們用來自眞實世界——一個必須解決人口過剩和饑荒的壓迫性問題之世界——的實質添加，一步一步地增益這個形象。

救生艇的苛刻倫理學，在我們考慮到富有國家和貧窮國家之間的再生產性差異時，甚至變得更苛刻。在救生艇內的人們每 87 年數量倍增；那些環繞在外面游泳的人，平均每 35 年就倍增，比富有國家快兩倍以上。而且因爲世界的資源是遞減的。在富有和貧窮國家之間的繁榮程度差異只會增加。

到 1973 年，美國有 2 億 1000 萬人，每年以零點八的百分比增加。在我們救生艇外的，讓我們想像另一個 2 億 1000 萬人，(也就是說哥倫比亞、厄瓜多爾、委內瑞拉、巴基斯坦、泰國和菲律賓的人口之總和) 他們每年以 3.3%的比率增加。以不同的方式來說，比之於美國的 87 年，這個人口累積的倍增時間是 21 年。

增加中的富人和窮人

現在，假設美國同意分享它的資源給那 7 個國家，每個人接受一分相等的份量。最初美國人給非美國人將是一對一的模式。但考慮美國人口倍增到 4 億 2000 萬人的時間是 87 年後。那麼，每 21 年倍增，另一組將暴漲到 35 億 4000 萬。每一個美國人必須和超過 8 人分享可利用的資源。

但，一個人能論證，這個討論假定了現前的人口傾向將會持續，然而它們可能不會。的確如此。更可能人口增加比率在美國將比在其他國家衰落得更快，而對於此事，我們似乎無可奈何。在分享「每個人根據他的需要」當中，我們必須承認需要是被人口尺度所決定，人口尺度又被再生產所決定，再生產目前又被視爲每個不管貧窮與否的國家之最高權利。這正是事實，由太空船的分享倫理學所產生的博愛負擔只會增加。

公共食堂的悲劇

太空船倫理學的基本錯誤，以及它要求的分享，將會導致我稱之爲「公共食堂的悲劇」。在一個私有財產的系統之下，擁有自己私有財產的人承擔照顧它的責任，因爲如果他們不如此，他們將永久受苦。譬如，一個農夫將不會允許比一片牧場所能負擔還要多的牛隻在同一塊地上。如果他讓牧場過度負擔，侵蝕開始了，雜草接管牧場，而他失去了牧場的效用。

如果一片牧場變成完全開放的公共食堂，每一個去使用它的權利可能沒有保護它的責任來配合。要求每一個以任意態度使用它的人來負責幾乎是不成的，因爲抑制過度使用公共食堂、顧慮週到的牧人，所受的傷害多過一個說他的需要更大且自私的牧人。如果每一個人都克制他自己，一切就很好；但只要有一個而不需每一個不遵守，就會破壞自願設限的系統。在一個少有完美人性的擁擠世界裏，若沒有控制，互相毀滅就不可避免。這是一個公共食堂的悲劇。

今日教育的主要任務應該使人們敏銳地覺醒到公共食堂的危險，人們將會確認公共食堂的很多變數。譬如，空氣和水受到污染，因爲它們被看作公共食堂。進一步，人口增長或按人頭分配而轉變自然資源成爲汚染物，只會使得問題更糟。對遠洋漁業而言同樣保持爲眞。捕魚船隊逐漸消失在世界各處，在捕魚技藝上的技術改進加快了全面毀滅的日子。只有以控制的負責系統來取代公共食堂系統才能挽救土地、空氣、水和遠洋漁業。

世界糧食銀行

近些年來，有人在推動創立一個新的公共食堂叫世界糧食銀行，一個國際性的食物儲藏庫，爲根據它們能力而捐助的國家保留食物，而它們將根據需要從捐助中獲得它們所需的。這個人道主義的提議已受到來自很多自由國際團體的支持，而且也從著名的公民如米德(Margaret Mead)、聯合國秘書華德翰將軍(Kurt Waldheim)、和參議員甘迺迪(Edward Kennedy)和麥克格門(George McGovern)。

一個世界糧食銀行有力地訴諸於我們的人道主義衝動。但在我們趕辦如此一計劃之前，讓我們確認一下這個最偉大的政策推動力來自哪裏，以免後來希望幻滅。我們由「糧食和平計劃」，或者公開法案第 480 條，得到了我們的答案。這個計劃在過去 20 年之間輸送價值數十億美元的美國剩餘穀物給食物短缺、人口過剩的國家。但當公開法案第 480 條變成法律時，商業雜誌《福比斯》(*Forbes*)透露了在它背後的眞實力量：「餵飽世界饑餓的幾百萬人：將如何意指著美國商業的數十億元。」

而的確它是。1960 到 1970 年間，美國納稅人總共花費 79 億美元在糧食和平計劃上。1948 到 1970 年間，他們也爲其它的經援計劃付出了額外的 500 億美元，其中的一些也應用於食物和生產食物的機器與技術。雖然所有美國納稅人不得不捐助 480 法案的價格，確定有特別的利益團體在這個計劃之下闊綽地得利。農人並不必須捐助穀物；政府，或更確切地說是納稅人，以完整的市場價格從農人那買進穀物。漸增的需求抬高了一般農產品的價格。農業機器、化學肥料和殺蟲劑製造廠由於農人格外努力地生產更多食物而受益。農產品在被裝船運載之前，必須儲藏於穀倉內，穀倉因而得利。鐵路因搬運農產品到港口而賺到更多的錢，船運公司也因運送農產品到海外而得到更多利潤。480 法案的實行需要創造一個巨大的政府官僚機構，那麼，這個官僚機構也在繼續執行這個計劃而不顧它的優點中得到巨大的利益。

榨取金錢

那些公開倡議且防衛糧食和平計劃的人很少提及它對那些特殊利益之任一的重要性。公開的強調總是在它的人道主義效應上。為了從納稅人身上榨取金錢，沈默的私自利益和高分貝的人道主義辯護者聯合做了有力且成功的遊說。現在為了推動世界糧食銀行的設立，我們能預期同樣的遊說。

可是私人利益的巨大潛在利潤，不該是反對眞正人道主義計劃的決策性論證。我們必須問是否如此計劃比起傷害實際上做了更多的善，不只在眼前短暫的也在長遠地結果上來衡量。那些提議糧食銀行的人，通常藉著世界食物供應的說詞而指出了眼前的**緊急狀況**(emergency)或「危機」。但什麼是緊急狀況？雖然它們可能是不尋常且突然，每一個人都知道緊急狀況有時將會發生。一個營運良好的家庭、公司、機構或國家常為意外事件和緊急狀況的可能性而預做準備。它預期它們、它爲它們保留預算、它爲它們而儲蓄。

學習艱苦的方法

如果一些國家爲意外事件保留預算而其它國家沒有的話，將發生什麼？如果每個國家單獨地爲它自己的福祉負責，經營不善者將會受苦，並且學會爲不尋常但的確爲緊急狀況而保留預算。譬如，每年的天氣變數和週期性的穀物欠收是確定的。一個明智且有能力的政府會儲存豐年的產品以期待荒年的來臨。二千多年前約瑟教導埃及法老的政策。然而今天世界上大多數的政府並未遵循如此的政策。它們要不是缺乏智慧要不就是缺乏能力，或者兩者欠缺。那些經營上儲存某物的國家應該每一次被迫去解救發生在貧窮國家間的緊急狀況嗎？

「但那並不是他們的錯」！一些善心的自由派論證。「我們如何能譴責那些陷於緊急狀況中的窮人」？譴責的概念在此只是不相干。眞正的問題是：建立一個世界糧食銀行後的運作結果是什麼？如果它開放給每一個每一次都增加需求的國家，不負責的統治者將不會被誘導去採納約瑟的制度。某一個國家將總是得到他們的幫助。一些國家儲備糧食在世界糧食銀行中，其它國家則掏空它。幾乎不存在著重疊。結果如此解決糧食短缺的緊急狀況，窮國將學習不到修正它們的方式，當它們的人口增長時將會遭受遞增的更大緊急狀況。

棘齒效應

一個「國際糧食銀行」實在不是眞正的銀行，而是假扮過的一種轉送裝置，將富有國家的財富移送到貧窮國家。沒有如此一家銀行，在一個由個別負責的主權國家所棲住的世界中，每個國家的人口將會反覆進行**圖一**所顯示的那種循環。(參看圖表)

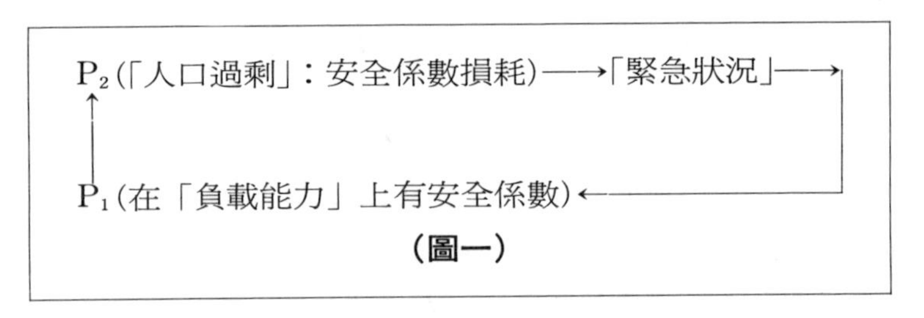

(圖一)

P_2比 P_1大，要不在絕對數量上，要不就是在糧食供應的惡化已逾越了安全係數以及產生了一個資源對人口的低比率。P_2可以被說代表了人口過剩的狀態，顯然變成「意外事件」而出現，例如，作物歉收。如果「緊急狀況」沒有外來幫助的解決，人口掉回「正常」的水平——環境的「負載能力」——或者甚至在水平之下。缺乏主權政府的人口控制，人口將再次或快或慢地成長到 P_2而重複循環。長期的人口曲線是一不規則的波動，或多或少地平衡於負載能力。

這種人口學循環明顯地包含了在緊縮階段的鉅大苦難，但如此循環在不適當的人口控制國家中是正常的。第三世紀的神學家特圖里安(Tertullian)，當他寫道：「黑死病、饑荒、戰爭和地震的災難已被視爲對人口過剩的國家之祝福，因爲它們嚴酷地掃除了人類種族的過度成長。」他表達了必定被很多明智者承認的事情。

只有在強大且有遠見的主權政府之下——理論上能是人

民自己，民主地組織起來的——人口才能平衡在負載能力之下的某個起點，如此避開了由週期性和不可避免的災難所造成的痛苦。為了達到這個幸福狀態，那些掌握者有能力鎮定沈著地深思在豐收時代多餘糧食的「浪費」是必要的。基本上，那些掌握者抗拒扭轉額外的糧食而成為多出的嬰兒。在公開關係的層次上，「多餘糧食」的階段必須由「安全係數」來取代。

但明智的主權政府似乎不存在於今日的貧窮世界。大部分惱人的問題由不夠聰明和有力的統治者所統治的國家所製造出來的。如果這樣的國家能夠次次在緊急狀況中得到世界糧食銀行的資助，**圖一**的人口循環將會被**圖二**的人口漸升梯(escalator)所取代。

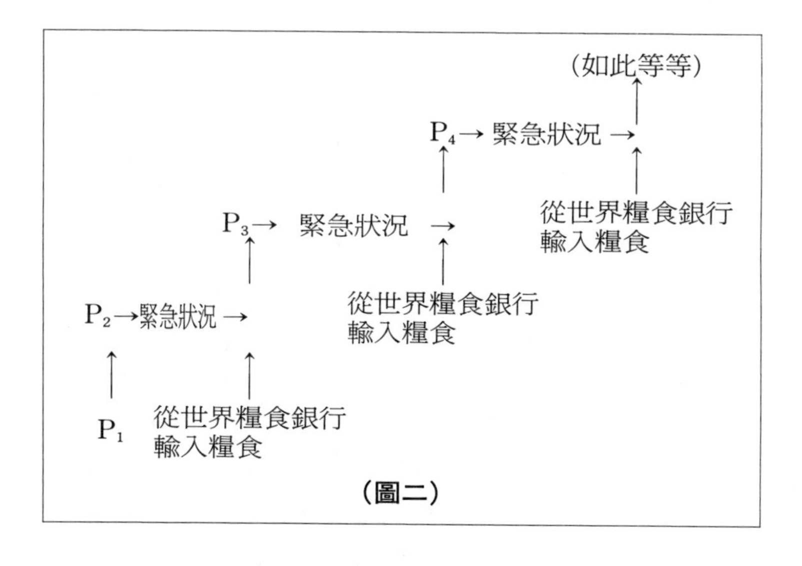

(圖二)

從糧食銀行輸入糧食運作爲棘齒的**倒齒**（pawl，用以防止棘齒倒轉），防止人口倒轉它的步子回到較低的層次上。再生產推動人口向上，從糧食銀行輸入防止它向下移動。人口規模升高，而「意外事件」和「緊急狀況」的絕對大小也同樣升高。這個過程只有整個系統崩潰才抵達它的終點，產生一個難以想像規模的大災難。

如此是該分享糧食的好意，處在一個不負責的再生產世界中所含有的蘊意……

人口控制的粗略方式

平均說來，窮國每年的人口增長率 2.5%；富國則大約 0.8%。只有富國以預備糧食的方式儲存了任何東西，甚至它們並沒有儲存它們所該儲存的那麼多。窮國沒有儲存任何糧食。如果窮國沒有從外界接收糧食，它們的人口成長率將因作物歉收和饑荒而週期性的削減。但如果它們總是需要每次從世界糧食銀行得到援助時，它們的人口將會未削減地繼續成長，它們受協助的「需要」也是如此。短期內，一個世界糧食銀行可以縮減需求，但長期下來，它實際上是無限制地增加了需求。

沒有某種世界性的糧食分享系統，富國和窮國的人口比例最終可以趨於穩定。人口過剩的窮國將減少數量，而有空間容納更多人的富國將增加。但由於一個用意良善的分享系統，像世界糧食銀行一類的，富國和窮國之間的成長差率將不會只是持平，而是增加。由於世界窮國中人口成長的高比率，今天 88%的孩子出生在窮國，只有 12%是在富國。逐年逐年地，這個比率變糟，正如快速地再生產的窮人，在數量上遠遠勝過慢速再生產的富人。

一個世界糧食銀行是如此假扮的公共食堂。人們將會有更多的動機從它得到糧食而非增加任何公有的儲存。較不節約和較無能者將在較有能者和較節約者的代價上增加，帶來所有分享公共食堂者的最終毀滅。除此之外，任何分享系統等於是窮國得到富國的外來援助，將會使它們背負博愛受益者的污名，那很少有助於支持世界糧食銀行的人所熱切盼望的世界和平。

如同過去美國的援外計劃已充分且令人沮喪地展示，國家性的博愛常常鼓動不信賴與對抗主義，而不是領受國家那一邊的感激。

中國魚和奇蹟米

援外的現代進路強調技術和諮詢的輸出，而非金錢和食物。如同古中國的諺語說：「給一個人一條魚，他只能吃一天；教他如何捕魚，他可以吃一輩子。」以這個忠告行動，洛克斐勒(Rockefeller)和福特(Ford)基金會已在一些改良饑餓國家的農業之計劃中提供融資。著名的「綠色革命」，這些計劃已導向「**奇蹟米**(miracle rice)」和「**奇蹟麥**(miracle wheat)」的發展，提供更大穀粒和更強的抗拒作物損害的品種。諾貝爾獎得主農藝農家，諾曼・柏洛格(Norman Borlaug)在洛克斐勒基金的資助下，已發展出「奇蹟麥」，是世界糧食銀行最卓越的貢獻之一。

是否綠色革命能夠如它的倡導者所宣稱般增加糧食生產，是一個可爭辯但可能是不相干的論點。那些支持這個心意良善的人道努力者，應該先考慮一些人類生態學的基礎。

做了諷刺性行爲的一個人是後來的格瑞格(Alan Gregg)，洛克斐勒基金會的邪惡總裁。20 年前，他對如此企圖增加糧食生產的明智性表達了強烈的懷疑。他將人類在地球表面上的成長和擴張比喻爲人體內的癌細胞之擴張，而評論說：「癌的成長需要食物：但，如我所可能知道的，它們從不能由得到食物而治癒。」

環境的過度負擔

每一個人的出生都構成了對環境各個層面的強索：食物、空氣、水、森林、海濱、野生動物風景和荒野。或許，食物能夠有意義地增加來配合成長的需要。但關於清潔的海濱、未破壞的森林和荒野，怎麼辦呢？如果我要滿足於成長人口的食物需求，那我們必然要按人頭地減少其它人類所需資源的供應。

譬如，印度現在有 6 億人口，每年增加 1500 萬人。人口已在相對貧窮化的環境上投下了鉅大的負擔。這個國家的森林現在只有三個世紀前小小的百分比，而洪水和侵蝕繼續不斷地毀壞殘留的不足農地。增加印度人口數的 1500 萬個新生命中的每一個，都在環境上置放額外的負擔，並且增加擁擠的經濟和社會代價。可是把我們的意圖人道主義化，每一個被來自海外的醫療和看護所挽救的印度人，會降低那些現存者的生活品質和後繼的新生者。如果富國透過援外使它成爲可能，只要在 28 年內，依現前成長率的威脅，6 億人口將膨脹到 12 億人，印度人未來的誕生者會感謝我們加速他們環境的破壞嗎？我們的好意將足以讓人寬恕我們行動的結果嗎？

我最後一個行動中的公共食堂之例子是，大衆最不想去合理討論的議題之一——移民。任何一個公開質疑現前美國移民政策的明智者，立刻被控以頑固、偏見、種族主義、盲目的愛國狂、孤立主義或自私。為了不遭到這樣的指控，一個人寧願談論其他的事情，留下移民政策在特殊利益的逆流中打滾，特殊利益並不考量整體的善、或子孫後代的利益。

或許我們對前面所說的仍然感到有罪。兩個世代之前，在有關美國如何被那些假想為有較劣等基因的外來移民所「侵占」的文章中，大衆的壓力常常指向西班牙佬、義大利佬、波蘭佬、中國佬、韓國佬。但是因為這些外來移民劣等性的暗示被用來證成應排除他們，人們現在假定緊縮的政策只能建立在如此誤導的觀念上。但有其它的理由。

移民者的國家

只要考慮包括的數量。美國政府一年允許 40 萬移民的淨流入。而我們幾乎沒有資料估計不合法偷渡者的數目，有根據的猜估大約一年有 60 萬人。既然現在居民人口的自然增加（出生數超過死亡數）達到約一年 170 萬人，每年來自移民的數量至少佔年度總淨增量的 19%，而且如果我們包括了非法移民的估計，就可能達到 37%那麼多！考慮成長中的生育控制裝置、像美國家庭計劃聯盟(Planned Parenthood Federation of America)和零人口成長(Zero Population Growth)一類的組織之教育活動潛在的效應，以及通貨膨脹和居屋短缺的影響，美國女人的生育率可能下跌到讓移民成為每年所有人口增加的主要部分。難道我們不該問問是否那是我們想要的嗎？

有人會困擾於是否平均移民的「品質」比較優於平均住

民的品質，爲了平息他們的困擾，讓我們假定移民和本地出生的人恰具有同等的品質，不管一個人如何定義這個詞彙。我們在此將只對準數量；而既然我們的結論將不會依賴其它東西，所有頑固和盲目愛國狂的指控變得不相干。

移民和糧食供應

世界糧食銀行運送糧食給人民，加速窮國環境的損耗。另一方面，不設限的移民，運送人民到有食物之處，如此加速了富國環境的破壞。我們很容易理解爲什麼窮人應該想做後一個轉送，但爲什麼富有的主人應該鼓勵它？

如同在援外計劃的案例中，移民接受來自私利和人道衝動的資助。在不加阻礙的移民中原初私利是雇用便宜勞工的欲望，特別在工業和貿易所提供的下層工作中。在過去，一波又一波的外國人被帶進美國從事低廉工資的卑下工作。近些年來，古巴人、波多黎各人、墨西哥人已有了這個可疑的名聲。廉價勞工的雇主利益囓合這個國家自由知識分子的罪惡沈默。白種盎格魯撒克遜的新教徒，特別不願意要求關閉移民大門，因爲害怕被稱作頑固分子。

但並非所有家園有如此不情願的領導人。譬如，大部分受教育的夏威夷人，特別由人口成長而敏銳地意識到他們環境的限制。在這個島上就這麼大的空間，而且島民都知道這事。對夏威夷人來說，來自其它 49 州的移民和那些來自其它國家移民的威脅一樣大。在火奴魯魯 (Honolulu) 的夏威夷官方最近一個會議上，有些反諷地，我很高興地聽到一個說話者——和他的大部分聽衆一樣都是日本人的後裔，問這個州如何在實行上且在法制上關閉它進一步的移民大門。聽衆之一員反對說：「我們現在如何能關閉大門？我們在日本有很多朋友和親戚，我們想把他們帶到這兒來，讓他們也能享受夏威夷。」這位日裔美國人的說話者同情地微笑者，並且回答說：「是的，但我們現在有孩子，某日我們也會有孫子。我們能由放棄一些我們希望某天留給我們孫子的土地，而從日本帶更多的人來這兒。我們必須做那件事的權利是什麼？」

在這一點上，我能聽到美國的自由派問：「你如何能證成一度關上大門時，你是在裏面的人？你說移民應該讓他們留在外邊。但我們不都是移民、或者移民的後裔嗎？如果我們堅持留下來，我們不也應該承認其他人嗎？」我們對理智秩序的渴望引導我們去尋求且偏愛對稱的規則和道德：對我而且對每一個其他人而言的一條單一規則；昨天、今天、明天的相同規則。我們感到正義不應該因時間和空間而改變。

我們這些非印第安後代的美國人可以把我們自己視爲小偷——如果不是法律上就是道德上有罪的小偷，從印第安人的手中偷了這片土地——的後代。那麼，我們應該歸還土地給那些印第安人——現在活著的美國人後代嗎？不管這提議在道德和邏輯上聽起來如何，就一個人來說，我不願意如此，而且我知道也沒有一個其他人願意。此外，這邏輯結論也是荒謬的。假設，沈醉於純粹正義的含意上，我們應該決定歸還我們的土地給印第安人。既然，我們的一切財富均得自土地，我們不就有道德義務把我們的財富也歸還給印第安人？

純正義和現實

很明顯地，純粹正義的概念產生了無窮後退的荒謬性。幾個世紀前，明智的人在防患連續失序的利益中，發明限制的法規以便有正當理由拒絕如此純粹正義。這法則熱切地防衛財產權，但只是相對最近的財產權。在已過去的任意時間之後劃一條線可能不正義，但另種選擇更糟。

我們都是小偷的後代，而且世界的資源不公平地分佈。但我們必須從我們今天所在的地方來開始明天的旅程。我們不能重塑過去。只要人們以不同的速率再產生出來，我們就不能安全地劃分均等的財富給所有的人。如此做將保證我們的孫子和每一個其他人的孫子只能居住在一個已毀滅的世界。

對一個人自己擁有的財物持慷慨態度，相當不同於以後代的擁有財物來表現大方。我們應該讓那些人注意這一點，他們值得稱揚的正義和平等之愛、構成了公共食堂的系統——要不是在世界糧食銀行的形式上，要不就在不加設限的移民上。如果我們希望至少部分地挽救世界免於環境毀滅，我們就必須說服他們。

沒有一個眞正的世界政府去控制再生產和可利用資源的使用，太空船的分享倫理學就不可能。爲了可預見的未來，我們的生存需要由救生艇倫理學來控制我們的行動，雖然它們可能是冷酷的。後代將會同樣地滿足。

*本文經同意轉譯自〈生活在救生艇上〉(Living on a Lifeboat) *Bioscience* 24(1974).

焦點議題

1. 哈汀反對幫助貧窮和有需要的國家之主張是什麼？救生艇隱喻的意義是什麼？
2. 人口政策和世界饑荒的關係是什麼？
3. 說明「棘齒效應」？哈汀認爲去幫助不能控制人口的國家，我們的行爲就不道德，你同意嗎？

2 人口與食物：
隱喻與實際*

William W. Murdoch & Allan Oaten 原著　張培倫　譯

穆德(W. W. Murdoch)是加州大學聖塔芭芭拉分校生物學教授，著有《環境：資源、污染與社會》(*Environment: Resources, Pollution and Society,* 1975 年第二版) 一書。歐騰(Allan Oaten)也是一位任教於加州大學聖塔芭芭拉分校的生物學家，專精於數學生物學與統計學。

穆德與歐騰一開始攻擊哈汀的救生艇、公共食堂與棘齒隱喻是會使人產生誤解的，然後他們論證在理解人口及饑餓問題上，有其它事實必須加以考慮，包括父母對未來的信心、低嬰兒死亡率、識字能力、醫療保健、收入與工作機會以及適當的飲食。他們宣稱一旦留意到社會經濟條件，人口規模便會自行處理。假如我們意圖預防全球性災禍，對第三世界國家的非軍事性外援是應當且必須的。

使人誤解的隱喻

哈汀的〈救生艇〉一文實際上有兩項訊息。首先，它指出我們的移民政策太寬宏大量了，於此我們並不關心這個問題。其次，比較重要的是，我們對貧窮國家的援助，將會把天災同樣也帶給富裕和貧窮的國家：

> 隱喻上，每一個富有的國家等於是一艘載滿有錢人的救生艇。至於這世界的窮人，則是在其它比較擁擠的救生艇之上。接著可以這麼說，窮人跳脫他們的救生艇，暫時在水面上游著，期盼獲得同意上到富人的救生艇之上，或者以其它一些方法在船上得到一些「甜頭」。在富人救生艇上的旅客到底該怎麼辦呢？這就是「救生艇倫理學」的中心問題。（哈汀，1974,p.561）

在這些所謂的「甜頭」之中，糧食供應與技術援助導致了綠色革命。哈汀主張我們應該保留這些資源而不要給那些貧窮國家，因爲援助將會有助於他們維持較高的人口增加率而使問題更形嚴重。他預見了持續不斷的援助及食物的增產過程，所帶來的結果只是整個系統的全數瓦解，產生令人難以想像的大災難。(p.564)

哈汀主張，依賴單一機構來提供這些資源，世界的糧食庫將成爲共有的，那麼人們從中獲取資源的動機將會遠大於增加其中的資源；即在人口中產生一種棘齒或升降梯的作用，因爲由其所產生的人口輸入將有礙於人口過剩國家降低人口的努力。於是「財富不斷地只往某一個方向移動，即由低度人口增加率的富裕國家轉移到高度人口增加率的貧窮國家，這整個過程只有在所有國家都到達相同貧窮狀態時才會停止」(p.565)。所以我們的援助不僅帶給貧窮國家最後的災難，對我們本身而言亦是自取滅亡。

至於一些贊成援助者所預測的「溫和人口轉變」到低生育率，哈汀斷然指出其證據之份量尚不足以支持其可能性。

最後，哈汀主張貧窮國家的困境部分是由於他們自己的責任；「現在的貧窮世界似乎沒有有智慧的統治者，造成頭痛問題的貧窮國家，好像是被沒有足夠智慧和能力的領袖所統治著」。世界糧食庫的建立會惡化此一問題：「馬虎的統治者」會逃避由於他們的無能所成的結果——「反正每當碰到問題，其它人都會替他舒困解難」；「統治者或代代之間智慧的轉移，遠比財富由一國轉移到另一國來得困難」。(p.563)

哈汀提出什麼理由來支持這些論證呢？有許多是隱喻：救生艇、公共食堂以及棘齒或升降梯。這些隱喻對其主張至關緊要，因此，對之加以批判性的檢驗是相當重要的。

救生艇是最主要的隱喻。它似乎很簡單，但事實上它是過份簡化且含混的論點。當我們嘗試用它來比較各種不同的政策，便會發現，在救生艇隱喻中，大量事實情境中的相關細節若非遺漏便是被曲解了。現在讓我們來列出這些細節。

或許最重要的是，哈汀所謂的救生艇幾乎有相互影響。富裕的救生艇可能將救濟品丟在船邊，或許有時候拒絕舉辦提供膳食的集會，他們大半過著自己的生活。現實世界中，在影響食物供給、人口規模及成長這些方面，國與國接觸頻繁，且富裕國家對貧窮國家的影響非常大但卻總是不仁慈的。

首先，藉由移民、貿易戰爭以及透過國際市場，富裕國家主宰貨物的交換，此舉持續甚至加重了富裕和貧窮國家之間的不平衡。直到最近，我們由貧窮國家獲得或購得便宜的原料，然後售出他們所無法自行生產的昂貴商品。在美國，關稅結構及國內特別稅選擇性地歧視貧窮國家。而在貧窮國家內部，一項殖民時代的遺風，即關心經濟作物甚於糧食作物，現在積極地被西方跨國公司鼓勵著〔巴瑞克勞(Bareclough)，1975〕。的確，在飽受饑荒打擊的撒哈拉非洲(Sahelian Africa)，跨國農產企業(Transnational Institute 1974)主張將糧食生產改爲經濟作物。雖然四、五十年代我們常常爲了降低貧窮國家的死亡率而自以爲義地歸咎於己，但我們卻不太願意負起那些造成貧窮和饑餓結果的行動的責任。然而貧窮卻直接助長了哈汀視爲警鐘的高生育率。

其次，美國的外交政策，包括外援計畫在內，支持著「前西方式」的政體，其中許多被統治於富裕的菁英份子的利益之下，有些則是野蠻地鎮壓。因此，該計畫大量資助劣質品，並且支持那些反對足以導致出生率降低的社會變化的政治領導人。在此觀點之下，哈汀所宣稱的貧窮國家領導人和我們自己國家領導人之間的那道未被證實的鴻溝，是個殘忍的笑話；對於哈汀所迫切盼望的有權力、智慧的領導人，我們的反應往往是想盡快取代他們及其政策。選擇性地給予或是同時保留軍事與非軍事援助，成了扶持我們所喜愛的及改變我們所不喜愛的政治領導人的重要努力要素。布朗(Brown, 1974 b)特別提到 1973 年美國保留對智利的糧食援助，造成了阿連德(Allende)政府的倒台之後，他評論說雖然美國本身譴責將石油供應當作政治武器——並稱之爲「政治勒索」，但美國卻在二十幾年內運用糧食援助完其政治目的，且將其描述爲「開明的政治手腕」。

救生艇上補給品的質與量都是固定的。在眞實世界中，數量有其嚴格的限制，但絕不可能達到此界限(「加州糧食局」1974)。我們也不能提供固定比例的成果及能源給汽車旅行、寵物食物、包裝、廣告、吃玉米的肉牛、防衛及其它娛樂，這些價值遠超過外援，生產足夠的糧食去養活全世界的人才是事實。人們之所以營養不足，是由於分配及經濟問題，而非農業本身的限制(「美國經濟和社會會議」1974)。

哈汀將救生艇簡單分爲貧窮和富裕兩種，我們很難討論兩者之出生率。然而在眞實世界中，貧窮國家之間的出生率卻有很大的差異，甚至單一國家本身其不同地區的出生率亦有所不同。這些差異與其社會條件相關聯著（不在救生艇上），並可指導我們制定有效的援救政策。

哈汀的救生艇隱喻不單隱藏了事實，同時也誤導了其提案的結果。富裕的救生艇可以提升其地位並且駛離，但在現實生活中，問題並不必然只因爲它被忽視了而消失不見。貧窮國家中還有軍隊及原料問題，甚至有一些異議人士打算犧牲自己及他人生命，以反對他們認爲不道德的政策。

無疑地出現了許多反對意見，即使列表指出因爲它所掩蓋的比揭示的還多，以至於救生艇隱喻，對於嚴格的政策制定而言是相當危險且不合適的，而救生艇以及「救生艇倫理學」或許對於遭遇船難的人是個好題材，但我們相信在討論糧食——人口問題上那是沒有用的——眞的有害。

棘齒隱喻同樣有其瑕疵，它也忽略了出生率和社會條件（包括飲食）之間的複雜互動關係，意涵著更多的食物代表更多的嬰兒。它也隱藏了一事實，即死亡率之降低至少是由於某些發展，例如DDT、衛生改良、醫療進步及糧食供應的增加，以至於就算切斷其糧食援助亦不必然導致人口減少。

在其它方面救生艇一文也很奇怪地並不恰當，例如它展現出對近代文獻令人驚異的漠視。我們之所以可以期望沒有「溫和的人口轉移」的主張是建立於超過一世代之前所寫下的評論〔戴維斯(Davis)，1963〕。但貧窮國家的事件和態度卻快速地變化著；在歷史上頭一遭，大多數貧民住在有人口控制計畫的國家之中；除了少數例外，有些貧窮國家人口出生率正逐漸降低〔狄米尼(Demeny)，1974〕人口糧食困境現在廣泛地被承認，貧窮國家政府意識到其關係。再者，有許多可供考慮的證據在賦予其合適的社會條件之下（稍後我們會討論到)，可以使貧窮國家的出生率快速降低；結果，許多不成熟的關於人口成長率的計畫，對政策制定而言相當不合適。

公共食堂的悲劇

通篇救生艇一文，哈汀引用「公共食堂」支持其主張（哈汀，1968)，因此有需要對公共食堂此一論題加以批判性的評估。假如有一群私人擁有的一百隻綿羊放牧於公共草原之上，每隻羊帶來一元的年收入。現在有一位牧羊人弗列德擁有一隻綿羊，但他決定再增加一隻，可是總數 101 隻羊太多了；公共草原由於過度使用而使糧食減少，綿羊品質因此降低，收入也降到每隻羊 90 分錢。因此現在總體收入是 90.9 元而非 100 元，增加羊群數目反而使整體收入降低了。但弗列德仍然增加了一隻，此時他的收入是 1.8 而非 1。增加的收入來自於多出來的那隻羊，那是屬於他自己所享有的，比過分放牧之後所產生的損失還來的有價值，因此他以犧牲公共利益來擴充其自身的利益。

這種公共食堂的難題似乎成了一種原型，尤其是哈汀並不傾向於低估其重要性。「當前教育的主要工作之一就是創造人們這種對於公共食堂所帶來的危險之警覺，使其無論如何被隱藏，也能夠認清其重要性。」（哈汀，1974，p.562）「一旦我們正確意識到公共食堂的遍佈及危險，這都是相當明顯的；但許多人仍缺乏此意識……」（p.565）

「公共食堂」論證提供了我們一個分類難題的方便法門；救生艇一文揭示說一個寬大為懷的移民政策、分配了世界糧倉、空氣、水及海洋漁產、以及西方土地，或者說是製造了一個公共食堂。這也能夠用來處置我們所不喜歡的政策，而且「只由於一類政策中的一個特別的例子，這類政策之所以是錯的，是因爲它導致了公共食堂的悲劇」（p.561）

但即使是那麼地有用，也沒有任何一項隱喻應該如此地被深感敬畏，這種速記是可以有其用處，但也可能被使之氣餒或被掩蓋的重要資料所誤導。「所有你所需要知道關於此計畫的事情，就是它構成了一座公共食堂，因此它是不好的。」以這項建議來取消此提案，等於是主張所擬議中的公共食堂比原有之難題還要糟。假如公共食堂的難題確實如此，或許這就是個悲劇——也就是說，假如無法解釋得清楚的話。但事實確實是如此。

哈汀贊成以私有財產權來解決問題（或者藉由私有財產及出售污染權）。但是當然另有私有財產權之外的解決方法；私有財產權本身並不能保證能夠好好地節省資源。

對於公共食堂的私有財產權的一個選擇是羊群的公共財產權——或者一般來說就是用來開發資源的機器和工業——再加上爲了管理所制定的公共計畫。（再一次提醒，這個隱喻如何有利於解決問題：或許「悲劇」不在公共食堂而在羊群。很不幸的，「私有羊群的悲劇」缺乏活力。） 公共食堂的公有財產權曾在秘魯被嘗試過，對於從前的私人捕鯷業頗具益處〔葛藍(Gulland)，1975〕。中國的公社農業似乎也沒有比其它亞洲國家遭受更嚴重的過度開發。

另一個選擇是有管理的合作經營制度，葛藍(1975)曾指出，現在南極鯨產量被適當地管理著，產量正逐漸增加中（或許這就是一個公共食堂的縮影，因爲這是一個國際性開發計畫，並沒有單一國家擁有它們）。這是透過國際捕鯨委員會的運作方能達成，由其協議設定各國捕鯨限額。

以往，哈汀的私人財產權論證並不能應用於無法復原的資源。一定的折扣率、替代技術，以及對後代的平均關注一樣，私人所擁有的無法再復原的資源，如煤、油及其它礦物，相當比例被開發出來而產生最大的利益，而非爲後代保留著……

出生率：另一種可供選擇的觀點

糧食-人口的惡性循環是不可避免的嗎？瑞奇(Rich, 1973)和布朗(Brown, 1974 a)曾提出一個比較樂觀但卻不保險的假設，這假設看來越來越站得住脚：相對於棘齒計畫，人口增加率是由糧食供應以外的許多複雜條件所影響著。特別是一組已被確認的社會經濟條件可以誘使父母擁有更少小孩；在這些條件之下出生率可以快速下降，有時甚至早於獲得生育控制技術之前。因此，人口成長可以更有效地，被人類所干涉且控制著，這些干涉設定了某些社會條件，而非束手無策及相信「自然的人口循環」。

這些條件是：父母對未來的信心、婦女地位之丕變以及識字能力。它們需要低嬰兒死亡率、基本醫療保健的廣泛提供、收入及就業的增加以及高於基本生活水平的適當飲食。教育經費（尤其是基礎教育）、適當的衛生保健服務（尤其是農村醫療輔助服務）以及農業改革（尤其是對小農的援助），都將是必要的，外援可以對此有所助益。重要的是當這些改進擴展到人口問題時，援助亦可於此產生助益。藉由關心貧窮國家裡最貧困的人民，鼓勵在制度及社會上所必須要有的改革，將會更容易促成貧窮國家運用其本身的資源並開始自助。**國民生產毛額**(GNP)並不一定要很高，更不用高到富裕國家在其漸進的人口轉變時期那種樣子。換言之，在富裕國家十九世紀末二十世紀初所出現的條件存在之前，貧窮國家低生育率的目標就可以完成。

花二、三十年去發現及評估影響出生率的因素並不算久，但現在大量累積證據卻支持此一假設。瑞奇(1973)和布朗(1974 a)指出至少十個開發中國家在五至十六年的時間內每年平均降低超過千分之一的出生率。在貧窮國家中，雖然年齡層分配的結果將可預防人口的緩慢下降，但一年降低千分之一的出生率，足以使出生率在世紀之交降低到約略千分之十六的水平。我們在**表一**中列出這些國家，另外再加上三個國家，包括中國，她雖然貧窮，卻將人口出生率降到了千分之三十或更少。而在一個世代之前，其出生率也許超過千分之四十。

這些資料指出，在開發中世界，出生率的快速降低是有可能的。無疑地，人們可以辯稱，每一個例在某些方面都是很特別的，相對而言，香港與新加坡較爲富裕；巴貝多及模里西斯比較小。中國可以在其公民身上行使強大的社會壓力；但中國有其獨特的個別意義。這個國家相當龐大，但其國民生產毛額卻幾乎和印度一樣低，而在 1949 年開始了一套駭人的保健體系。埃及、智利、臺灣、古巴、南韓及斯里蘭卡等國家也相當大、處於貧窮或非常貧窮的情況（**表一**）。事實上，這些例子代表了宗教、政治體系及地理上相當大的領域，暗示著只要遇到合適的條件，這種出生率的降低比例是可以達成的。「這些國家的相同因素是，大部分的人口分享了國家重大進步所產生的經濟及社會利益……貧窮國家的低收

表一　若干發展中國家的生育衰退率及年平均收入

國家	時期	出生數／1000／每年		
		年平均粗生育率	1972 粗出生率	1973 年平均收入
巴貝多	1960–69	1.5	22	570
臺灣	1955–71	1.2	24	390
突尼西亞	1966–71	1.8	35	250
模里西斯	1961–71	1.5	25	240
香港	1960–72	1.4	19	970
新加坡	1955–72	1.2	23	920
哥斯大黎加	1963–72	1.5	32	560
南韓	1960–70	1.2	29	250
埃及	1966–70	1.7	37	210
智利	1963–70	1.2	25	720
中國			30	160
古巴			27	530
斯里蘭卡			30	110

※（這些是粗生育率，因年代分布而不太正確）

入族群得以獲得更廣泛的醫療保健、教育及工作，這在相當意義上促成了小家庭的動機，此爲大幅降低生育率的先決條件。」(瑞奇，1973)

反之確信爲眞，在拉丁美洲，古巴（國民年平均收入$530)、智利（$720)、烏拉圭($820)及阿根廷($1160)調節了貨物與勞務的眞正公平分配及相對的低出生率（分別爲27、26、23及22)。相對而言，巴西($420)、墨西哥(670)及委內瑞拉($980)卻呈現貨物與勞務的分配不均及高出生率（分別爲38、42、41)。由此看來，當大多數人口無法享受越來越多的利益時，土地生產力貧窮或相對貧窮的國家，似乎並不因此而傾覆。

經過四分之一世紀，援助工作終於幻滅，最需要援助的人們在獲取援助的過程中遭遇相當大的阻礙。部分是因爲援助計畫所被設計出來的方式，部分也是因爲貧窮國家本身人事與制度上的問題，援助僅使少數富裕階級得利。(歐文斯&蕭，1972）在一些有名的反例之中，收入及勞務的分配是不相對稱的（在貧窮國家中）——甚至比富裕國家中的情形還不公正。的確，許多人口大多自外於經濟體系，這種型態很難被打破。因此，不僅要將整個援助計畫成確實地幫助貧窮農民，同時更重要的是體制上的變化，如決策的分權，以及國家及地方發展對於地方團體和工業的更高的自主性及更強的聯繫能力，如合作農場。

因此，富裕國家尤其是美國被兩件事所質疑著：增加非軍事外援，尤其是糧食援助；以及以各種方式將之運到該國，並送到貧窮的人民手中，使之更易於加入國家經濟體制。這不是簡單的工作，尤其是後者，它無法保證可以立刻使所有國家的出生率降到最低。再者，在不同程度上，許多貧窮國家已開始其改革過程，而且近來的證據指出，援助及改革可以同時解決許多高出生率及低度經濟發展的雙重問題，這些工作一點也不困難。基於此證據，被正派感所指定的政策，是最實際且理性的。

* 本文經同意譯自〈人口和食物：隱喻和實際〉("Population and Food: Metaphors and the Reality") in *Bioscience* 25(1975)。

焦點議題

1. 這些反對哈汀論證的批判是在什麼層次上進行？
2. 穆德與歐騰對於人口成長問題的觀點是什麼？其溫和人口轉變理論爲何？他們的觀點是合理的嗎？
3. 比較哈汀的論證和穆德及歐騰的因應，他們的證據在那裏？

參考書目

1. Barraclough, G. 1975. *The great world crisis I.* The N.Y. Reu. Books 21:20-29.
2. Brown, L.R. 1974 a. *In the Human Interest.* W.W. Norton & Co., Inc., New York. 190 pp.
3. ——. 1974 b. *By Bread Alone.* Praeger, New York. 272 pp.
4. Davis, K. 1963. Population. *Sci. Amer.* 209 (3):62-71.
5. *Demeny, P.* 1974. The populations of the underdeveloped countries. *Sci. Amer.* 231 (3):149-159.
6. Gulland, J. 1975. The harvest of the sea. Pages 167-189 in W.W. Murdoch, ed. *Environment: Resources, Pollution and Society,* 2 nd ed. Sinauer Assoc., Sunderland, Mass.
7. Hardin, G. 1968. The tragedy of the commons. *Science* 162: 1243-1248.
8. ——. 1974. Living on a lifeboat. *BioScience* 24 (10):561-568.
9. Owens, E., and R. Shaw. 1972. *Development Reconsidered.* D.C. Heath & Co., Lexington, Mass. 190 pp.
10. Rich, W. 1973. Smaller families through social and economic progress. Overseas Development Council, Monograph 7, Washington, D.C. 73 pp.
11. Teitelbaum, M.S. 1975. Relevance of demographic transition theory for developing countries. *Science* 188:420-425.
12. Transnational Institute. 1974. *World Hunger: Causes and Remedies.* Institute for Policy Studies, 1520 New Hampshire Ave., N.W., Washington, D.C.
13. United Nations Economic and Social Council. 1974. *Assessment of present food situation and dimensions and causes*

of hunger and malnutrition in the world. E／Conf. 65／Prep／6,8 May 1974.

14. University of California Food Task Force. 1974. *A hungry world: the challenge to agriculture.* University of California, Division of Agricultural Sciences. 303 pp.

3 饑荒、富裕和道德*

Peter Singer 原著　張忠宏、陳瑞麟　譯

辛格(Peter Singer)略傳詳見《爲動物說話》一書。

辛格主張我們有責任援助飢民及其他受飢餓與窮困所苦的人們，他提出二個原則，一個是強原則、另一爲溫和原則，兩者皆用以說明我們有責任給予受餓的人實質的援助。其中強原則是：「如果我們有能力去阻止某些壞的事情發生，並且不會因此而犧牲任何具有**可相比擬**(comparable)之重要性的事情，在道德上，我們應該去阻止這些事。」弱原則是：「如果我們有能力去阻止某些非常壞的事情發生，而不會因此而犧牲任何在具有道德意義的事情，那麼在道德上，我們就應該去阻止這些事。」

當我在 1971 年寫這篇文章時，東孟加拉的人們正因爲缺乏食物、住所及醫療照護而死亡。發生在那裡的苦難及死亡，以任何命定論的語言來說，都不是已經註定了、不可避免的。長久的貧窮、一場暴風及內戰已經使得至少 9 萬人一無所有，然而要富庶國家提供足夠的援助，以使任何更進一步的損害降低到最低的程度，並沒有超過他們的能力，而這種救援的決定與行動可以防止更多的損害發生。但不幸地，人類並沒有做出必要的決定。就個人層次而言，人們不例外地沒有對他們的處境做出有效的回應。一般說來，人們並沒有捐贈大量的金錢給救難基金會；他們並沒有寫信給國會議員，要求增加國家援助；他們並沒有上街遊行、舉行象徵性的絕食行動，或做任何直接有益於提供難民所需之行動。就政府層次而言，沒有任何一個政府提供大量的援助，以使難民多活幾天。例如，英國較其他國家提供了更多救援，它一共付出 1,475 百萬英鎊；但相較於花在與法國合作開發的協和式噴射客機，其無法回收的經費高達 2 億 7,500 萬英鎊，而這項開支將達到 4 億 4,000 萬英鎊。這表示英國政府認爲，一架超音速運輸機的價值比 900 萬難民的生命高出三十倍。澳洲，若按每人在「救援孟加拉」(aid to Bengal)行動中之表現，是非常盡力的國家。然而澳洲之援助，其總數比雪梨新歌劇院的花費的十二分之一還少。孟加拉收到的所有援助總和目前爲止約爲 6,500 萬英鎊，而要讓難民活下去，估計需要 4 億 6,400 萬英鎊。大多數的難民住在帳篷裡都已超過六個月。世界銀行說印度在年底以前，至少需要其他國家三億英鎊的援助。顯然各國之援助不可能達到這個數字，印度將被迫選擇讓難民挨餓，或挪用其他發展計劃的經費應急，然而這將使得未來有更多印度民衆挨餓❶。

對孟加拉現在的狀況來說，這些都是重要的事實。讓我們關心的是，這並不是唯一的一次災難（除了其巨大的規模外）。孟加拉的危機狀況，只是發生在世界各地，因自然或人爲因素所產生之一連串的災難中，最近、最嚴重的一次。在世界各地，仍然有許多人在沒有災難的情況下，死於營養不良或糧食缺乏。我舉出孟加拉的例子，只因爲它是最近人們所關心的問題，而且其嚴重性確實地使得它具有適當的公衆性，沒有任何一個人或政府可以說他們不知道那裡發生了什麼事。

在這種情況中，有什麼樣的道德意涵呢？底下我將論證那些相較之下較爲富有的人，他們對於像孟加拉的這種情況的反應是不合理的。確實，我們尋找道德論題的整個進路——我們的道德概念架構——必須加以改變，以使生命之進路得到社會的承認。

在論證此一結論時，我當然不會宣稱自己在道德考慮上是中立的。然而，我將儘力論證我所採取的道德立場，以使任何一位已接受某些假設的人得以更清楚的了解，進而能接受我的結論——我希望如此。

我從這一假設開始：因缺乏食物、住所及醫療而導致苦難及死亡是壞的。我想大多數人都會同意這點，雖然他們可能經由不同的途徑獲得此一相同的觀點。人們可以堅持所有各種怪異的立場，也許由其中某些立場，會得到飢餓至死，就自身而言並不是什麼壞事，這一奇怪的結果。要駁斥這個

---

❶除此之外還有第三種選擇：印度政府可以發動戰爭，迫使難民回到他們自己的土地。當我寫了這篇論文時，印度已經採取這種方式。情況不再像我所描述的那樣，但這並不影響我在下一段文章提出的論證。

想法是很困難的，甚至也許根本不可能。為了簡單起見，我將接受前述假設，不接受此一假設者，不需要繼續往下閱讀。

我的下一個論點是：如果防止某些壞的事情發生是我們能力所及，並且不會因此而犧牲任何具有同等道德重要性之事物，那們我們在道德上就應該去防止這些事情發生。我所謂「不會因此而犧牲任何具有同等道德重要性之事物」，意思是：相較於我們所防止的事情，我們不會引起其他一樣壞的事情發生，不會做出本身就是錯誤的行為，或者不會因此而無法達成某些道德的善。此一原則幾乎與上一原則一樣不可置疑，它僅僅只要求我們去防止某些壞的事情發生，而沒要求我們去行善；它要求我們，只有在不犧牲任何從道德的觀點看，具有同等重要性的事物時，才可以去做這種事。在考慮將此原則應用到像孟加拉這樣緊急的情況時，我甚至可以修正此一論點為：如果防止某些非常壞的事情發生是我們能力所及，並且不會因此而犧牲任何具有道德意義之事物，那麼我們在道德上就應該去防止這些事情發生。此原則的一個應用是：如果我正走過一個淺水池塘，看到有個小孩瀕於滅頂，我應涉足入水，將小孩拉出水面。這表示，我將弄髒我的衣服；但當小孩的死被認為是非常不好的事情時，弄髒衣服並沒有什麼重大意義。

這個原則在敍述上無可爭議的表面是騙人的。如果人們完全依此原則——即使是修正原則——行事，我們的生活、我們的社會及我們的世界中，將從根本上完全被改變。因為，首先，此一原則沒有親疏、遠近之別。不管我能幫助的，是十碼遠的鄰居的兒子，或者是一個我甚至不知道名字的、一萬哩遠的孟加拉人，其間都沒有什麼差別。其次，此原則也沒區分當我是唯一能幫得上忙的人，或我只是幾百萬能幫得上忙中的其中一人時，有什麼差別。

我不認爲我需要說的很多，來爲此原則之不分親疏、遠近而辯護。某個人在空間上距離我們比較近，因而我們與之有個人接觸的事實，似乎使我們**應當**(shall)幫助他；但這卻並不表示我們**應該**(ought)幫助他，而非那些恰好離我們遠一些的人。如果我們接受任何關於公正性、普遍性、平等性或其他等等原則，我們就不能因爲某個人距離我們遠些（或我們距他遠些)，就將之排除在原則之外。我們必須承認，有可能判斷我們應該怎樣幫助身邊的人，比判斷我們應怎樣幫助遠在天邊的人來得容易，而且也有可能我們比較能夠提供我們認爲是必要的援助。如果情形眞的是這樣，也許我們就有理由先幫助在我們身邊的人；而這可能是我們幫助城裡的窮人，而不幫助遠在印度的飢餓難民的原因。但不幸的是，對那些想要將他們的道德責任劃地自限的人，即時通訊及快速運送已經改變了情況。從道德的觀點來看，世界發展成地球村的趨向已經對於我們的倫理處境產生了一個重要的改變，雖然此一改變尙未被認識。由餓荒救援組織或易受災地區所派出的專業觀察員或指導員，可以如城中的某個人指引城中的救援行動一樣有效地指引我們對於孟加拉難民的救援行動。因此，地理位置並不能做爲排除某些人在救助之外的理由。

我也許更有必要爲此原則之第二種意涵辯護：有數百人與我處在相同的立場——相對於孟加拉難民之情況來說，此一事實與只有我才能防止壞的事情發生的情況，兩者並沒有什麼重要的區別。當然，我承認兩者之間在心理層面上會有所差別：如果一個人什麼事都沒做，當別人指出與他在相同處境的另外一些人也什麼都沒做時，他的罪惡感會減輕一些。但是，這對於我們應負的道德義務並沒有什麼實質的差別❷。當我來到池邊，看到小孩溺水，且在不比我遠的地方也有個人注意到這種情況，如果他什麼事都沒做，我可以說我並沒有什麼義務去將他拉離水邊嗎？我們應該問問自己這個問題，然後我們就可看到，人數的多寡可以影響義務之強弱，這種說法是多麼荒謬了。這種說法是一種不採取行動的理想藉口；但不幸的是，大多數的惡——貧窮、人口過剩、污染——都是每個人都被捲入其間的問題。

人數會造成差別之觀點，若以下列這種方式陳述，就是行得通的：如果在這狀況中的每個人都像我一樣捐出五英鎊給孟加拉救難基金會，那麼我們就能夠爲難民提供足夠的食物、住所及醫療照護；我沒有任何理由要比其他處在同一處境的其他人捐出更多的錢；因此我沒有義務捐出五英鎊以上的錢。在這個論證中的每個前題都是眞的，而且這個論證看起來很妥當。它可能可以說服我們，除非我們注意到它是建立在一個假設的前題上，雖然它的結論並不是以假設性的方式陳述出來。如果他的結論改寫成這樣，那麼這個論證可能是妥當的：如果在這狀況中的每個人都像我一樣提供五英鎊，我就沒有義務捐出五英鎊以上的錢。但若結論是這樣，那麼這個論證將無法適用於那些其他人沒有捐出五元以上的

❷考慮到哲學家常常給義務(obligation)這個字賦予一些特別的意義，我僅僅將之視爲從應該(ought)這個字導出來的抽象名詞。所以「我有一個義務」，不多不少正表示「我應該去做某事」。這個用法是根據《簡明牛津英文字典》(*Shorter Oxford English Dictionary*)對於「應該」的定義而來：「用來表示責任或義務的一般動詞。」我不考慮這個字實質上被使用的意義，所有我用到「義務」的句子，都可以重新改寫爲包含「應該」的句字，雖然這麼做可能有些笨拙。

情況。當然，這是眞正的情形，我們多多少少都可以確定其他處在同一狀況的人，不是每個人都會捐出五鎊。所以，我們將無法提供足夠的食物、住所及醫療設備給難民。因此，藉著捐出五鎊以上的錢，我將可以比只捐五鎊時，防止更多的人受苦。

也許有人會認爲這個論證的結果很荒謬，既然很少人願意捐出多一點錢，那麼我，以及其他處在同一處境的人，竟然應該盡我們的能力捐出更多的錢——起碼要達到我們、及我們親人開始覺得，如果再給多一點，就會使我們自己生活艱苦的數目；也許甚至還要超過這個數目，使我們及我們的親人的生活，若再多捐一點的話，就會達到我們所要防止的孟加拉人的生活水平一樣。然而，如果每個人都這樣做，難民們就會得到比他所能運用的更多的幫助，而這許多犧牲就未必需要了。如此，如果每個人都做他應該做的事，並不會比每個人都做的少一點，或只有某些人做所有該做的事，帶來更好的結果。

這之間的詭論，只有在我們假設援助行動——捐錢給救助基金——或多或少都爲人們所推動，並且超出了預期之外，才有可能發生。因爲，如果我們預期每個人都會貢獻一點心意，顯然，每個人所應捐出的錢，與某些人不捐錢的情況相比，將會少得多。而且，如果人們不或多或少幫助推動這個活動，那麼那些捐出來的錢，在統計之後就可以知道短少多少，而我們並沒有義務去捐出超出所需的數目。這麼說並不是要否定處在同一處境的人有相同的義務這個原則，而是要指出，其他人是否捐錢，或他們是否被預期會捐錢，是一個要考慮的變數：在統計之後才知道的捐贈金額，與在事前所推估的金額並不是同一回事。所以，如果我所提出的原則會發生什麼荒謬可笑的結果，那只有在人們誤解了眞實的情況，也就是說，在他們認爲別人不會捐錢，但別人卻捐了錢的情況下才會發生。每個人都做他該做的事，其結果並不會比每個人都做得少一點來得糟，雖然每個人依照其理性而做他認爲自己該做的事，確實有可能會得到更糟的結果。

如果我們論證到目前爲止還算妥當，那麼我們離惡之防堵的距離，以及與我們處在同個處境的人數的多寡，並不會產減少我們減緩或防堵惡之義務。因此，我將我早先所提出的原則，視爲已經證成之原則。而正如前面所說，只有用修正後之原則，我才能斷定它：如果防止某些非常壞的事情發生是我們能力所及，並且不會因此而犧牲任何具有道德意義之事物，那們我們在道德上就應該去防止這些事情發生。

此一論證的結果是：我們的傳統道德範疇被弄亂了。傳統關於責任與慈善的區別無法明確地劃分出來，或至少不是以我們平常區分它們的方式來作區分。捐錢給孟加拉救助基金會，在我們的社會中被認爲是一種慈善的行爲；募集基金的被稱爲「慈善機構」，而且它們也是這樣看待自己。如果你送張支票給他們，你將因爲你的慷慨解囊而受到感謝。因爲捐錢被認爲是一種慈善的行爲，所以，不捐錢也不會被認爲有什麼錯。慈悲爲懷的人也許會受到稱讚，而無慷慨之心的人也不會受到責備。人們絕對不會因爲將錢花在購買新衣、添購新車、沒有將錢捐給饑餓救助基金會，而感到任何的羞愧和罪惡（確實，這些事情都不會發生在人們身上）。然而這種看法是得不到支持的，當我們購買衣服不是爲了保暖，而是爲了「更好看」，我們並不是在替自己提供重要的生活所需。我們不會因爲穿著過去的舊衣衫，將錢省下來捐出去，而損失什麼重要的東西；反而因爲我們這樣做，而使得其他人免於饑餓。所以，依據我前面所提的原則，我們應該將錢捐出去，而不是將之花在不是用來使我們保暖的衣服上。這麼做，並不是因爲我們慈悲爲懷，也不是因爲我們慷慨大方；它也不是哲學家或神學家稱做的**功德**(supererogatory)——一種做了固然很好，不做也沒有什麼錯的行爲。相反地，我們應該將錢捐出去，如果我們不這麼做，我們就錯了。

我不是主張沒有任何行爲可以稱做慈悲爲懷，或沒有任何行爲是做了固然很好、不做也沒什麼錯。在其他地方，我們可能得重新界定責任與慈悲的區別；但我在這裡所要說的是，目前兩者之間的區別——藉著這個區別，生活在已開發國家中的較富裕的人們，樂於將錢捐出，以拯救飢餓的人們，並且獲得慈善之美名——是不能成立的。然而，要考慮是否將兩者的區別廢除或重新界定，已經超出了我們論證範圍。有許多可能的方式可以重新劃定兩者區別，譬如：一個人可以判斷說，盡量使其他人活得快樂些是好的，但不這麼做也沒有什麼不對。

儘管我所提出的道德概念架構仍有諸多不足，但對於今日的富人與窮人來說，其中還是蘊含著許多激進的意涵。這些意涵可能導致諸多我尚未考慮到的反對，我將再討論其中兩個可能的反對意見。

其中一個反對意見可能只是：我所採取的對我們的道德架構而言，是太激烈的修訂，人們一般說來不會以我建議的方式來做判斷。大多數人都會對那些違反道德規範的人保留他們的譴責——譬如對那些違反不侵犯他人財產之規範的人。多數人會將錢捐給饑餓救助基金，但不會譴責那些深陷於奢靡習氣之人。但我並沒有準備對於人們的道德判斷提出一個中性的描述，事實上，人們的判斷方式與我們結論的有效性並不相干。我的結論是從我前面的原則中推導出來的，除非那個原則被拒斥，或論證被顯示爲不健全的，我想我的結論——不論看起來多麼奇怪——應當是可以站的住脚跟的。

然而，也許考慮我們這個社會，及大多數的其他社會，都以不同於我所建議的方式來做道德判斷，是件有趣的事情。在一篇著名的論文中，烏姆松(J. O. Urmson)提議說：責任之律令——用來告訴我們什麼是必須要去做的，而不是告訴我們一些做了固然很好、不做也沒什麼錯的事——其作用是用來防止一些無法忍受的行爲，如果人們要生活在同一個社會裡的話❸。這也許可以解釋爲什麼目前對於責任與慈悲的行爲的區分仍然能夠繼續存在的原因：道德態度是由社會需求來形塑，而且毫無疑問的，社會需要一些人來尋找讓社會之存在可以讓人忍受得住之規則。從一個殊別的社會的觀點來說，我們有必要防止人們違反殺戳、偷竊及其他等等的規範；然而，去幫助在自己的社會之外的其他就是非常不重要的了。

如果這是對我們在責任和功德之間的區分之說明，則並未證成它。道德觀點要求我們得超出我們自己社會的利益來看事情。如我已提及的，先前這可能幾乎不可行，但現在，它相當可行了。從道德的觀點看，防止在我們社會之外的幾

---

❸J. O. Urmson,(Saints and Heroes), in *Essay in Moral Philosophy,* ed. Abraham I. Melden(Seattle: University of Washington Press, 1958), P.214. 一個相關的、非常重要的不同見解，請參見Henry Sidgwick,*The Methods of Ethics*, 7th edn. (London: Dover Press, 1970), p.220-21, 492-93.

百萬人免於挨餓，至少必須被視爲在我們社會內的財富增加有相同的迫切性。

一些作家，如西齊威克(Sidgwick)和烏姆松(Urmson)，已論證了我們需要一個基本的道德信碼(moral code)，它並未遠超出普通人的能力之外，否則對道德信碼的順從將會有普遍性的崩潰。粗略地說，這個論證建議如果我們告訴人們，不准他們謀殺，而且把他們實在不需要的東西捐出來救助饑荒，但不這麼做並沒有錯，他們至少將禁絕謀殺。這兒的議題是：我們應該在被要求的行爲和雖不被要求但是好的行爲之間引出一條邊界線，以致得到最好的可能結果嗎？這似乎是一個經驗的問題，雖然非常困難。反對西齊威克—烏姆松論證路線的一個例子是，它在能對我們抉擇產生效應的道德標準上，採用了不充足的說明。已知有一個社會，它的一個富有的人，提供了5%的收入來救助饑荒，這樣頂多被視爲慷慨的，就無需驚訝於一個提議會被認爲荒謬而不切實際，該提議說我們應該施捨收入的一半。在一社會中，當其他人所擁有的少於他們所需的時候，抱持沒有人應該擁有比足以維持更多財富的主張，似乎可能有偏狹心態。對一個人而言，凡是可能做的，以及他想做的兩者，我想，都十分鉅大地受到環繞在他週遭的其他人們正在做的和期待他做的環境所影響。無論如何，對救助饑荒而言，由擴展我們應做的遠遠多過我們將做的觀念，我們將會帶來一普遍的道德崩潰似乎仍遙不可及。如果利害關係是去擴展挨餓的目的，值得冒險。最後，應該強調這些考察只相關於我們應要求他人的議題上，而不是我們自己應該做的議題。

對我攻擊目前在責任和慈善間的區別之反論，是有時已被用來對抗效益主義的一個。它從效益理論的某些形式中引出，我們都在道德上應該全時工作以增加幸福凌駕於不幸之上的比重。於此我所採用的立場不會在所有的環境中都導向這個結論，因為如果沒有我們毋需犧牲同等道德重要性的某物就能防止的壞事，就不能應用我的論證。可是，在世界各地給定目前的條件，從我的論證中將引出我們在道德上應該全時工作以解救那種由於饑荒或其它災難所造成的鉅大苦難。當然，能引證緩和環境的例子——譬如，如果我們過度工作累壞了自己，則比起我們由另一種方式所能做的更無效率。儘管如此，當所有的這種考慮已被拿來考量時，結果仍然一樣：在毋需犧牲其它同等道德重要性的某物之條件下，我們應該防止和我們所能防止一樣多的受苦。這個結論可能是我們不情願面對的一個。雖然，我不能看出為什麼它應該被視為我已論證的立場之一項批評，而不是我們通常行為標準的批評。因為大部分的人在某種程度上是自利的，我們之中很少人願意做我們應該做的每一件事。可是，採用這一點為它不是我們應該做的案例為證據，幾乎是不誠實的。

仍然可以認為我的結論如此廣泛地溢出了每個其它人所想且一向所想的想法之外，這個論證必定在某處不對勁。為了顯示我的結論——當然確定和當代西方的道德標準相反——不會在其它時間和其它地方顯得如此超乎尋常，我想引用阿奎納(Thomas Aquinas)的一段話，阿奎納通常不被認為是一位以激進答案來解決問題的作家。

> 現在，根據由上帝旨意所構成的自然秩序，提供人類滿意所需的物質福利。因此，從人類法律中進行的財產劃分和占有，必須不妨礙人類從如此福利中滿意的必然性。同樣地，一個特別富有的人，

不管自然權利有什麼，總是虧欠窮人，因爲他們滋養了他。所以，安布羅修斯(Ambrosius)說：「你有的麵包屬於饑者；你身穿的衣服，屬於衣不蔽體者；而你埋在土裏的錢是身無分文者的救贖和自由。」而且，我們也在**神明諭令**(Decretum Gratiani)中發現這觀念❹。

我現在想考察一些論點，比哲學的更實際地相干於應用我們已達致的道德結論。這些論點挑戰的不是我們應該做一切我們能做的以便防止饑荒，而是放棄大量的金錢援助是達到這個目的的最好工具。

有時，據說援助外國應該是一個政府的責任，並且因而吾人不應該讓私人的慈善流傳。據說，私人的贈予允許政府和社會之**不捐助成員**(noncontributing members)逃開他們的責任。

這個論證似乎假定若存在著私人贈予的人們，組織的饑荒疏困基金越多，政府就越不可能接管如此援助的責任。這個假定不受支持，也全然不能合理地打動我。相對的觀點——如果沒有人自願地付出，政府將假定它的公民對饑荒疏困沒興趣，而且不希望被強迫去提供援助——似乎更合理些。無論如何，除非存在著拒絕濟助的確定機率，將有助於帶來大量的政府協助，那些拒絕自願奉獻的人們，毋需指出他們的拒絕帶來了任何可觸及的有益結果，就可說他們拒絕

❹*Summa Theologica*, II-III, Question 66, Article 7, in Aquinas, *Selected Political Writings*, ed. A. P. d'Entreves, trans. J. G. Dawson(Oxford: Basil Blackwell, 1948), p.171.

防止一定量的受苦。所以如何證明他們的拒絕將帶來政府行動的責任是在那些拒絕濟助者的身上。

當然，我不想介入這爭論，即富裕國家的政府應該提供它們現在所給的多少倍量之眞正、無附帶條件的幫助。我也同意私人的濟助並不足夠，而且我們應該在活動上爲饑荒疏困之公共和私人捐獻兩者，提倡整個全新的標準。的確，我將會同情那認爲提倡是比自個兒濟助更重要的人，雖然我懷疑倡議一個人實際沒做的東西，是否會有非凡的效果。不幸地，對很多人來說，「它是政府的責任」這項觀念是一個不濟助的理由，它也未顯出涵蘊了任何政治行動。

另一個不捐獻饑荒疏困基金更嚴重的理由是直到那兒有著有效的人口控制，否則疏解饑荒只是延後餓死的時間而已。如果我們現在援勝救了孟加拉的難民，其他人，或許這些難民的孩子，將在一些年的時間後面臨饑餓。支持這一點，吾人可以引證當前爲人熟知的人口爆炸事實和相對有限的生產擴張餘裕。

這一點，像先前一個，乃是反對解救現在發生的受苦之論證，因爲它有一個關於未來可能發生的信念。它不像先前一點，它有很好的證據能被引用來支持有關未來的信念。在此我不將進入證據。我接受地球不能無限制地支持以目前速率成長的人口。這一點的確爲任何認爲防止饑荒是重要的人提出了一個問題。可是，吾人再次能接受這個論證，而毋需得到它免除了吾人做任何事以防止饑荒的任何義務。應該得到的結論是，長遠地看來，防止饑荒最好的工具是人口控制。那麼，將從這個稍早達到的立場中引導出吾人應該做一切吾人能促進人口控制的事（除非吾人堅持所有人口控制的形式本身是錯的，或者將會有攸關重大的不良結論。既然有著特別從事人口控制的機構，則吾人能支持它們的確是防止饑荒之更正統的方法。

稍早達到的結論所引起的第三點，相關於吾人應該施捨多少才剛剛好的問題。我們已提及的一個可能性是我們應該施捨到抵達**邊際效益**(marginal utility)的水平——也就是，在該水平上，再多給，我將對我自己或我的扶養人帶來和我的施捨所解救的人一樣多的受苦。我提議更溫和的版本——我們應該防止壞的事件發生，除非我們必須犧牲具道德意義的某事——以便展示甚至在這個確信不可拒絕的原則下，大幅地改變我們的生活方式是必要的。在這條更溫和的原則下，可以不引出我們應該降低我們自己到邊際效益的水平之下，因爲吾人可能抱持降低吾人自己和家人的需求到將會造成有意義的壞事發生。是否是如此，我不將討論，因爲如我已言及，我不能看到有什麼好理由來主張該原則的溫和版本而不是強版本。即使我們只在該原則的溫和形式上接受它，可是，應該很清楚的是我們必須付出足夠的份量以便保證這個消費社會——其本身依賴於人們花費金錢在瑣事上，而不是濟助饑荒疏困——將遲緩下來，或許整個地消失。有幾條理由甚指出爲什麼這將是本身值得追求的事。經濟成長之價值和必要性現在不僅爲保守主義者所質疑，也同樣地爲經濟學家所質疑❺。毫無疑問地，這個消費者社會也在它的成員之目標和目的上有了扭曲的效應。然而純粹從援外觀點來注視這件事，對於我們應該深思熟慮減緩我們的經濟成長

❺參看，譬如John Kenneth Galhraith, *The New Industrial State* (Boston: Houghton Mufflin, 1967)；和E. J. Mishan, *The Costs of Economics Growth*(New York: Praeger, 1967).

到某範圍，必有其限制；因爲下列可能是事實，即如果我們付出我們**國民生產總額**的 40%，我們將減緩經濟成長如此之多，以致在絕對的數量上，我們所給的將小於如果我們有較大的國民生產總額時，只要付出 25%的數量，該較大的國民生產總額是由我們限制我們自己貢獻較小的百分比時所達到的。

我提及這一點，只是做爲這種因素的指示，而吾人將必須在理想的計算結果上考量該種因素。因爲西方社會一般視國民生產總額的 1%爲可接受的援外水平，這件事整個地是學術的。它也不影響一個社會中的個人應該濟助多少的問題，在該社會很少人付出了實質的份量。

有時據說，雖然現在通常比過去慣例要少，哲學家在公共事務上也沒有特別的角色可資扮演，因爲大部分的公共議題原始地依賴於事實的評估。據說，事實的問題，哲學家本身沒有特別的專長，如此才能從事哲學而毋需使自己陷於任何主要的公共議題上之立場。無疑地，有某些社會政策和外交政策的爭議，能夠眞正地說在選擇立場或行動之前，需要實在地對事實作專業評估，但饑荒的問題肯定不是這些問題當中的一個。有關苦難存在的事實超出爭議。我想，也不是爭辯我們能做有關它的某事，要不是透過饑荒疏困的正統方法，就是透過人口控制或兩者並行。因而這是一個哲學家能勝任於決定立場的議題。這議題面對了每一個有著比支持自己和扶養人所需者更多金錢的人，或者那有地位採取某種政治行動的人。這些範疇必定包括了實際上在西方世界的大學中之每一個哲學教師和學生。如果哲學該處理相干於教師和學生兩者的事材，那這是一個哲學家應該討論的議題。

雖然，討論並不足夠。如果我們不嚴肅地採取我們的結論，則把哲學家關聯到公共（和人格）事務的要點是什麼？在這個例子中，嚴肅地採取我們的結論意謂依它而行動。這個哲學家將不會發現比任何其他人去改變他的生活和態度到某個範圍更容易的事，如果我是對的，該範圍包含了做每件我們應該去做的事。最後，雖然吾人能重新開始。如此做的哲學家將必須犧牲消費社會的一些好處，但他能在生活方式的滿足中得到補償，並且在該生活方式中，理論和實踐即使尚未和諧一致，至少正結合在一塊兒。

後　記

孟加拉的危機攪動我寫下上述文章，現在只剩歷史的旨趣而已，但世界的糧食危機仍然更加嚴重。當時美國所保有的鉅量穀物已經消失了。漸漲的石油價格使開發中的國家之肥料和能源兩者都更昂貴，而且使它們很難生產更多食物。同時，他們的人口繼續成長。幸運地，當我現在寫這後記時，世界各地並無重大的饑荒；但在幾個國家中的貧民仍然挨餓，而且營養不良依然非常普遍。因此，所需的援助正如當初我寫上文時一般地大，而且我們能確信，沒有救援，將再次會發生大饑荒。

我所寫的有關貧窮和富裕間的對比，也和過去沒有兩樣。眞的，富裕國家經歷了衰退，而且或許不如它們在 1971 年般地繁榮，而更貧窮的國家也因衰退而受苦，表現在政府救濟的縮節（因爲如果政府決定刪減支出，他們視外援爲可犧牲的項目之一，譬如，先於國防或公共建設計劃）以及他們所需購買的貨品和物資的價格上漲。無論如何，比起富國和窮國間的差別，整個衰退是瑣碎的；在富國當中最窮的國家比起窮國中最富的國家，維持著無可比擬的優越。

所以在個人和政府的層次上，現在援助的案例維持和1971年一樣地大，而且我不想改變我那時提出來的論證。

可是，有一些強調的事，如果我來重寫該文，可能會稍有不同，而且這些關切點中最重要的是人口問題。如我當時已寫的，我仍然認爲饑荒疏困只是延後挨餓除非做某事以控制人口成長的觀點不是反對援助的論證，它只是一個反對所應給的援助「類型」之論證。那些抱持這觀點的和不是抱持這觀點的人同樣有義務付出以防止挨餓；所差的是他們視協助人口控制計劃爲長遠看來是防止挨餓更有效率的方法。可是，我現在將提供更大的空間來討論人口問題；因爲我現在認爲，如果一個國家拒絕採取任何步驟來降低它的人口成長率，我們就不該援助它，這個說法有著嚴格的主張。當然，這是一個非常猛烈的手段，這個選擇代表了一個必須採行的、非常可怕的選擇；但，如果在對所有可行訊息作了不情緒化的分析之後，我們得到長遠地看來，沒有人口控制我們將不能夠防止饑荒或其它的大災難的結論，那麼，長遠地幫助那些國家更人道的方式，可能是準備採用強烈的手段以降低人口成長，並且使用我們的援外政策當做壓迫其他國家採行類似步驟的工具。

可能有人會反對如此一政策難免有威壓一個主權國家的企圖。但既然除非援助可能有效地降低挨餓或營養不良，否則我們便沒有援助的義務，我們不需負如此的義務，即去援助一個不努力降低人口成長率而導致大災難的國家。既然我們不能強迫任何國家來接受我們的援助，簡單地使得我們不將幫助沒有效果的地方，不能恰當地被視爲威壓的形式，變得很清楚。

我也應該澄清，這種將減緩人口成長的援助不只是協助設立避孕的能力和執行結紮。它也必然創造人們不希望有如此多小孩的條件。這將包含了在其它事物間，提供人們較大的經濟保障，特別在他們上了年紀之後，以後他們不需要大家庭來提供他們安全保障。如此，設計來降低人口成長的援助和設計來消除饑餓的援助之要件，一點兒也不是互無關聯的；它們重疊在一起，而且後者通常是前者的工具。我相信富裕國家的義務是兩者並做。幸運地，當前，在援外領域中有如此多的人們，包括那些私人的行爲，他們都意識到了這一點。

另外一件我現在將提得稍微不同的是，我的論證當然可應用到發展上的協助，特別是農業發展，就和應用到直接地饑荒疏困一樣。的確，我想前者通常是較好的長期投資。雖然，這是當我寫那篇文章時的觀點，而我從需要的是立即的糧食之饑荒情境開始的事實，已經誤導某些讀者去假設，該論證只是相關於提供糧食，而無關於其它援助的類型。這是相當地錯誤，而且我的觀點是不管什麼類型的援助，最有效的就是我們應該採行的。

在更哲學的層次上，已有一些對最初文章的討論，有助於澄清問題並指出某些區域需要更多的論證。特別是，如亞瑟(John Arthur)已在〈援助的權利和責任〉(Rights and the Duty to Bring Aid)［包括在本冊之中］一文中，展示了有關「具道德意義(moral significance，或道德重要性)」的觀點需要多說一些。問題是，要給予這個觀念的說明包含了相當於一個完全的雛形倫理理論；而我自己傾向於效益主義的觀點，在寫作〈饑荒、富裕和道德〉(Famine, Affluence, and Morality)中我的目標是產生一個論證，不只訴諸於效益主義者，而且也訴諸任何接受這論證的最初前提者，似乎對我來說，它可以獲得非常廣泛地接受。所以我試圖環繞著此需求以產生一個完全的倫理理論，並由我的讀者以他們自己對什麼是具道德意義的版本——在限制之內——來塡滿，然後就可看到道德結論是什麼。這個默契合理地運作於那些準備同意穿流行服裝此類的事務實在不具道德意義的人當中；但亞瑟說人們能採用相反的觀點並沒有明顯地不合理，他也是對的。因此，我並不接受亞瑟的主張：弱原則涵蘊了極少或者沒有行善的責任，因爲這將對那些承認——如同我認爲大部分的非哲學家和甚至不警戒的哲學家將會承認——他們花費相當的總額在不具道德意義上的項目者，意味了具有意義的行善責任。但，我同意，儘管如此，弱原則是太弱了，因爲它使避開行善責任太過容易。

另一方面，不管具道德意義的觀念沿著效益主義的路線發展，或是再次留給個別讀者自己誠心的判斷，我認爲強原則將會成立。在兩者之一的情況中，我將論證反對亞瑟的觀點：我們是道德地有資格賦予我們的利益和目的較大的比重，單只因爲它們是我們自己的。這個觀點似乎相對於如下觀念——現在廣泛地爲道德哲學家所分享——即某種不偏不倚或可普遍化的元素本有地存在於一個道德判斷的觀念中。〔對於這個觀念的不同公式之討論，以及指示在某範圍內它們是一致的，參看赫爾(R. M. Hare, “Rules of War and Moral Reasoning”, *Philosophy and Public Affairs I*, no. 2, [1972]〕在正常的環境下，如果我們承認我們每一個人首先爲我們自己的生命負責，而對他人只是次要的責任，允許這一點可能對每一個人都更好。可是，這並不是一項終極道德，而只是從考察一個社會如何可能最好地安排它的事務中所得出的次要原則，並且自己知道這個社會在人性上只有有限的利他心態。我認爲，如此次要原則將被人們挨餓至死的極端邪惡掃到一旁。

*"Famine, Affluence, and Morality" by peter Singer, *Philosophy and Public Affairs,* I, no.3 (1972) : pp.229-243. 本文經同意後轉譯自普林斯頓大學出版社。(Princeton University Press)。

焦點議題

1. 檢查辛格的強原則：「如果我們有能力防止壞事發生，毋需因此而犧牲同等道德重要性之任何事，則我們在道德上應該做它」你同意它嗎？說明之。
2. 辛格的弱原則是什麼？它如何不同於強原則？你同意辛格有關我們有義務犧牲以便幫助那些遠方的國家嗎？如果我們嚴格地採納辛格的原則，將會發生什麼？

4 給予援助的權利與義務*

John Arthur 原著　蔡偉鼎　譯

亞瑟(John Arthur)是紐約州立大學賓哈坦分部的哲學教授，及法律與社會計劃的負責人。主授社會哲學與政治，主要著作有《未完成的憲法》(*The Unfinished Constitution*) (1989) 等書。

亞瑟主張，辛格(Singer)的效益主義原則無法考慮到那些富裕者的權利。什麼東西「在道德上是有意義的」乃是隨人之不同而有所不同。他接著提出另外一種理論，在此理論裡，慈善原則有時會要求富裕的人不去實行他們的消費的權利，如果這種消費是以犧牲他人的生命爲代價的話。

一

無疑地，那龐大且持續成長的世界飢荒發生率，對那些擁有過剩的便宜食物之幸運的少數人而言，構成了一主要的問題（其既是道德上的且也是實踐上的問題）。我們對於肉類的消費習慣的例子顯示出這個道德問題的嚴重程度。美國人現在的肉類消費是 1950 年時的二又二分之一倍。（最近大約是每人每年 125 磅）然而，肉類是極無效率的一種食物來源。動物所吃下去的全部卡路里中，只有很小的比例是被存留於這些要被我們吃掉的肉中。將近 95%的食物是因爲餵養牲口及吃食牲口而被浪費掉的，並沒有用來生產那些人們可直接消費的穀類。因此，這些被美國人大部份地間接以肉類方式消費掉的相同食物量，以（相對地無肉的）中國飲食方法來看，能夠餵養 15 億的人口。如果美國人能乾脆藉著改變長期飲食習慣而直接消費穀類，同時將過剩的食物供給飢餓的人，則大部份的（即使不是全部的）世界食物危機將可以被解決。假若如此，再加上聯想到動物遭宰殺所受之苦的這種嚴重的道德難題❶，則這整個支持素食主義的論據看來似乎是挺強的。

我在這裡只想討論這兩個相關的難題中的其中一個，即那些少數富裕的人對飢餓的人的義務。我以思考彼得・辛格最近討論關於這個主題的文章——其題目爲：〈饑荒、富裕和道德〉(Famine, Affluence, and Morality)（亦翻印於此

❶Peter Singer, *Animal Liberation* (New York: New York Review of Books／Random House, 1975)。

冊中）❷——作為開始。我主張辛格無法確立這項宣稱，即：有這種義務的存在。這個看法同時對於他的那個觀點的強的和弱的解釋都是成立的。接著我繼續展示，權利的作用必須被賦予比起諸如辛格那種的效益主義理論所允許的，有更多的重要性。既然善意之義務能夠而且常常凌駕其他的權利（例如財產所有權），所以富裕者與飢餓者兩方的權利都被指出是道德上有意義的，但並非在其自身具有決定性。最後我要論證，在特殊的條件下，富裕的人有義務不去實行他們消費的權利，如果此消費是以犧牲他人的生命為代價的話。

二

辛格的論證有兩個步驟。首先他主張有兩個普遍的道德原則應被接受。接著，他宣稱這些原則蘊含著一個消除饑餓的義務。第一個原則就是：因缺乏食物、庇護及醫療照顧而受苦及死亡是壞的❸。這個原則看來是明顯為真的，而我將幾乎不會談到它。有些人可能會傾向於認為，惡的存在本身才把義務負加在其他人身上；但是這正是辛格所提出來的問題。我認為，他用這訴諸明顯的方式並非是在乞題，而且將會從惡的存在本身推論出替其他人消除饑餓的義務。但是他是如何連繫這兩者的呢？正是由他所想出的第二個原則顯示出這項連繫。

這個必然的連結是由此原則的兩個版本之一所提供的。

❷Peter Singer, "Famine, Affluence, and Morality," *Philosopy and Public Affairs,* I, no. 3(Spring 1972)。

❸同上。

辛格所提出的這第二個原則的第一個（強的）公式如下：

> 如果在我們的能力範圍內可避免壞事發生，而不因此犧牲任何具可相比擬的道德重要性之事物，則我們道德上地應去做此事❹。

較弱的原則僅是以「任何道德上具有意義的」此措辭來替換「可相比擬的道德重要性」。他繼續發展這些想法，說：

> 「不犧牲任何具可相比擬的道德重要性的事物」——我是意指，不造成任何其他可相比擬的壞事之發生，或不作某些自身即是錯誤的事情，或無法促進某些道德善（某些與我們所能避免的壞事在重要性上是可相比擬的）❺。

這些評註能夠僅僅藉由消除此陳述中「可相比擬的」一詞而被詮釋爲弱的原則。

當然有一個問題是，是否這兩個原則其中之一應被接受？有兩個方法可以用來做到這點。首先，它們能藉由哲學的論證而顯示從合理健全的諸前提中引導而來，或者從一個一般性的理論中推導出來。其次，它們之可以被證成是因爲它們是支撐著諸特殊的道德判斷之基礎，而我們已接受這些判斷爲眞。辛格並沒有明確地採取這兩種方法的任一者，雖然他似乎屬意於第二種方法。他首先談及那些他視爲是這些原則的「不受爭議的外觀」。然後他應用這些原則到一類似的事例，在此事例裡，一個溺水的小孩需要援助。辛格的論證

❹同上。

❺同上。我假定「重要性」與「重要意義」是同義的。

要點是，既然溺死是壞的，而且可以防止它而不需犧牲某些在道德上有意義的事物，所以拯救這個小孩是必須去做的。他進而宣稱，不論是強的或弱的版本都足以建立這項義務。例如，弄髒人的衣服不是「道德上有意義」的，因而其也無法證成不履行此行爲乃是正當的。他論文的最後部分則致力於論證如下主張：小孩的情況和饑民的類比是恰當的，在饑民的情況當中，地理上的距離和其他人的行動意願不可被接受爲不行動的藉口。

三

我關注的並不是末尾的這些問題。我毋寧是要集中焦點於第二項原則的兩個版本上，透過以下兩點來討論這兩個版本，即：(1)是否它是合理的，與(2)如果是的話，是否它確立了提供援助的這項義務。首先我將處理弱版本，論證它無法達成步驟(2)。

這個版本讀爲：「如果在我們的能力範圍內可避免壞事發生，而不需因此犧牲任何道德上有意義的事物，則我們在道德上應去做此事。」辛格後來宣稱：

> 可是，應該很清楚的是我們必須付出足夠的份量以便保證這個消費社會——其本身依賴於人們花費金錢在瑣事上，而不是濟助饑荒疏困——將遲緩下來，或許整個地消失❻。

「在道德上有意義」此一重要觀念大部份地仍未被分析。這

❻同上。

裡有兩個例子：弄髒人的衣服及「穿著得體」。這兩者都是道德上不具意義的。

也許辛格會被人反駁說，這些事情都是道德上有意義的。例如這兩者都可以是減低審美價值的例子，而且如果你認爲審美價值是內在本有的，則你可以恰當地質疑這個宣稱，即「『穿著得體』是在道德上不具意義的」。然而，有一更嚴重的反對意見被喚起。爲了看到這點，我們必須去區分「穿著得體」此一事實的可能價值與某些人藉由「穿著得體」而獲得及創造出來的樂趣底價值這兩者間的差別。——當然，也與因「穿著不當」而來的不快（這是要被避免）的價值相區分開。

「這種樂趣不幸具有某些道德上的意義」這個情形能從下面的例子裡看出。假設這是可能的，而你僅只唱一首「狄克西」合唱曲，就能消除所有的那種某些人會因穿著不當而經驗到的不快與困窘。當然，這樣做也會是個道德上有意義的行爲。對你而言，如此做就是好的，甚至不去做即是錯的。同樣地，丟泥巴到別人的衣服上雖不是一件很大的錯事，但確實不是「不具任何道德上的意義」。

那麼似乎是這樣的，弱的原則（雖然也許是眞的）並沒有普遍地建立出一個去爲受飢人們提供援助的義務。是否它眞的在特殊的事例中是如此，乃是依存於這個提供援助的人所花的代價之性質而定的。假若這個援助者的損失是有價值的，或者假若這損失會導致某人不快的增加或快樂的減少，那麼這個原則無法要求這項義務要被接受。

去問「正好要多少的援助才會符合這原則？」是有趣的。如果我們能假設，援助者會因其援助而以某個最低限度的方式能有所受益——而且他們都是有理性的——則也許最佳的答案是，被要求達到的援助層次即是那實際被給予的層次。否則的話，爲什麼人們不會給多一點呢，如果對他們而言，在他們選擇去保有的事物中沒有價値的話？

在我剛才描述的那些道德上具有意義的損失之外，仍有進一步的難題，其在考慮到強的原則時將會變成特別重要的。對許多人而言，「他們及其他人對於他們自己的目標及計畫有一特別的關係」這一點是他們道德感的一部份。也就是說，當某人在下抉擇時，比起對別人所持有的目標來講，他可以適切地較爲看重這個他所欲求的結果。這通常被表達爲一個權力或資格❼。因此，例如如果 P 在一個正義的社會分配中得到某些好處 X 而不違犯其他人的權利，則 P 對於 X 有一特別的權利，以至於 P 有權看輕其他人欲求。P 在確定是否他應將 X 給予其他人時，不需要忽略「X 是他的」這個事實；他是公平地得到它的，而且對於要怎麼處理它有特別的發言權。如果這點是正確的，則這是一個具有某種道德意義的事實，因此也會阻礙了我們從弱的原則推論出這個沒有人必須去援助他人的義務。在下面的一節中，我將會依循這個論證的路線來考慮此原則的強版本。

四

許多人（特別是那些傾向效益主義的人）可能會接受前述之言，相信這兩個原則中較強的那個才應被採用。他們會

❼羅伯特・諾錫克(Robert Nozick)在最近的書中(*Anarchy, State, and Utopia,* New York: Basic Books, 1974)，論證這種權利是廣泛地反對國家權威的。

論證說：「畢竟眞正的問題是，把有錢人的資源應用到飢荒問題時所能產生的善之總量，相較於當這些資源花在第二輛車、房子、高價位的衣服等等所產生的小量的善之總量時，這兩者間有著很大的懸殊性。」我將會假定這些事實如同這個宣稱所提示的那樣，是正義的。換言之，我將會假定這是不能被合理地論證出來的，即：譬如有藝術或文化的價值(1)會因爲各種財富的重新分配而喪失，及(2)其與那應被消除的饑荒在價值上是等值的。因此，如果這強原則是眞的，那麼它就會要求徹底地改變我們關於富人對於受飢的人們之諸義務的共同理解（而不像弱版本那樣）。

但是正如辛格所提示的，這一點是眞的，即：如果在我們能力範圍內可避免壞事發生，而不因此犧牲某些具可相比擬的道德重要性之事物，則我們道德上地應去做此事。在這裡，關於「道德重要性」一詞的意思之問題比起在弱的版本裡甚至是更激烈的。所有被弱的原則所要求的是，我們能夠區分在道德上有意義的行爲與那些在道德上不具意義的行爲。然而在這裡，另外可供選擇的行爲之道德上的意義必須同時被承認與衡量。而根據辛格的理論，這點是如何做到的呢？不幸地，他在這裡幾乎沒有提供任何幫助，雖然這點對於評價其理論是具有決定性的。

我將會討論「可相比擬的道德意義」一詞的一個明顯的解釋方式，論證它是不充分的，並接著提出我認爲一個充分的理論應該要考慮的某些因素。

假定給予援助不是「自身不好的」，那麼辛格在評價義務時，唯一其他會被其視爲在道德上有意義的事實就是行爲結果的好或壞。辛格的強版本明顯地類似於行爲效益主義的原則。關於饑荒的問題，這個解釋易於遭到前面第三部份結尾裡所提起的反對意見，既然它不考慮重要因素的多樣性（例如額外看重諸如自己的選擇、利益及所有權這種明顯的權利）。我現在希望去考慮這個主張的更多細節。

考慮一下下面這些我認爲相當平常的道德難題之例子。一個明顯的你可以用來幫助別人的工具就是你的身體。許多你多出來的器官（眼睛、腎）都能給予別人而使其結果比起你同時保有兩隻會導致更多的善。你也許不能看得比以前更好或活得比以前久，但是那對於其他人所獲得的利益而言並不具有可相比擬的意義。然而，「這是你的眼睛，而且你需要它」這個事實當然是不具有重要意義的。也許能有些例子，在那裡吾人有義務犧牲我們的健康或視力，但是「它並非在每個因你如此做而有（稍微）更多的善之例子裡都是眞的」這一點是淸楚的。第二，假設有一個女人在選擇是否要留在丈夫身邊或離開。諸道德上相關的因素都沒有指示出她該如何做（這兩者的結果看來似乎約爲等量地善，而且沒有打破誓言、欺騙或任何其他的問題），所以她儘可以做出最好的決定。但是，假設除了這個因素外再加上另一因素，即：留下來的話，這個女人將不能追求她爲自己設定的生命計畫裡的諸重要層面。也許留下來的話，她將會被迫犧牲掉她想要追求的事業。如果唯一在道德上具有意義的諸事實僅只是她的選擇所造成的結果，那麼她大概得丟銅板來做決定（假定她之留下來具有某種特徵，與她在失去此事業時將會經驗到的不快具有等量的重要性）。不過，「某些她視爲自己所選擇的目標」這一事實當然是有重大意義（假定她不違犯到其他人的權利）。畢竟，這是她的生命及她的未來，而且她有權以那種方式去處理它。不論是在這些例子中的哪一個，這個人甚至都不被要求去把他或她的家庭之福利等同於他或她自己的目標及幸福，更不用說整個世界了。就算事實表明其他人甚至可以因其追求其他的方向而稍微獲利多點，但是這也不足以顯示出他們應該去做那些不同於他們所選擇的行爲。像奴隸般的行爲當然不是一個所有人都必須去實現的義務（雖然它也許不是件壞事）❽。

我認爲，在解釋這個重要性時（我們將此重要性放置於「允許人們在最大的範圍內追求其目標」上），上述分析還不夠完全。對於那些屬於我們自己的事物具有權利及資格，反映出了關於人們的重要事實。我們每個人都只有一個生命，而且它對我們每個人而言具有獨特的價值。你的選擇無法來構成我的生命，我的選擇也無法去構成你的。「在道德上有意義」之純效益主義式的解釋方式讓人在下抉擇時，不指定對個人之目的與利益給予特別的重視。它不爲這樣的說法提供基礎，即：雖然採取某種路徑也許會有較大的整體善，但是一個人仍有權爲某些理由去追求別的事物。

那麼，似乎「決定是否給予受饑的人們援助會犧牲某些具有可相比擬的道德意義之事物」這件事要求去看重「這些人有權對他們自己的利益——在那裡，他們的未來或（公平地獲得的）私人財產是被我們所討論的——給予特別的重視」這一事實。精確地說，「可以有多大的比重？」是我將簡短地考慮的一個問題。這裡的論點是，關於消除饑荒的義務所需做到的程度之問題仍未被解答。我的論點是，不管「道德上具有意義」是如何最佳地被理解，它是太簡單了，以至於其

❽支持「奴役是錯的」之論證參見湯瑪斯·希爾（Thomas Hill），"Servility and Self-Respect," *The Monist,* Ⅷ, no.4（January 1973）。

不能去建議說：只有這被產生的整體善才是有相關性的。如果讓吾人的小孩能接受高品質的教育是個目標，(然後假定這些資源是公平地取得的) 它之爲一個目標自身的這個事實即提供了額外的影響力而去看輕其它使用這些資源的方式，包括這個會將整體善最大化的方式。進而，如果這些爲此目的而被使用的資源是合法地被擁有的話，則那也是某種家長們有權去考慮的事情。

讓我們回到溺水小孩的例子，這個相同的論點也可成立。假設他之不去干涉是這個人生命方式的一個重要部份。也許這個路過的人會相信上帝之意志正顯現在這個特殊的溺水事件中，而且強烈地看重「不去干涉上帝的計畫之實現」。當然，這對於「是否這個人有義務去干涉」這個問題是有相關性的，即使當因爲干涉而促進最大善的情況時亦是如此。當我們說「一個人有義務以某種方式行動」時，此行爲之對於這個人所具有的意義，必須不僅只遵循這個行爲的所有其它特徵而被考慮，而且也是在決定那個人之責任時具有特殊的道德意義。然而，這裡需要更多的說明。

例如，假設這個例子是這樣的：一個路人看到一個小孩正在溺水而不去援助，不是因爲有另一個重要的目標之故，而是因爲出於無利可得。這類的情形並非不尋常，就如同人們不去揭發他們正目睹暴力犯罪時的情形。我假定任何在諸如此類的處境中不去行動的人都正在做錯事。正如同早先被討論的效益主義原則的例子，這個溺水小孩也是描繪著一個有所限制的例子。在前面，沒有任何重要意義因爲這個女人的選擇是她的選擇就被分派給它。然而在這裡，其他人的利益未被衡量。一個可被接受的慈善原則會介於這兩個有所限制的例子中間。那麼，另外可供選擇的行爲之相關的道德意義就能藉由應用這個原則、區分義務的行爲與慈善的行爲，而被決定。

概略言之，我已論證出，不論是先前辛格所講的強或弱的原則，皆無法提出一個解決富裕與飢餓之問題的充分答案。它的基本問題出在他對「道德上有意義」的看法已給了那些具有這種意義的諸因素之正常的概念後，我論證出弱的原則不能帶引出任何的義務。接著我論證出強的原則（其接近於行爲效益主義）是錯誤的。對於這個原則之基本的反對意見是，它無法考慮到那些在任何對此原則之適當的形構中必須被考慮到的情況之諸特殊層面。

五

如我較早所建議的，慈善原則之完全適當的公式是依存於一個關於權利的普遍理論。這種理論不能僅只包括慈善原則，且也要對權利與義務的整個範圍加以說明，並給出一個衡量相衝突的權利的方法。在這節中，我要討論多種與慈善、義務及權利相關之問題當中的某些。在最後一節裡，我則提出我所相信會是充分的慈善原則。

一個最近已被湯姆蓀(Judith Thomson)所批評的看法建議❾：不管何時存在有一責任或義務時，必須也有相應的權利。我假定我們想說的是，在某些例子中（例如溺水小孩）具有著一慈善之義務，但是這也意味著說這個孩子有權被援助嗎？在這裡，也許關於「權利」一詞的只是語義上的問題，

❾Judith Jarvis Thomson, "The Right to Privacy," *Philosophy and Public Affairs,* IV, no.4(Summer 1975).

但是也許它也有更深層的不一致。

我建議，不論我們稱它「權利」與否，基於慈善的義務與其他義務之間有重大的差異。有兩個差異是重要的。首先，那個有義務去援救溺水小孩的人並沒有做出任何會造成此一情況的事情。但是，讓我們比較這個例子與一個不去拯救他人的救生員之類似例子。在這裡，有一明確的意思：溺水的受難者有權要求另一個人盡其最大的努力來拯救他。吾人達成了一協議，認爲救生員對受難者的福利有責任。在某個意義上，這個救生員得將那些游泳者的目標當作是自己的目標。不去援助是一種特別的不義（對於那個路人則否）。說「救生員不去行動乃是一個違犯權利的例子」似乎是十分適當的。

第二個關於溺水小孩之例及權利問題的重要論點是，路人沒有對這個小孩設法採取積極的對策。這能對比於一個行動，是可以對一個溺水小孩所採取的行動，小孩因此行動就不會溺死。再一次地，這裡把這種行爲歸之爲對一個（生命的）權利之違犯。其他對諸權利的違犯也似乎需要做出一行爲，而不是僅只不去行爲——例如，私有財產權（竊盜）及隱私權（不經許可而偷聽）。這個溺水小孩及饑荒的例子之爲錯誤，並非因爲去行動，而是因爲不去行動。

因此，在善意之義務與其他義務（在那裡有一權利是明顯地在爭議當中）之間有重要的差異。不去援助的例子（不像對違犯權利的情形一樣）既非是那種採取積極行動的例子，也不是那種由於富人或路人之先前所做的行爲而具有責任的例子。然而，這並不因此就說，援救其他人的強的義務不會出現。明顯地，（至少）在那些不會對路人有重大冒險或代價的例子裡，吾人應去援助這個溺水的小孩。這點是眞的，即使這個孩子沒有明顯必須被援助的權利亦然。

進而，如果一個溺水的小孩需要在未獲允許的情況下使用某人的小艇（對私有財產權的違犯），那麼它仍應該被做。給予援助的義務能夠凌駕那些沒有違犯諸權利的義務。這裡最好該如此說，給予援助的義務與沒有違犯到權利的義務兩者皆能重於另一者，此乃依其所在的處境而決定的。在諸行爲同時包括違犯權利及不去執行給予援助的責任之處（救生員之不去援救），這個義務比起任一者單獨自己來看時都要強些。以這種方式來描述這個情境乃意味著，雖然在一個意義上這個小艇的主人、富裕的消費者及路過之人有權不去行動，但是他們仍有義務不去執行那個權利，因爲有一個更強的給予援助的義務。

針對這一點有些人可能會傾向說，事實上這個路人沒有權利不去援助。但是這個主張是有歧義的。如果它是說他們應去援助，那麼我同意。然而仍有另一論點說，食物的擁有者有權以他們所認爲最恰當的方式去使用這些食物。它有助於強調：在這些例子與那些需求之對象不是合法地被任何人所擁有的例子（例如，倘若這溺水小孩需要的不是另一個人的小艇，而是一根圓木）之間有一道德上的差異。說「在善意原則凌駕於私有財產權之處，私有財產權失去了」，就是隱藏這個差異，即使它是道德上有意義的。

其他人在談及這些情況時也許會傾向說：這個說「某人對其食物、時間、小艇或任何東西有一權利」的論點乃是，其他人不應干涉著去強迫別人給予援助。一個辯護這種看法的人也是可以接受我的這個主張，即：事實上這個人應去援助。那麼這可以被這麼論證：因爲他們不是正在違犯其他人的權利（被拯救），而且他們對這個善事物有一（私有財產）

權利，所以其他人不能經由國家權威強迫他們提供援助。

這個主張明顯地在法律及政治哲學中引起許多問題，而且是在本篇論文的討論範圍之外。我的立場並不預先排除掉那些救助窮困者之善良人的律法，但也不暗示它們。那是一個需要進一步論證的深一層的問題。「吾人有一道德上的權利去做 x，但有義務爲了其他的理由不去執行此項權利」這點讓「是否其他人能夠或者應該使那個人去實現這個義務？」這個問題仍保持爲開放的。

如果我所說的是正確的，則有兩個關於飢餓的一般性論點就可以得出來了。首先，即使富裕的人有權使用諸資源去追求自己的目標，而不提供援助，他們也可以強烈地被強制不去執行這項權利。這是因爲在這些處境裡，善意之義務正凌駕於其上。這種義務的存在與範圍只有藉由發現出這些互相衝突的原則中的相對重要性，才能被決定。

其次，即使「此路人及此有錢人在不去援助的情況下，沒有違犯其他人的權利」是眞的，其仍可以是這樣的情形，即：他們強烈地不應該這麼做。當然，他們之行動甚至也會使其比原來的情況更糟（讓這小孩溺死或送有毒的食物給饑餓的人，因而違犯了他們的權利）。然而，所有顯示出來的都是，不去援助不是道德上最該被反對的方面（其在這些處境下是能被想像的）。這樣的論點很難爲不去行動建立出正當性。

六

我早先論證出，不管是辛格的弱的原則或是效益主義原則都不是我們所要追求的。前者會（錯誤地）蘊含著很少的或者毫無善意之義務，而後者則沒有充分地重視富人的權利與利益。我們所需要的是一個可以給用來決定這樣的一些處境的原則，在這些處境中其他人的需求會對我們產生出一個給予援助的義務（其比起那些富人去追求他們自己的利益及盡其所欲地使用其私有財產來講，是更爲迫切的）。

下面的這個原則（其類似於效益主義原則）似乎是更充分的：如果在我們的能力範圍內能防止一無辜之人死亡，而不需犧牲任何有實質意義之事物，那麼我們道德上地應去做它。當然，現在的問題是去精確地決定「實質的意義」是什麼意思。我假定，沒有任何出自於其他人的權利之義務是在這裡出現的，例如像我們的小孩之被扶養的權利。對那種義務的考慮會超出現在這篇論文。我在這裡所關心的是限制在這些例子，那裡有著給予援助的問題（這個問題裡沒有明顯的要求援助之權利出現）或爲了其他（較喜歡的）目的而使用資源問題。

在決定「是否『什麼是富人要放棄的？』有其實質意義」時，兩個問題是重要的。首先，我們可以客觀地詳細說明人們有的那些需求，並承認：除非這些需求已被滿足，否則給予援助的義務並不存。如果沒有它們的話，一個人在肉體上就不能繼續運作的事物（例如：食物、衣服、健康照護、住所供給以及去爲我們自己提供這些事物的那種充分的訓練），都被包括在有實質意義的需求內。

然而這點似乎也是合理的，即：在一個人被強制去幫助他人得其所需之前，諸特定的心理事實應被衡量。例如，如果沒有某些深一層的善事物，你就不能有一更適度的幸福生活，那麼它當然也就是某個你有權去擁有的事物。這就提示出第二個、主觀的標準，它也應被用來決定是否其他某些事物是沒有實質意義的，而且因此不應以犧牲他人之基本需求為代價而被消費掉。我相信最好的表達方式就是這麼講：如果沒有 X 也不會影響到一個人之長期幸福，那麼 X 是不具實質意義的。「長期幸福」一詞我意指包括任何（如果未獲得）會導致吾人生命長期不幸的事物，而不是某些事物（即那些缺乏它們會有短暫的失落感，但很快就被遺忘了的事物）。因此在正常的例子中，因為，為了拯救溺水的小孩，而弄髒了衣服，後者並不具實質意義，所以善意之義務就凌駕於其上。然而，如果為了解除饑荒去拍賣某些所擁有的事物會意指著，這個人的生命（從一長期而言）比起實際所是的較不幸福，那麼這些所有物是具有實質意義，那麼這個人執行其所有權而不給予援助就不是錯的。如果這些所有物那時被拿去拍賣，則它就會是個慈善的行為，而非一義務的實現。這個相同的分析亦能被提供給我們所做的其他選擇——例如，我們的時間如何去花掉，及是否去捐贈器官。如果這麼做會導致你的視覺不佳，而且會使你的生命長期較不幸福，那麼你就沒有義務去這麼做。

如果我已說的是正確的，那麼一旦我們對於那些為了過一幸福生活所需的所有物之依賴減少，則慈善之義務就會增加。如果一個人的長期幸福不依賴（第二輛的）車子及高價位的衣服，那麼這個人不應去買這些商品，而以犧牲其他人之未被實現的需求為其代價。因此，人們的慈善之義務會多樣化（其依他們的心理性質而定）。

不買一新車、房子、衣服或其他任何東西對於吾人長期幸福的實際影響之問題，當然是個困難的問題。我自己的感覺是，如果這個原則要誠實地被應用，那麼我們之中的那些相對富有的人就會發現，我們所花費的大部份資源及時間都應被用來給予援助。這個義務之所及範圍，最後必須藉由詢問「是否某些善事物之缺乏實際上會導致一不被滿足的需求，或導致其擁有者較不幸福？」而被決定，而且那是個介於我們每個人及我們的良心之間的問題。

總括之，我已論證出，辛格的效益主義原則不足以建立「消除饑荒之行爲是義務的」的這個主張，要不是這樣的一種義務仍然存在的話。富裕之人及饑餓之人兩者的權利都要被考慮，而且有一個原則是被支持的（這原則闡明了這些處境，在那裡它是個責任，而非僅只是慈善地去提供援助給其他未滿足其基本需求的人）。

＊本文經同意譯自 William Aiken 及 Hugh LaFollette 所編的 *World Hunger and Moral Obligation* (Englewood Cliffs, N.J.：Prentice-Hall, 1977)。

焦點議題

1. 亞瑟對辛格之立場的主要批評是什麼？請說明。
2. 亞瑟之積極權利的理論是什麼？
3. 什麼是亞瑟的另一可供選擇的善意之理論？並且它是如何影響我們其他的權利的？

5 有限食物世界中的理性和道德

Richard Watson 原著　彭涵梅　譯

瓦特生(Richard Watson)是華盛頓大學聖路易士校區的哲學教授，與帕堤·瓦特生 (Patty Jo Watson) 合著《人和自然——人類生態學的人類學論議》(*Man and Nature, an Anthopological Essay in Human Ecology*)。

瓦特生從義務論角度出發，即在一不足的世界中，公平律的法則要求我們就算可能導致著全球營養不良或人類種族的滅絕，仍要公平地分享我們的食物。

幾年前，詹森總統曾說：

> 我們有二億人，他們有三十億人，而他們想要我們已有的東西，但我們並不打算把東西給他們。

我在這篇文章中檢視了在食物有限的世界裏，理性行爲和道德行爲二者間的衝突。下述的話看起來是不合理的——而且可能是不道德的——即，當可能導致每個人營養不良時，仍要公平地分享所有的食物。支持不均等分配的諸論証是由個人、國家及全人類的觀點而提出的。但這些論証無效，因爲（即使「在面臨著生存的威脅時，還要分享有限食物」的要求是不理性的）平等性的道德原則把分享排列在生存之上。我接受平等法則，並以挑戰這個意識型態基礎（其將分享當做非理性的）爲目的。

道德和理性行爲間的對比仰賴於人與物的區分。道德思考屬於個體行爲，此行爲藉由直接施加在他人身上，或者施加對他們有利害關係的事物上而影響他人。道德的內容很廣泛，因爲幾乎每件事都和人們的利益有關聯，且幾乎任何行爲都可能影響到他人。

如果理性和道德行爲的外延是相同的話，那就會沒有道德的存在，如此，就沒有與道德環境相繫的這兩端之對比了——理性和道德都在同一端上，而且道德性不存在另一端上。這兩端與進化論的自然主義相結合：如果把人看成是在進化中倖存下來的動物是道德的，則增加到本能上的理性就是行爲的最佳判準，而且對道德性的個別訓練與之無關。只有在這兩端之間，理性和道德方能相衝突。

在這兩端之間，有些道德學者使用「理性的」一詞來指示那些傾向道德行爲的決定，用「實用的」去指示那些可容於不這麼做的決定。這些詞的運用常常建構出特殊的辯詞，辯護一立場而來博得同情，此立場要嘛嚴格說起來不是理性的，而是「合理的」(因爲它是「正確的」)，要嘛嚴格說起來不是道德的，而是「實用的」(因爲它是「應該」要做的)。這些二面下注的方法將理性和道德二者內容上之人與物間尖銳的區分給隱藏起來了。合理的和實際的行爲在一程度上(即它們不是明顯地要嘛是道德的，要嘛是不道德的) 明顯地是理性的。當理性和道德衝突時，會出現迷惑，但是沒有任何折衷之處。

藉由僞裝了實用外衣的理性，對於道德的攻擊，是如此平常以至於幾乎不被人注意。實用性將道德排除於行爲的決定因素之外，這種情形特別常出現在工業化的國家中。很多人宣稱生存的實用律令排除了道德行爲，甚至被那些想成爲道德高超的人所排除。如果「去成爲有道德的」只是實用的，則所有人會都很樂意這麼做。

在食物有限之世界中是很難成爲道德的，因爲最高的道德原則是平等原則，平等原則是立基於「所有的人類是對生命的必需品有著同等權利的道德上之平等者」這個信念。如此一來，人類間的差別待遇應只基於他們所自由選擇的行爲上，而不是基於他們出生和環境這些偶然事件上；再具體一點地說，每個人對於可獲得的食物都有平等分享的權利。

然而，我們發現我們自身處在一個世界，許多食物和人口專家對此世界斷言如下：

1. 全球人口的三分之一 (西方世界) 消耗掉世界三分之二的資源。

2. 全球人口的三分之二 (第三世界) 營養不良。

3. 全球資源的平均分配將導致每個人都營養不良。

雖然這個討論已經足夠，仍有一個簡單的証據可以証明上述的陳述是眞的，西方世界的許多人——特別那些擁有責任和權力的人——了解並接受了它們。

這些道德和事實上的信念導出了這個現實的結論：雖然在道德上我們應平等地分享所有的食物，且我們西方人吃的東西遠比我們所需要的還多；但平等的分享將是徒勞無功的事（不理性的），因爲那麼做的話沒有人能得到良好的營養。故沒有什麼實際行動能緩和營養不良的情勢，任何食物的分享只是形式上象徵罷了。

例如，實際行爲——就道德而言——可以降低食物消耗量到每個西方人都剛好夠營養，但如果將多出的平均分給世上其他三分之二的人口的話，他們仍然會營養不良。如此，很容易就找出了一個絲毫不分享的理由：它既不能解決營養問題，也不能改變道德處境。三分之二的人依然營養不良，而三分之一的人依然耗掉的遠比就每個人有同等權利而言，平均每個人分到的食物多出許多。

另一個針對不平等分配的論証如下：所有人都同樣道德的，因爲每個人都有權利得到充足營養，向一個擁有許多食物的人要了太多食物，雖然他的食物多到不需要考慮剩餘的，但這種行爲仍是不道德的。任何人拿走了食物，他的行爲就是不道德的，那怕那個人是處於瀕臨餓死的邊緣。這個論証可以用二條進路來進行：某人只要簡單地說剝奪他人所有物是不道德的，但如果有人懷疑道德本身，他可以聲稱道德在此刻是自相矛盾；因爲如果我必須平等地分配食物，行爲才稱得上是道德的話，那麼爲了自身營養充足而奪走他人（我自己）的食物，就是行爲不道德的表現。並請注意一件事，即在平均分享所有的食物的情形下，營養不良不再是一些人而已，而是每個人都會面臨的事情；有人可能會因而爭辯說：剝奪一個人擁有充足食物的權利，而導致二個人食物不足，這種行爲稱不上道德，恰當的道德應該是保持目前的不平等，這樣至少有人能享受到他的權利。

不過按照傳統西方道德的最高標準而言，就算每個人會因而營養不良，也應該公平地分配食物。這種說法遭某些人的嘲弄，他們把地球比擬爲救生艇、孤島，或者太空船；在上述處境下，人們總要求較強壯的人分到的食物比身體較差者少。我們雖然現在尙無跳船的必要，但爲了盡所謂的道德義務而均分食物的話，馬上每個人都會一樣地虛弱。

有鑑於此，營養均衡的少數人也許該試著藉解決每個人的營養問題，或是生產夠世上每個人食用的食物，或者以人性化的方式降低世界人口數目到均分的食物能使每個人都得到充足的養分等等方式來加強自身地位的道德。這裡要面對的困難是：國際間提供食物援助的國家是工業化國家，它們要求政經系統能持續下去，而這系統正仰賴於有限物品❶不均衡分配。在現今全球趨勢來看，由一個工業化國家試著提供每個人食物是不可理喩（悲慘）的事，誰會願意爲此受苦呢？畢竟營養均衡的市民很明顯地對國家的存續而言是重要的；至於以人性化的方式降低世界人口數目，現在並無任何具體可行的辦法；因此國際援助的具體措施會以解決當前營養問題爲首要的理由，而排除一時不平等分配。在政治和經濟尙未全面（不實際）革命的情形下，平等分配卻是不可能

❶請看理察・瓦特生（Richard Watson）的"The Limits of World Order", *Alternatives: A Journal of World Policy* (1975), pp. 487-513

的事。

這些論証看起來符合道德，但其實不然，每個人類個體或國家都該享有營養充足者同等的權利，它的更高原則是每個人都對生活必需品有平等的權利。平等律在道德上，主要是強調公平地分享，其次才考慮到所分享到的東西。更高道德法則是**平等本身**（equity per se），因此，道德行爲是要求均分所有的食物，而不管結果爲何。這條強硬路線明顯是由像康德（Immanuel Kant）和瓊斯基（Noam Chomsky）的道德主義者所定下的；結論可能不合理（用傳統說法是不實際和不理性），但絕對是道德的。這並無可驚異之處，一般咸認道德上的考量——如果認眞點兒的話——超過互相衝突的理性。

有人爲了道德，甚至必須犧牲掉自己的生命或國家，例如，戰犯忍受拷問只爲了當個（也許是死掉的）愛國志士，就算理性告訴他與敵人合作並不會傷害任何人，他仍保持緘默。類似地，如果某人是道德的，他得在公平分享（即使每個人會因此死亡）的原則下分配食物。如果有人期許自己是愛國者或是道德的，就算有個行爲一定能救自己，也不可拿來做行爲不愛國或者不道德的藉口。沒有一條道德律會僅僅爲了救個人性命或國家，就赦免他不道德的行爲。在爲了道德本身而堅守道德原則及因爲身爲天主教徒緣故而忠於天主教徒規範二者之間，存在著嚴格的分析，在道德世界中充斥著陷阱和獅子，但總訴諸最高的標準。最終的試驗總聽命於最高法則——放棄或者死亡——而如果在形勢艱難之時止步，則不可能達到道德。

我已把許多細節問題放置一旁——諸如分配食物的技術問題——因爲細節並不能改變鐵一般的結論。如果每個人類的生命在價值上平等，那麼平均分配生活必需品，就算不是最高的道德責任，也是異常地高。高到至少不在乎會失掉生命，但多數人不能接受：即使到了國家覆亡，或所有的人滅亡的時候，也必須均分食物的觀點。

若每個人死去，就沒有道德範疇可言。實際地說，能活著是最優先的事。只有活著，人才可能固守平等法則，所以假設生存律在道德上高於平等律，這是很合理的。雖然人不太可能會爲了救國家而力爭不均分食物——因爲國家總是來來去去的——但卻會爲了人類種族的存續的必要而力爭不均分食物。那是，有些大團體——當今三分之一的世界人口——至少在全人類中應該是營養均衡的。

然而從個人觀點來看，人類——如國家一般——是沒有道德關聯的；從自然主義者的觀點，存在是首要的考量點；從道德主義者的觀點——如前面所指出的——有時可能要犧牲存亡問題；在道德的環境，道德行爲所引發的人類種族的存亡問題根本不重要。

解決理性和道德間衝突的可能方法是挑戰道德只限於個人行爲的觀念。有個辦法是打破人和事間的區分；這得建立起諸如「人類」、「國家」、「人類種族」等抽象事物的道德階層；那它們就有生存權，如同人類有生命的權利般：我仍關心這些事物的存活，不只僅是因爲人類對它們有興趣，而是因爲毀掉它們就是本身不道德的。

在西方，**法人**（corporation）的法律提供對待事物如同人類的理論基礎❷。法人組織像國家、教堂、商業公司等長久在西方社會中享受特別的階級，法人組織的權利精確地由合法的條文、在法人組織裡人的觀念所規限住，史東（Christopher D. Stone）說，法人組織同個別人❸一般，甚至有時還超過個體，享受很多合法權利。所以當我們多數人不慣於混淆如石頭的日常事物和有人的房子，幾乎每個人同意視法人組織爲人的合法系統。系統中絕大多數的親蜜及效益都在支持著法人團體和獨立個人一樣享有權利並且與人類是道德上平等的錯覺。

談到這些基礎，有人辯駁是因爲法人組織的大小、重要性和權力，所以制度的權利優先個人的權利。的確，就程度而言，法人組織是由經濟或者州政府所限定，人們則仰賴且順從於這些制度底下。實際地說，制度的需要第一，人們的需求也許隨著制度的滿足而達到滿足，但和制度的需求比較起來，卻是次要的。置個人需求於優先是不邏輯、不實際的想法，因爲人們和人們的需要只限定在社會情況中，制度第一的原因是由於它們是人存在的先決條件。

上面論証意圖支持現有團體，但難題是它僅僅提供一些團體比個體的人更有優先權而已，而不包括美國或者是西方。不過它眞的提供人類種族優先權的論証。

如果在社會權利下，人類的權利如同虛擬者，置整個種族存亡權利於個人存亡之上是理性的，除非種族能存續下

---

❷請看克利斯多福・史東(Chirstopher D, Stone), *Should Trees Have Standing? Toward Legal Rights for Nature Object* (Los Altos, Calif: William Kaufmann, 1974).史東以爲爲了要保護國家公園等東西，我們應比照對團體一樣，給予合法人權。

❸同上書，p.47：「在法律虛構下，它愈來愈像獨立個人了，有自覺意識」又「法律系統盡其可能地維持它是獨立個人的錯覺」（ 註 125 ）許多公眾人物都發現如果他們將自身法人化，則比單獨個人享有較高的法律地位。

去，否則沒有任何人能存活，因而個人生命權順服在種族生命權下。如果唯藉不公的分配食物來維持健康的血統，種族才能存活的話，那當其他人挨餓而卻有人擁有很多食物，這在道德上仍是正確的。只有在食物充足到可餵飽全部人時，我們才有資格談到公平地分配食物。

法人團體可能眞的有道德地位和道德權利。但明顯的，法人組織合法地位如同虛擬的人一般，在道德上並未和眞正的人享有平等地位，也不可能高出於人。立法機關可能會很驚訝地發現人們視法人組織如同人類的人，更別說是一有道德之人。不過，因爲法人組織的合法權利是基於個人權利的，且常以近乎人的方式對待法人組織，因而造成了轉換。

今日少數的理論家會主張國家或全人類是人格的行爲人❹，但只意謂理論上的理想主義不復存在。不幸地是，它的影響力仍在，所以有必要給法人組織不是眞實的人格之主張一個論証。

明白地說，法人組織不像你我一般，我們是有自覺的主體，而法人組織卻不是，它根本不是行爲人，更不是一個道德的行爲人；所以甚至不需要視法人組織爲一虛擬的人。一般而言，人和其它事的區分在於人是自覺地執行意志的主體，而其它事物則不是。

權利的擁有主要是依靠於主體的自我覺醒，也就是說主體必須是眞正的人；如果它是自覺的，則它擁有生命權。就

❹史東（Stone）（同上書，p 47）的確說過：「組織……擁有意志、心靈、目的和慣性，並以它們自身方式顯現，即能在知覺到構成它們、且是它們事奉的對象之具體人類時，超越變遷而留存下來。」但我並不認爲史東實際地相信法人組織就像你和我一樣的人一般。

主體成爲一道德平等的人而言，自覺意識是必要條件，而非充要條件；道德平等依仗在主體同時也像大多數人類一樣，是一肯負責的道德行爲人。一個執行道德意志的行爲人必須有負責的能力，即有能力去選擇、自由地行動，且不論主體是否能認可結果，都能坦然接受自己的抉擇後果。一個人只有在了解自己是人，一個能做出選擇且接受結論的人，才稱得上有責任感的執行道德意志的行爲者。

如上所說，交互的權利和責任是道德行爲人的基礎，而一個眞正道德的行爲人是道德平等性的必要條件。只有在主體能以負責的態度回報，才算是能對某些事負責；因而我們對其他人有責任，而他們也有相對的權利。我們對事物並沒有責任可言，而它們也沒有權利可享。如果我們在意某事，這是因爲它們關係到人們的利益，而不是因爲事物本身賦予我們的責任。

本文一開始就提及道德主要涉及衆人的人際關係，主張那些沒有責任、也不是道德行爲人的事物根本就沒有意義；總地說，去談任何一個沒有權利、也非實在人的東西都是荒謬的事。甚至於談法人組織的合法權利，也是騙人的。那些權利（和相互的責任）實際是屬於在法人組織裡有利益的獨立個人。國家或者全體人類根本就沒有任何權利，更別說它們的權利會凌駕於個人之上。

保留國家和全人類的基本原因是，一旦它們不存在，道德領域也將不存在。此點若就單獨個別國家而言是錯的；但個人的存在確實依賴在種族存亡上。然而雖然人人都得行道德行爲，但在道德領域中卻沒有確切的法則；因而我們爲了個體自身的存亡利害，不得不退而追求延續全體人類的命脈。上述的研討顯示平等律在道德上是高於生存律則，我們也可再次做出結論：就算公平分配食物會導致人種滅絕，也必須要均分食物。

那麼難道沒有辦法製造充裕食物，使每個都得到均衡營養嗎？除了減低消耗量到最低的地步之外，西方也許可以考慮停止餵養如貓、狗等非人動物。但也有些人〔如辛格（Peter Singer)〕說，只要有知覺——能感受痛苦的能力——就意謂動物在道德上，是和人❺站在平等的地位上。我以爲非人動物不是道德行爲人，它們不享有肯負責、有自覺意識的人之權利。且再想到動物的本性，我們很合理地以爲：如果非人動物眞有權利，也僅僅只是爲生命奮鬥的權利而已，並不包括生命權。事實上，西方人若眞地不再拿稻穀餵牛、羊和豬，就省下極可觀的食物給人們。就算如此，可能也不夠每個人得到充分的營養。

請容我指出一點：史東（Stone）和辛格（Singer）試圖在道德考量中，打破人和另一方面某些事物（法人組織）和動物之間的區分。然而還有更深刻的反人道主義運動也試圖打掉二者間的區分。在全世界中，高比諾（Gobbineau）、戈培爾（Goebbels）和希特勒的信徒打著國家的旗幟，力行種族滅絕，把人當成非人動物或者是物品對待。恐怕把如人類共同體和非人動物的實有物——它們並不是道德意志的行爲人——當成具有權利的人來對待的結果，不會如同我們以對人的一般方式對待國家公園和雞，反而會變成我們支持那些以非人動物和事物的方式對待我們人類。

❺請看彼得・辛格(Peter Singer), *Animal Liberation* (New York: The New York Review of Books／Random House, 1975)

現代社會的利益全然不在於法人法律的組織內。就算絕大利益是針對好的——這一點我一點也不確定——法人團體的法律假設仍顯示出：團體需要優先於個人的需要。用現代的話，對法人團體的崇敬導致當今人們打著國家，甚至是全體人類的至高無上權利旗號，把世界食物和資源的分配的不平衡當成是符合道德的正當情形，以爲全體人類的存亡比任何單獨個人的生命權重要得多，這種看法根本是錯的。

這個結論是蠻荒謬的，但卻不是道德本身的錯誤。我們應該平等地分享所有食物，至少要能使每個人都得到適當的營養。除了食物以外，所有生活必需品都該平等分享，使每個人至少都滿足身爲人最基本的需求。結論強硬地要求我們，不管每個人會挨餓或全人類滅絕，還是必須要平均分配所有的食物。不過，即使是平分食物，人類當然還是會活下來，因爲在相當多的人死去後，就有多出來的食物餵飽殘留的人。悲慘的前景不代表平等律則出了問題；相反地，它突顯出社會結構以公平地分配生活必需品是「不實際」和「不理性」的怪象，代表了社會組織內存在著嚴重問題。

在另一意識形態的結構下，道德行爲可能既實際又合理。如同前文所述，平等分享只有在透過經濟和政治上的革命才有可能達成。而這很顯然地正是我們當前所需要。

＊經同意轉譯自《世界饑荒和道德義務》(*World Hunger and Moral Obligation*) eds. William Aiken and Hugh LaFollette (Englewood Cliffs. N.J.: Prentice-Hall, 1977)

焦點議題

1. 瓦特生的平等律是什麼？它對世界饑荒會有什麼作用？
2. 道德和理性間的關聯爲何？根據瓦特生的說法，是否合理就合乎道德呢？你的觀點又是如何？

6 素食主義和「另類體重問題」*

James Rachels 原著　彭涵梅　譯

拉塞斯爲支持素食是一道德責任而辯護。他以爲吃肉會浪費可以餵飽飢餓人們的有價值的蛋白質，再加上它給動物們引來巨大傷害，因此結論吃肉是不道德。

現今報章雜誌上，在非洲、拉丁美洲及其他地方飢荒的報導旁邊，往往是些美體沙龍或瘦身計劃的廣告，這現象對飽食的美國人傳達出基本控訴。腹部漲大的兒童正依偎在乾扁乳房上吸奶的這些圖片訴説著另類「體重問題」❶。(譯註：隱喻著『責任』)

❶Coleman McCarthy, (Would we sacrifice to aid the starving?) *Miami Herald,* 28 July 1974, page 2F。

在我們所吃的東西和我們對所控制食物的處理方式中，存在著一些道德問題。我將在這篇文章裏討論其中幾點。我的結論之一是吃肉在道德上是錯誤的。就如同我曾經以爲的一樣，許多讀者會發現這不合理且甚至相當荒唐的。畢竟，吃肉在我們建構良好的日常規律中是很正常的一部份；人們已習於肉食，許多人難以想像代替肉的飲食會是像什麼樣子。所以我們很不容易認眞去思考肉食是錯的可能性。而且，提到素食主義，通常會聯想到教義不爲我們接受的東方宗教，甚至是想到毫無理由根據的健康論調，細讀素食者文獻可能更加強了一種狂妄的印象：小冊子寫著類似「素食的勝利」的標題、承諾著人只要保持無肉飲食，將有完美的健康並充滿了智慧。當然，我們能略過這種胡扯，但仍有其他支持素食主義的論証，是需要好好思考的。其中近來廣爲人支持的一個論証與世界的食物短缺有關。在做一些初步的討論後，我將處理這論証。

一

根據聯合國食物和農業組織，每天大約有一萬伍仟人死於營養不良，其中一萬人是小孩子。超過數百萬的人雖沒死，但卻長久生存在飢餓的邊緣，過著悲慘的日子。飢餓集中在貧窮的未開發國家裡，是七千萬吃得過重之美國人所看不到的地方。

當然，在美國也有一些營養不良的情況——最保守的估計四千萬的美國人窮到得接受聯邦糧票計劃的援助，雖然眞正被幫助到的只有不到這個數字一半的人。但這統計數字很容易被誤解：因爲許多這些美國人並不是沒有足夠東西吃，也不是正在挨餓。他們並未遭遇人的生命被極端剝削到長久地不顧一切追求食物的地步。更甚的，就連較輕微的營養不良都是令人困窘、難以置信的事。我們並非窮困國家，特別不是在食物上。我們擁有廣大的富饒農地，且以令人驚異的效率使用它（雖然我們在使用土地的一些重要方式上是非常低能地，這一點我稍後會提及）。美國農場的穀產量每英畝約3050 磅，只有日本每英畝 4500 磅明顯比較好，但日本是在一百畝土地中靠 87 個人力，才達到此收獲量；而美國每百畝只需用 1 個人而已❷！如果有美國人沒有足夠東西可吃，這絕非因爲缺少食物的緣故。

當有人正處在挨餓，而我們有過多的食物時，就不該浪費多餘的，而應該將之善用在需要的人身上，這點並不需要非常複雜的論証去顯示。研究報告指出平均每個美國家庭丟掉的垃圾中，有 10%是買來的食物❸。當然，在每頓飯後試著打包吃剩的青豆和馬鈴薯，且把它們送給窮人是很不實際的。但如果我們買少一點東西，而把多餘的錢捐給專門處理購買我們沒買之食物並轉給需要者的機構，這並非不實際的。

論証會依下列方式提出：首先，假設你正要丟棄一堆對你沒用的食物，當有人提議把食物拿給街道中挨餓的小孩。很淸楚地，你若拒絕對方的提議仍堅持將食物丟到垃圾桶中，這是不道德的。其次，假使這提議是請你不買多餘的食品，而把錢提供給小孩，如果你拒絕且繼續買一些鐵定會丟

❷這些數字是根據在 1969-1971 年的報告。它們是從James, Grant, "A new Development Strategy", *Foreign Policy,* 12 (1973)

❸其中的一報告在*Time,* 26 January 1976, p.8。

棄、不需要的食物，難道會比較沒有不道德嗎？在這二個例子中，只有一重大差別是提供金錢援助會比吃剩下的食物，更能有效地給予小孩更好的營養。除了些微的不方便——你得小心地購物——以外，這點改變對您的利益而言，並沒有什麼不同。在每個案子中，你都付出食物和錢的相同組合做結束。所以，如果說拒絕把多出的食物給小孩而硬丟入垃圾桶中是不道德的；則在我們能少買一些且能把多的錢捐來疏解饑荒時，仍舊買食品、浪費食品的行爲，同樣也是不道德的。

二

有時我們會聽到這樣地的反駁：疏解饑荒的努力是徒勞無功的，因爲世上某些地區人口過剩及未開發的問題是不可解決的。〈餵飽數百萬的饑者〉是這麼地說：「他們的存活只會多產生上百萬的饑者。當那些貧窮且太過擁擠的國家人口成長兩倍、三倍多時，將有一個我們難以想像規模的饑荒。這些國家所需要的是控制人口和建立健全農業系統。但是，不幸地，這些國家在既有的宗教、政治和教育情況及由無知的一代和令人厭煩的困窮引起的全面性文化的失調，這些目標是不可能達成的。所以現在我們必須去面對一事實：不管多大量食物的輸入，只會拖延不可避免的饑饉，更可能使情勢惡化。」

有一點須承認的是，如果情況眞是這樣的無望，那麼我們沒有義務提供餓者幫助，我們沒必要去採行沒有助益的步驟。這個論証的問題在於它把可能性描述的太悲觀了。我們沒有任何決定性的證據証明情況是全然無望的。正好相反地，有好的理由支持這些問題能被解決掉。在中國，饑饉不再是一嚴重問題了，三十年以前，那兒有普遍性的飢餓，而現今廣大的人口被餵得好好的。明顯的，中國農業正建立在一健全的基礎上。當然，這是藉著爲我們大多數人所排斥的社會組織和否定個人自由方式來達成的，無論如何，並不是其他國家都能適用中國式的組織。在像印度一類的國家中，控制生育的計劃是有幫助的。而不同於大衆所認定，此類計劃並未如所預言般的失敗。在印度第三度「五年計劃」(1961－66) 孟買的出生率已降低到千分之二十七，只比美國的千分之二十三❹略高一些而已。這是該國家最好的成績，同樣還有其他有希望的徵象：同期在西孟加拉的鄉下地區出生率從千分之四十三降至千分之三十六。專家們不會以爲印度的人口問題是無望的。

將饑荒描寫的比實際上還糟，是在傷害世上的貧者，因爲如果情勢被表現地毫無希望，那人們容易束手不理。哈佛大學的人口研究中心的愛伯史塔特 (Nick Eberstadt) 說過：

> 孟加拉共和國就是很好的例子。攝影師爲了夜間新聞而去照活生生屍體，努力地喚起人們——好似路旁不能分辨怪獸的國家之印象。除非你曾經到了當地，否則你很難相信孟加拉人是友善、熱情的，而且大約95%的人日子可以過得去。孟加拉擁有世

❹B.L. Raina, "India", in Bernard Berelson, ed., *Family Planning and Population Programs: A Review of Would Developments* (Chicago: University of Chicago Press, 1966) pp. 111–122。

> 上最富饒的穀田，只要有良好方針計劃就可使之由饑荒中心變成世上最大糧倉之一。對大多數美國人而言，這情況看起來是無任何希望，所以我們的介入沒有意義。如果情形如此壞，爲何不切斷我們提供給孟加拉的食物和外援，而拿去救無論如何不是將死的人呢？❺

所以，即使提供了滿船食物仍不能解決饑荒問題，這點是眞的，但這不意味著問題不可能解決。短期疏解饑饉的努力，再配合較長期的人口控制計劃和改善當地農業的援助，若沒有全面消除，也能大幅減少饑荒的悲劇。

三

我已經提過食物丟入垃圾桶是浪費的。而這種浪費再怎麼大，比起我現在想描述的另一種來說，無寧是小型的。

但先容我說一個小故事。在這故事中，有人發明加工食物的方法，並賦予食物全新口感和味道。加工過後的食物不復原先的營養，可是人們喜歡它的口味，所以它很受歡迎，

❺Nick Eberstadt, "Myths of the Food Crisis", *The New York Review of Books,* 19 February 1976, p32. Eberstadt的文章對世界食物問題——有多糟糕或不糟糕——做了很好的概觀，他的結論是情況不好，但並非一點希望也沒有。類似的文章有Philip H. Abelson, ed., Food: Politics, *Economics, Nutrition and Research* (Washington, D.C.: American Association for the Advancement of Science. 1975)。

事實上，它是如此受歡迎，以致於開起大企業起來了，幾乎每個人每週要吃上它好幾次。它只有一個問題：製作過程極端浪費。八分之七的食物在過程中毀掉，即需要八磅的未加工品來產生一磅的加工品，這意謂著新品種食物相當的貴，只有在較富有國家的人能吃得起很多。這也意謂在加工過程有著道德問題：當其他數百萬人因缺乏食物而受苦，而有人能浪費那八分之七的食物資源，這種行爲可能會是正確的嗎？如果說，浪費 10%食物的行爲應該被我們所排斥，那麼更該排斥浪費食物的 87.5%。

事實上，我們所採行的加工法就是這麼浪費，加工的方式像這樣的：第一步，利用農地種大量的穀物——如果以我們食用的穀子及穀製品來看，其數量是我們所能消耗掉的許多倍。但我們並非就這麼地使用它，相反的，我們拿去餵動物，然後吃了動物。這過程是令人驚愕地無效率：我們必須用 8 磅的穀物提供動物所需的蛋白質，而由肉中得回 1 磅的蛋白質，這中間浪費了 87.5%。(這即是我先前提及的沒有效率的農地利用方式；能產生 8 磅「未加工」食物的農田卻只生產 1 磅的「加工食品」)

全美國有一半收穫農業用地全都在種植飼料農作物。我們把我們所有穀物的 87%拿去餵動物。這是比例在世界上是最高的；例如，蘇聯同樣的方式僅僅使用了 28%。肉牛及小牛肉的「變換比率」是驚人的 21 對 1——即我們餵動物 21 磅的穀物提供動物所需的蛋白質，而自己從肉中得回 1 磅的蛋白質,其他動物能更有效提供蛋白質，因而平均的變換比率「只有」8 對 1。爲了瞭解這在僅只一年之內就意謂了什麼，我們應該注意一件事，在 1968 年我們餵了家畜（包括乳牛在內）2,000 萬噸的蛋白質，由肉中得回 200 萬噸的蛋白質，淨失 1,800 萬噸。光是在美國的這個損失就夠補足全球估計中 90%的蛋白質缺量❻。

如果我們不用這個方式浪費食物，很明白地將會有足夠的東西舒舒服服地餵飽世上每一張嘴。在 1972－1973 年間，當全世界糧食「短缺」預計變得嚴苛的時候，平均地球每人每年生產 632 磅的穀物（500 磅就足夠適宜的營養）。雖然有人口成長的問題存在，相對於 1960 年不到 600 ❼的數字而言，這個數字眞的在上揚中。

有什麼理由造成人們浪費數量多到令人不敢置信的穀物？爲什麼是蓄養和吃動物，而不是我們自己吃一部份的穀食，剩下的食物用來疏解饑荒？我們所吃的肉並不比拿去飼養動物的穀物更有營養，唯一使人寧願肉食的理由是我們喜歡它的美味；但這根本不是一個能解釋何以浪費那些正在挨餓的人所迫切需要的食物的充足理由。這好比有人對一個饑餓的小孩子說：「我有我所需要食物份量的八倍，但我不可能給你其中任何一點東西，因我正打算把全部食物拿去做眞正合我自己口味的東西。」

這個即我在文章一開始曾提及支持素食主義的論証。如果說，根據全球食物趨勢，我們浪費大量的食物是不對的，那麼像我們現在將穀物蛋白質轉成動物蛋白質的行爲也是錯誤的；而如果想停止這樣的行爲，則大部份的人至少必須成爲某一程度的素食者，我所說的「某一程度的」有二個理由。

---

❻這個段落中的數字是由Frances Moore Lappe, *Diet for a Small Planet* (New York: Ballantine Books, Inc., 1971), part Ⅰ。這本書是很好的蛋白質啓蒙書。

❼Eberstadt, "Wyths of the Food Crisis", p.34.

第一，我們仍能夠吃魚，因爲我們沒有用能爲人們所有消耗的食物來餵魚，比起反對吃家禽而言，並沒有任何理由反對吃魚。第二，仍可能有一小數量的牛肉、豬肉等，它們的飼料不是人們的必須消耗品，這個論証不排除製造和食用這種肉——不過，數量會很少，不夠大部份的人食用。

這個反對肉食的論証想必爲多數讀者所熟悉，它在許多的書刊、雜誌和報紙專欄❽都可看到。然而我不確定這是一絕對確定的論証。舉一件事來說，它可能是一單純的還原法，我們所生產肉的數量可釋放出足夠穀物餵飽在世的饑者。我們現在以這種方式浪費了這麼多食物以致對我們而言，完全不浪費可能是不必要的，只要不太浪費就成了；故我們也許能在不丟棄任何食物的條件下，繼續享用相當數量的肉。若眞如此，這由浪費食物觀點下出發的論証不是支持素食主義的，而是全然不同的、只是單純地要求減少肉的日常消耗量而已。不過，另有一個贊成素食主義的論証在我看來是確信無疑的。不像由浪費食物觀點下出發的論証，這個論証不訴諸人類自身利益爲出發點來反對人吃肉，相反的，它直接訴諸動物本身的利益，我現在要轉到那個論証去。

四

殘害動物的錯誤，通常是透過它對人類的影響來說明，

❽例如，在Lappe的*Diet for a Small Planet*，及其他結集在Catherine Lerza and Michael Jacobson, eds., *Food for People Not for Profit A Sourcebood on the Food Crisis*(New York: Ballantine Books, Inc., 1975)

這似乎並不是動物利益自身有其道德上的重要性或者是值得保護，而是因爲殘害動物對人們常帶來壞的結果，因而虐待動物是錯的。例如，在法律文件中，殘害動物包括在「無受害者的犯罪」中，把証成法律禁令的問題比擬爲証成其他行爲的禁令問題，例如同性戀或色情圖片的散佈一類，沒有人（沒有人類）明顯地受害，故路易士・史瓦特斯（Louis Schwarts）論禁止虐待動物說：

> 遭人虐待的狗並不是我們關切的最終對象……我們的關心是爲了其他人類的感情，他們當中的大部份雖然習於屠殺動物來當成食物食用，仍然同情受虐的狗或馬，並以高度的感情來回應它們的受苦❾。

哲學家們也採取了同樣態度。舉個例來說，康德以爲我們對非人類的動物沒有直接的責任，「定言律令」這個道德無上法則，只適用於我們對待人類：

> 因而，實踐律令如下：不管在你自己的人格或在其他人的人格上，總是對待人性爲目的，而絕不是工具。❿

而其他動物，康德說：

---

❾Louis B. Schwartz, "Morals Offenses and the Model Penal Code", *Columbia Law Review,* 64 (1963)；再版Joel Feinberg and Hyman Gross, eds., *Philosophy of Law* (Encino, Calif. Dickson Publishing Company, Inc., 1975), p.156

> 但就動物而言，我們沒有直接的責任。動物沒有自我意識，而且純只做爲目的的工具而已，該目的是人⓫。

他接著說我們不應對動物殘忍只因爲「對動物殘忍的人，在他與人交往時同樣也變得硬心腸。」⓬

當然，這是不可接受的。必須抵制殘害動物，不僅因爲對人有副作用，更因爲對動物自身有直接的影響。受到虐待的動物好比受虐人，而這只是上述是錯的初步理由罷了。我們是站在許多的立場上反對虐待人類的，但最主要理由的是犧牲者的受苦。只要當非人類的動物也遭受到同樣的情形，我們就有同樣理由反對虐待它們，而且把一個受苦做反對理由，並排除另一個受苦，這是不可辯護的。

雖然對動物殘忍是錯的，並不表示我們永遠不能合理處罰動物。有時，處罰是合理的，就如同我們有時能正當的處罰人們一樣。不過，施加刑罰時一定要有一好理由，並且如果刑罰很重，則証成理由一定要相對地有力才行。舉個例來說，試想一下那具有高度智能又友善的麝香貓的處境吧！麝香貓被陷阱捉到後，放置在在黑漆漆棚中的小獸檻裡，那裡的溫度因火而高達華氏 110°⓭它們注定在這種方式下過活

---

❿Immanuel Kant, *Foundations of the Metaphysics of Morals,* trans. Lewis White Beck (Indianapolis: The Bobbs-Merrill co., Inc., 1919), p.47.

⓫Immanuel Kant, *Lectures on Ethics,* tran. Louis Infield (New York: Harper Torchbooks, 1963), p.239.

⓬Ibid., p.240.

直到死了爲止。是什麼理由認爲此駭人聽聞的虐待是合理？這些動物有此惡運，只因爲它們能生產有利於製造香水的物質，只要還存活著，每天人們就從它們的生殖器中刮下麝香，麝香能使香水在擦過後的味道能更持久些（那溫度可增加麝香的生產）。在這兒，康德的法則——「動物只是目的的工具而已，而那目的是人」應用地非常徹底。爲了增進我們人類最微不足道的利益，成千動物的整個生命卻在承受痛苦。

常常很容易去說服人們這種利用動物方式是不正當的，且我們有道德上的責任拒絕支持購買他們的商品。論証過程很簡單：除非有個好理由，否則引起苦痛是不合理的；故用這種方式利用動物是錯誤的。至少在我個人的經驗中，一旦人們學習到麝香製造的眞相，他們會醒悟並以爲使用如此的產品是道德上不允許的事。然而，他們會很驚訝地發現完全類似的論証也能運用於把動物當作食物的相關事上。被人蓄養和屠殺作食物的動物同樣在遭受苦難，而我們生活上的享樂並不構成虐待它們的充份正當理由。

大部份的人極端地低估那些爲了人一己之腹⓮而遭蓄養、宰殺的動物之痛苦程度。他們不甚淸楚地以爲，屠宰場

⓭Muriel the Lady Dowding "Furs and Cosmetics: Too High a Price?" in Stanley and Roslind Godlovitch and John Harris, eds., *Animals Men and Morals* (New York: Taplinger Publishing Co., Inc., 1972), p.36

⓮目前可發現關於這些酷行最好的報告是Peter　Singer的*Animal Liberation,* Chapter 3 (New York: New York Reivew Books, 1975)我在下二段已記下Singer作品的眞實資料。我在這只作大概的描述，若想全盤了解虐待的事實，須參看*Animal Liberation*。

是殘酷的，也許屠殺的方式必須要人道些。可是畢竟在動物生命中，進入屠宰場只是一個相當短暫的事件而已；除此外，人們想像動物被照顧的非常好。這些全是在自欺欺人，今天肉類生產是大商業，那些無助的動物就像工廠的機器，而不是有生命的生物了。

就拿小肉牛來說，它們的一生都在小圍欄中，圍欄小到不能讓它們轉圈，甚至連舒服地躺下都不行——運動會使肌肉變硬，而這會降低肉的「品質」；此外，讓動物有適當的生活空間，這個花費將是嚇人的昂貴。牛在圍欄中不可能做像修飾自己這一類基本的動作，這對它們而言是天性喜歡做的事，只因沒有空間給它們轉一下頭。很明顯的，小牛失去它們的母親，像人類嬰兒一般想去吮吸東西，常可見它們徒勞無功地嘗試吸吮牛舍的牆側。為了使肉白而美味，它們吃缺少鐵質及纖維質的流質食物。所缺少的這些東西卻是小牛的成長很自然地渴求的營養，因為它們需要這些。小牛渴求鐵質強烈到只要能轉身，就會舔自己的糞便，雖然小牛一般會發現這東西很令它厭惡。窄小的牛舍恰好防止動物轉身，也就解決了這個「問題」。而牛對纖維質的渴求又更強，因沒有了它，牛就不能反芻食物了。因為擔心牛爭先恐後地吃掉稻草，而影響了肉的品質，故沒有任何讓牛睡覺用的墊草。對這些動物而言，屠宰場並不是到另一種令人滿意生命之不愉快的終結，屠宰雖是同樣地可怕，對它們而言，實際可以被視為仁道的解脫。

其他供我們果腹的動物所遭遇到的情況，是相類似的，為了能養出百萬頭的動物，必須讓它們一起擠在窄小的空間。通常 8 或 10 隻雞住在比一頁報紙還小的地方，在不能到處走、甚至連伸展翅膀、築巢都不能的情況下，鳥兒們變得兇惡、攻擊同伴。問題有時惡化，因爲鳥兒們在擁擠到不能動的情況之下，爲了能在籠子中站穩，它們的脚環繞籠內的鐵線地板而成畸形，一隻「能站穩」的鳥不管變得多麼孤立，仍逃不過攻擊。傷殘不全的動物是有效的解決辦法。爲了減少對其它同類的傷害，鳥的嘴被切掉了。傷殘不全固是痛苦，但多半沒有慣例措施所引起的其它的傷殘來得更痛苦。牛遭人閹割，並不是爲了防止像太過擁擠的雞群會有的不自然「惡行」，而是因爲去勢的牛比較多肉且被雄性賀爾蒙「感染」的危險較低。

> 在英國麻醉藥是必須使用的，除非動物非常年輕，但在美國，麻醉藥的使用並不普通。整個過程是把牲畜固定在地上，拿把刀劃破表皮，露出一睪丸，然後輪流抓每個睪丸，拿著它，弄斷連在上頭的腱，如果是上了年紀的動物，還必須用割的方式才弄得斷腱⓯。

必須要強調的是，我在這兒所描述的遭遇，還未涉及皮毛，也不是超乎尋常的，而是典型的食用動物飼養方式。現在肉品製造是大商業。如同辛格（Peter Singer）所說，這些就是發生在你晚餐的東西，只要你的晚餐仍是動物的話。

爲什麼會有如此暴行？對肉商而言，沒有理由認爲他們平時是殘忍的人，他們只接受像康德一樣的一般態度：「動物只是目的的工具而已，而那目的是人」，對於只關心提供人們儘可能便宜的肉（或蛋）的人而言，採用殘暴的行爲不是因爲它們是殘忍的，而是因爲有效。但很明顯的，不管如何，

⓯Singer, *Animal Liberation,* p.152.

這種利用動物方式是不道德的，因爲我們不吃它們，仍可以給自己充足的營養了，至於爲什麼會如此對待動物的唯一理由，是我們喜愛它們嚐起來的味道。而這並不足以合理地解釋此種殘酷的行爲。

五

是否這意謂我們須停止吃肉？如此的結論很難讓許多人接受，會勸著說：「該要反對的事不是吃肉這一回事，而僅僅是使動物痛苦的事。也許我們必須改善對待它們方式，甚至爲它們能有較好待遇而努力。但這不表示我們必須停止吃肉。」聽起來似乎很有道理，但只要了解到善待動物，且仍生產足夠人正常飲食所需的肉量將是不可能的事。如我已經說的，肉品生產工業之所以採用殘暴的方法，因爲如此的做法合乎經濟效益，使製造商能賣出人們能負擔的商品（某些酷行不須花太多錢就可以免除的——例如牛群在閹割前可先打麻醉藥，雖然光這項，就稍稍增加了牛肉的花費。但其他像太過擁擠的問題沒有相當的花費是不可能解決的）；所以爲了動物們能有較好待遇而努力，就必須致力於大多數人都採素食飲食的環境才行。

當然，仍存在著有趣的理論問題：如果能人性化的生產肉，不虐待動物的考量優先於無痛苦的殺害它們，還會有任何問題嗎？這個疑問純粹是出於理論興趣，因爲我們在超市所面臨的眞實抉擇是如何去選購遭受非人待遇的動物屍體。誠然，這問題有其趣味之處，關於此點我打算做二點建議。

第一，動物是否有「生命權利」，特別此項權利被我們爲了自身瑣碎目的而屠殺動物的行爲所侵犯時，思考這問題是令人困擾、不安的；但我們不應該單純地假定它們沒有這種權利⑯。我們假定人類有生命權利——去謀殺一個正常、健康的人，就算這過程不會有任何痛苦，仍舊是錯誤的——也很難相信有任何近乎合理的理由，同意這權利只適用人而不能也用在其它動物身上。其它動物如同人們般地群居，它們和其它同類溝通，有著前進的社會關係；屠殺它們會擾亂了可能不像我們一般錯綜、情緒化、高智慧，但仍算相當複雜的生命。它們能受苦難，也能如人般地快樂、恐懼和沮喪。所以怎麼可能有合理的基礎來宣稱我們有生命權而動物卻沒有？或更直截地說，怎麼可能有合理的基礎來宣稱在任何重要方面都低於有智力動物的一個智商非常遲鈍的人，他具有生命權利而動物卻沒有？哲學家們常視這種問題爲「難題」，那種應該有答案但人仍不夠聰明以致無法發現答案的疑問。相反的，我以爲這些問題不可能有讓人接受的答案。直覺上，在我們和其它動物之間必定是有某種差異，因爲是我們賦予生命權給動物，而不是牠們自己，或者直觀可能是錯的；除非我們至少也願意眞的考慮接受在不會使人遭到痛苦的情況下，就有權殺人的可能性，否則這個困難應使我們在宣稱：只要我們不使它遭遇痛苦，就有權屠殺動物時感到猶豫。

第二，很要緊的一件事是：把動物當作食物而宰殺，看成是刻劃我們和非人類世界之整個關係中較大型態中的一部

⑯哲學家一直在爭論到底動物有沒有任何權利。請看Tom Regan和Peter Singer編的*Animal Rights and Human Obligations,*Part Ⅳ (Englewood Cliffs, N.J.: Prentice-Hall, 1976)我自己保護動物權利的言論在"Do Animals Have a Right to Liberty?" pp. 205-223，和"A Reply to VanDeVeer", pp. 230-32.

份。動物從它們自然的家中被揪至供人娛樂的動物園、馬戲團及馬術表演會中；牠們不只是在實驗室中被使用於道德上有疑點的實驗⓱，更用於試驗洗髮精到化學武器上的每樣東西。殺了它們後，它們的頭可用來做牆壁的裝飾品，或者拿它們的皮膚作裝飾打扮的衣服或地毯。眞的，只因爲好玩而獵殺它們的活動被人看做是「運動」⓲。這種殘酷的剝削方式自然而然地由康德式的態度衍生出來，這種態度即動物只是爲了達成我們目的的東西而已。我們必須反對這整個態度，不僅是表明不願意去傷害我們所吃的動物而已；一旦拒絕這種心態，而且不再因一時興起而任意處置動物，則就不會再以爲有權爲了一頓飯去屠殺動物，那怕是不會帶給它們痛苦。

現在且讓我回到更迫切的實際事情上，在超市中的肉不是由人性化的方式生產的，動物的肉一度遭到類似我所描述的虐待，其它上百萬的動物現在正受到這些方式的不幸待遇，而它們的肉馬上會出現在市場中，我們應該購買、消費這產品來支持如此行爲嗎？

有個蠻令人沮喪的認知：光一個人停止吃肉，沒有一隻動物會從中得到任何幫助。僅一個顧客的行爲本身，不足以讓肉類生意那樣大的企業產生顯著的衝擊。然而，在較寬的脈絡下看吾人的行爲仍是重要的，已經有上百萬的素食人

⓱參看Singer的*Animal Liberation*, Chap. 2

⓲有人說：「爲了好玩而獵殺是錯的，但爲了食物而獵殺則是可接受的事」來保護非玩樂“non-slob”的獵殺，但這是沒用的，因爲我們有能力在不殺害動物的情況下餵飽自己，那爲了食物屠殺動物也是爲了好玩而獵殺的型式之一種，亦即爲了感官的樂趣。

口，而且因爲他們不吃肉，虐待情事比較少。問題爲是否應該加入素食者行列，或者是偏袒那些行爲引起痛苦的肉食者？與在 1820 年的人思考是否買奴隸的情形比較起來，他可能會這樣理解著：「奴隸這整個行爲是不道德的，但僅靠我一個人不從事這行爲，對那些貧苦奴隸沒有任何幫助，如果我不買奴隸，還有人會買，僅一個人的決定本身，不足以讓那樣大的企業產生任何的印象。所以我可以像一般人一樣利用奴隸。」我們注意到的第一件事是這傢伙對成功行動的可能性太過悲觀了；但另外還有一件事，即他的思緒有問題，如果有人眞的認爲有一個社會上的行爲是錯誤的，這點本身就是拒絕此種行爲的充份理由了。在 1848 年，梭羅（Thoreau）聲稱就算有人不想爲廢除奴隸運動貢獻一己之力，「……，如果他不想多深入思考，至少他的責任須能洗手不幹，而且不提供蓄奴制任何實質幫助」⑲，在蓄奴的事件中，情形很清楚。假使對虐待非人的動物的事件不明瞭的話，也許是因康德式的心態深深地烙印在我們心中的緣故吧。

六

我已思考二個支持素食主義的論証：一個以人類保持食物資源的利害來考量，另一直接由動物自身的利益爲由。我認爲後者是比較強的論証，且在重要性上，它也比較深入；一旦人們察覺到它的力量，任何由浪費食物觀點出發而反對肉食的論証都顯得虛有其表，就如同只就經濟上的考量而反對奴隸制一般地薄弱。第二個論証在某方面補強了第一個論

⑲Henry David Thoreau, *Civil Disobedience* (1848).

証，至少在人類和非人類利益的結合上。藉著做我們該去做的事——停止去殘害無助的動物——我們也將同時增加了對饑者的適當援助。

*本文經同意譯自《世界饑荒和道德義務》(*World Hunger and Moral Obligation*) eds. William Aiken and Hugh Lafollette (Engelwood Cl:ffs, N.J.: Prentice Hall, 1977)

焦點議題

1. 美國和世界上饑者的飲食習慣間有什麼樣的關聯？
2. 拉塞斯提出來支持素食主義的論証爲何？
3. 你同意拉塞斯所說的——我們應該成爲素食者嗎？你可能要回去檢驗福瑞的反對論証（請閱讀第五册）

進階閱讀

Aiken, William and Hugh LaFollette, eds., *World Hunger and Moral Obilgation* (Englewood Cliffs: Prentice-Hall, 1977)適當閱讀的最佳論文集，其中包含了本章中的 4 篇文章及其他重要的文章。

Ehrich, Paul. *The Population Bomb*. New York: Ballantine Books, Inc., 1971.警醒人口爆炸的危險的一本很重要的書。

Lappe, Francis and Joseph Collins. *Food First: Beyond the Myth of Scarcity* (New York: Ballantine Books, 1978)攻擊哈汀等新馬爾濟斯主義者，作者在攻擊中主張我們有豐裕的資源解決世界飢荒問題。

O'Neill, Onora. *Faces of Hunger* (Allen & Unwin, 1986)純康德角度探討全球饑荒的原則和問題。

Simon, Arthur. *Bread for the World* (Paulist Press, 1975)從基督教觀點再加上一些深思後的解決方法對全球饑荒有著尖銳的討論。

國家圖書館出版品預行編目資料

生死一瞬間：戰爭與饑荒/路易斯・波伊曼編
著；陳瑞麟等譯。—初版。—臺北市：
桂冠，1997〔民86〕
面；　公分。—(實用心理學叢書：38)
(現代生死學；4)
譯自：Life and death: a reader in moral problems
參考書目：面
ISBN 957-551-974-4（平裝）

1.倫理學　2.生存權

190　86003404

實用心理學叢書㊳　楊國樞主編

生死一瞬間
——戰爭與饑荒

原　　著／路易斯・波伊曼等
譯　　者／陳瑞麟等
執行編輯／王存立・李福海・姜孝慈
出　　版／桂冠圖書股份有限公司
發 行 人／賴阿勝
登 記 證／局版台業字第1166號
地　　址／臺北市新生南路三段96-4號
電　　話／(02)210-3338・363-1407
電　　傳／(02)218-2859・218-2860
郵　　撥／0104579-2

印　　刷／海王印刷廠
初版一刷／1997年4月

定　　價／新臺幣250元
ISBN／957-551-974-4